U0095539

萧军

为了爱的缘故

萧红书简辑存注释录

FOR LOVE

Xiao Hong and Xiao Jun

手稿本

手稿本

金城出版社
GOLD WALL PRESS

图书在版编目（CIP）数据

为了爱的缘故：萧红书简辑存注释录／萧军著．—北京：金城出版社，2011.8
ISBN 978-7-80251-939-8

Ⅰ.①为… Ⅱ.①萧… Ⅲ.①萧军（1907～1988）—回忆录 Ⅳ.①K825.6

中国版本图书馆CIP数据核字（2011）第083829号

为了爱的缘故：萧红书简辑存注释录

作　　者　萧　军
责任编辑　刘小晖
开　　本　710毫米×1000毫米　1/16
印　　张　21.25
字　　数　200千字
版　　次　2011年8月第1版　2011年8月第1次印刷
印　　刷　三河市鑫利来印装有限公司
书　　号　ISBN 978-7-80251-939-8
定　　价　49.80元

出版发行　金城出版社　北京市朝阳区和平街11区37号楼　邮编：100013
发 行 部　（010）84254364
编 辑 部　（010）64215770
总 编 室　（010）64228516
网　　址　http://www.jccb.com.cn
电子邮箱　jinchengchuban@163.com
法律顾问　陈鹰律师事务所（010）64970501

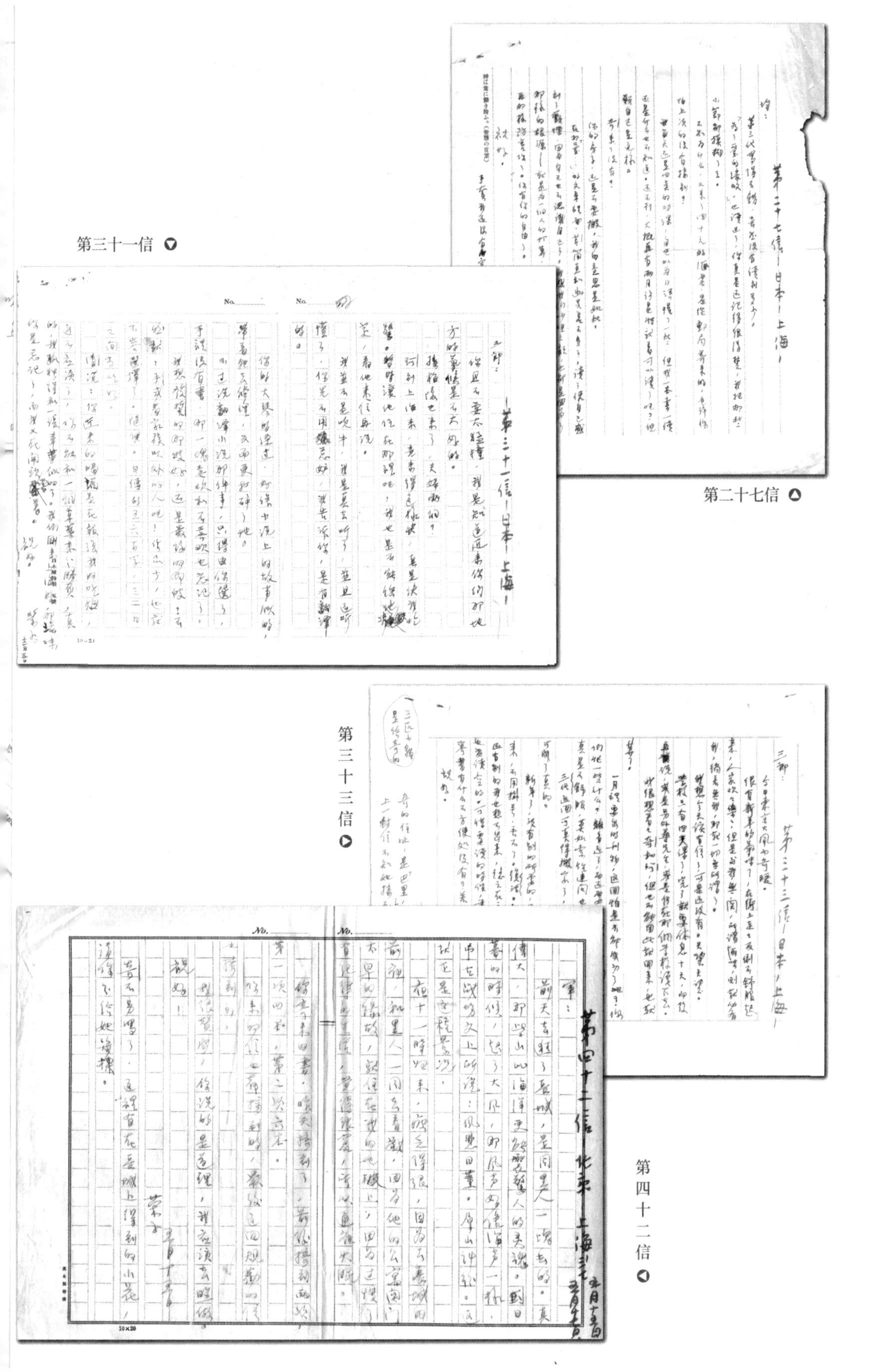

第三十一信

第二十七信

第三十三信

第四十二信

異國

夜間：這窗外的樹声，

听来好像家鄉田野上抖動着的高粱，

但，這不是。

這是異國了，

踏踏的木屐的声音有時便和潮水一般了。

日裡：這青藍的天空，

好像家鄉六月裡廣茫的原野，

但，這不是，

這是異國了。

這異國的蟬鳴也好像更響了一些。

10×20

萧军萧红“美丽照” 1934年初夏 哈尔滨

前言

Preface

这里所辑存注释的几十封书简，大部分是萧红于一九三六至一九三七年间，由日本东京寄回来的；也有几封是她回国后，又去北京，由北京寄到上海的。

我为她寄去日本的信件，由于当时国内和日本的政治环境正是十分恶劣，不宜于保存在身边，一旦被日本“刑事”搜出，而发现她的左翼作家身份，这会增加无限的麻烦。当她去日本之前我就告诉她，信读过以后，马上就焚毁或消灭掉，不要留下任何痕迹，因此，我给她的信就一封也没遗留下来。至于如今留下的几封，这全是后来她从北京带回来的。

关于这批书简还能够存留到今天，居然还能够和读者们见面，这只能说是一个偶然的“奇迹”！若按一般规律来说，它早就该尸骨无存了。

从一九三六、七年计算到今天，已经是四十多个年头过去了。这期间，对于我们国家、社会……来说，是一个大动乱、大变换、大革命……的时代；对于我个人来说，在生活方面是东飘西荡，患难频经，生死几殆，……当时一身尚难自保，更何能顾及到身外诸物？……兴念及此，不能不怃然以悲，怆然而涕，悚然以惧，以至欣然而喜也！

一九三八年初春之夜，当我和萧红在山西临汾车站上分别时，我竟忘记了把这批书简应该由她带去西安。待第二天我检查提箱中诸物时，才发现这包书简尚留在箱子里；同时，在椅子下面还发现了她的一双棕红色的短腰军式女靴，竟也被遗落下来。

火车昨夜就开走了，估计已到了西安，当然不可能再由她带走。这时候，日本军队要进攻临汾的消息很急迫。民族革命大学决定要撤退到晋西南的乡宁，正在匆忙地准备中。有一些教员纷纷准备乘火车去西安；有一些身体较好的单身人，要步行到黄河边，渡河去陕西或者去延安。

有一位教员T君要步行渡黄河去西安，我就托他把这包书简，连同其他一些

东西，还有那双女靴带去西安给萧红，还附了一封信给她：

×××：

这双小靴子不是你所爱的吗？为什么单单地把它遗落了呢？总是这样不沉静啊！我大约随学校走，也许去五台，……再见了！一切D同志会照顾你，……

祝

健康！

你的×××

与这批书简一起有《第三代》一、二部合订本一册，以及它的一些底稿和一些别的信件与材料，包了一小包，在包皮上还写了这样几个字："我不愿失落了它们！"又给D同志写了一封信：

D：

拜托您，因为您的地址固定些，请把这个小包代收一收吧。里面有一部分是原稿，一本书，两本日记，几封朋友们的信。如果我活着，那请再交给我，万一死了，就请把我那日记和朋友的信，顺便扔进黄河里或者代烧掉它。总之，我不愿自己死了，这些东西还留在别人的眼里。请尊重我的嘱托。

军

（以上二信均摘录自我所出版的《侧面》第二章）

这位T同事他并没去西安，他去了延安。不久后我也到了延安，他又把原包交还给我了。

一九四〇年第二次我去延安，路上冒着被国民党关卡检查出来的危险，它们又从重庆随我到了延安。

日本帝国主义者投降后，一九四五年冬，我随着东征的队伍从延安出发去张家口待转路去东北时，我的一些书稿、材料之类，由一匹马驮载着，路上经过一条河，两匹马在渡河时咬起架来，把箱子竟翻落到河水里。亏得事先我把箱子里怕水湿的东西全用油纸包裹了几层，才没有全部被水所浸透。

一九六六年"文化大革命"进行中，从八月二十五日开始，我的家几度被抄没以后，所有书籍、文物、手稿、书信、写作材料……等等，可以说是"荡然无存"！——这些书简当然也无从幸免，也全被席卷而去！直到一九七四年我的人身被宣布"解放"以后，才分成了几批把一些书籍、文物、信件、材料、手稿……等陆续归还给我一部分，有一些就无从查找，大概是失落了。

一九七七年八月间，当我移居于京城东郊东坝河村居住时，于故纸堆中才偶尔捡出了这批书简。虽然那堆"故纸"归还给我已经有了几年，但因为我没心情整理它们，这"故纸"就一直被捆绑着堆在屋角里竟也有了几年！

发现了这批书简以后，我把它们按月日排了顺序，从头看了一遍。发觉到有的字迹已经漫漶难于辨识了，有的纸张已经破碎或在开始破碎了！再经过若干时日，我估计可能就要成为一批废纸！这期间我将将把五十几年来记存或余存的以至大革命过程中所写下的约有八百首左右旧体诗，抄集起来初定名为《五十年故诗遗存录》。装订完了，就又决定把这批书简也用毛笔抄录一份，加以适当的注释，我以为它们将来对于有志于研究这位短命作家的生平、思想、感情、生活……等各方面，会有一定参考用处的。尽管此时正当酷暑逼人，蚊蝇纷集，汗流透衣……我还是坚持着抄录下来！

一九七八年八月二十六日开始注释。九月十四日人民文学出版社五四文学组牛汀同志来访，并携有一封约稿信，我和他谈了关于这批书简的问题，他说“资料丛刊”很愿意刊载这类资料。我和他初步商定，先把注释出来的二十封信拿去发表。决定以后，我就请我的二女儿萧耘日夜兼行，抄了二十封交出版社暂先刊载。

待全部书简刊载以后，我还要把聂绀弩兄纪念萧红的一篇文章和几首诗，我个人从《侧面》一书中摘录出的一段短文和几首诗也附入，由于它们与这批书简全有着一定关联性。

一九七八年九月二十一日于京都银锭桥西海北楼记

目录
CONTENTS

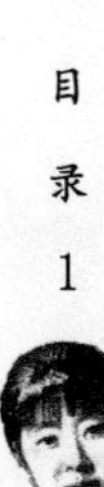

萧红写给萧军

到一九七八年九月二十日为止，我把这批全部书简终于概略地注释了一遍。计有：

萧红——由日本东京寄上海、青岛共为三十五封。

由北京寄上海共为七封。

萧军

一九七八年九月二十五日于银锭桥西海北楼寓所

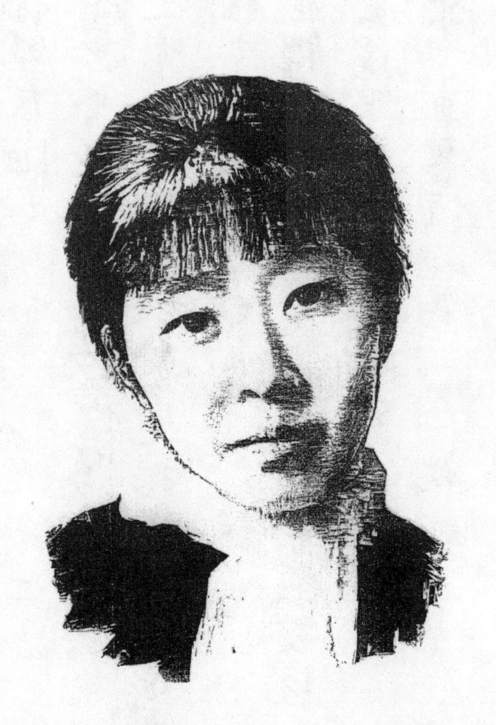

木刻家颜仲为女作家萧红造像

第一信

君先生：

海上的颜色已经变成黑蓝了，我站在船尾，我望着海，我想：这若是我一个人我怎能渡过这样的大海！

这是黄昏以后我才给你写信，舱底的空气并不好，所以船开没有多久我时时就好像要呕吐，虽然吃了多量的胃粉。现在船停在长崎了，我打算下去玩玩。昨天的信并没写完就停下了。

到东京再写信吧！

祝好！

莹

七月十八日

10×20

“第一信”墨迹系作者一九七八年夏注释整理信笺时所写。（王建中注，下同）

第一封信

由船上寄——上海

（1936年7月18日发）

君先生：

海上的颜色已经变成黑蓝了，我站在船尾，我望着海，我想：这若是我一个人，我怎敢渡过这样的大海！

这是黄昏以后我才给你写信，舱底的空气并不好，所以船开没有多久，我时时就好像要呕吐，虽然吃了多量的胃粉。

现在船停在长崎了，我打算下去玩玩。昨天的信并没写完就停下了。

到东京再写信吧！

祝好！

莹

七月十八日

注 释

这是她去日本在船上写来上海的第一封信。

一九三六年我们住在上海。由于她的身体和精神全很不好，黄源兄提议，她可到日本去住一个时期。上海距日本的路程不算太远，生活费用比上海也贵不了多少；那里环境比较安静，既可以休养，又可以专心读书、写作；同时也可以学学日文。由于日本的出版事业比较发达，如果日文能学通了，读一些世界文学作品就方便得多了。黄源兄的夫人华女士就正在日本专攻日文，还不到一年，已经能够翻译一些短文章了。何况有华夫人在那里，各方面全能够照顾她……

经过反复研究商量，最后我们决定了：她去日本，我去青岛，暂时以一年为期，那时再到上海来聚合。

也由于这时《八月的乡村》和《生死场》书店给结下了一笔代卖的书价来，数目约三、二百元，我们各自带了一部分。她因为出国就多带一些，我则少带一点。

具体上船的日期和时间无从记忆了，从她发信的日期来推断，可能是在七月十六、七日之间。

我们自一九三二年间同居以后，分别得这样远，预期得这样久，还是第一次，彼此的心情全很沉重这是可以理解的！

过去由于贫穷，两个人总是睡在一张小床铺上的，这对于彼此充分休息全受干扰，特别是对于容易失眠的她。到了上海，有一次竟借到一张小床，她很勇敢地自愿到那张小床上去住，我也同意……

我们所住的是一间不算太大的二层前楼，我的床安置在东北角，她的安置在西南角，临睡时还彼此道了“晚安”！

正当我朦朦胧胧将要入睡时，忽然听到一阵抽泣的声音，这使我惊醒了，急忙扭开了灯，奔到她的床边去。我以为她发生了什么急症了，把手按到她的前额上，焦急地问着：

“怎么了？哪里不舒服吗？”

“……”她没回答我，竟把脸侧转过去了，同时有两股泪水从那双圆睁睁的大眼睛里滚落到枕头上来。

她的头部并没热度，我又扯过她的一只手来想寻找脉搏，她竟把手抽了回去……

“去睡你的吧！我什么病也没有！”

“那为什么要哭？”

她竟格格地憨笑起来了，接着说：

“我睡不着！不习惯！电灯一闭，觉得我们离得太遥远了！”眼泪又浮上了她的眼睛。

我明白了，就用指骨节在她的前额上剥啄了一下说：

“拉倒吧！别逞‘英雄’了，还是回来睡吧！……”

如今她竟一个人离开祖国和亲人，孤零零地飘荡在那无边无际的海洋上远去异国，正如《李陵答苏武书》中所说：“远托异国，昔人所悲，望风怀想，能不依依！”这心情我们彼此虽是相同的，但对于离去者将更要凄惘和哀伤！所谓：“黯然销魂者，唯别而已矣！”

一九七八年八月二十六日于海北楼

为了赴鲁迅先生“梁园豫菜馆”之宴，萧红为萧军连夜赶制了一件黑白方格绒布新礼服。（1934年12月 上海）

第二信

均：

你的身体这几天怎么样？吃得舒服吗？睡得也好？

当我搬房子的时候，我想：你没有来，假若你也来，你一定看到这样的席子就要先在上面打一个滚，是很好的像住在画的房子裡面似的。

你来信寄到许的地方就好，因为她的房东熟一些。

海滨，许不去，以後再看，或者我自己去。

一張桌是一個椅子都是借的，屋子裡面也很規整，只是感到寂寞了一点，總有点好像少了一点什么！住下几天就好了。

外面我听到蝉叫，听到踏踏的奇怪的鞋声，不想写了！也许她们快来叫我出去吃饭的时候了！

你的药不要忘记吃，饭少吃些，可以到游泳池去游泳两次，假若身体太弱，那么到海上去游泳更不能够了。

祝好！

别的朋友也都祝好！

莹

七月廿一日

第二封信

东京——上海

（1936年7月21日发，7月27日到）

均：

你的身体这几天怎么样？吃得舒服吗？睡得也好？当我搬房子的时候，我想：你没有来，假若你也来，你一定看到这样的席子就要先在上面打一个滚，是很好的，像住在画的房子里面似的。

你来信寄到许的地方就好，因为她的房东熟一些。

海滨，许不去，以后再看，或者我自己去。

一张桌是（和）一个椅子都是借的。屋子里面也很规整，只是感到寂寞了一点，总有点好像少了一点什么！住下几天就好了。

外面我听到蝉叫，听到踏踏的奇怪的鞋声，不想写了！也许她们快来叫我出去吃饭的时候了！

你的药不要忘记吃，饭少吃些，可以到游泳池去游泳两次，假若身体太弱，那么到海上去游泳更不能够了。

祝好！

别的朋友也都祝好！

莹

七月廿一日

注释

第一封信是在船上写的，这封信则是到了日本东京见到了华夫人并找定了居处以后写来的。

初步，她对于自己的"新居"似乎还满意，而且说我一见到"这样的席子"就要在上面先打一个"滚"，这是说明我们彼此对各自的体性"相知之深"，生活在一起并没什么"矜持"的习惯。

那时我们的年龄也全不能算太小了，人生的辛苦和折磨……经过得也不算少了，但还能够保持一种孩子气的天真，彼此要说什么就说什么，要做什么就做什么……并无顾忌。她估计得不会错，在那一情景下，我可能就会打一个“滚”的。

她听到了蝉叫，听到了异国特有的木屐声……感到“寂寞了一点，总有点好像少了一点什么……”，我充分理解她少的就是我。如果我们共在，无论是蝉声、木屐声以至“寂寞”……就全不存在了。由此可见，“人”总是决定一切的因素！

我究竟在吃什么“药”呢？一点也记不得了，好像那时期我在神经上似乎曾闹过一次什么毛病？夜间还去了一次医院！

那时，大概我是贪吃的，因此她要我“少吃”。

一九七八年八月二十七日于海北楼

送萧红赴日本　(1936年7月 上海)

左起：黄源（河清）、萧军（均）、萧红（吟、荣子）

第三信

均：

現在我很難過，很想哭。想要寫信，鋼筆裡面的墨水沒有了，可是怎樣也裝不進來，抽進來的墨水一壓又隨着壓出去了。

華，起來就到圖書館去了，我本來也可以去，我留在家裡想寫一點什么，但那裡寫得下去，因為我聽不到你那嘡嘡的上樓的聲音了。

這裡的天氣也算很熱，並且講一句話的人也沒有，看的書也沒有，報也沒有，心情非常壞，想到街上去走走，路又不認識，話也不會講。

昨天到神保町的書鋪去了一次，但那書鋪好像與我一點關係也沒有，這裡太生疏了，滿街響着木屐的聲音，我一點也聽不慣這聲音。這樣一天一天的我不曉得怎樣過下去，真是好像充軍西伯利亞一樣。比我們初來到上海的時候更感到無聊，也許慢慢的就好了！但這要一個長的時間，怕是我忍耐不了。不知道你現在準備要走了沒有？我已經來了五六天了，不知為什么你還沒有信來？

珂已經在十六號起身回去了。

不寫了，我要出去吃飯，或者到街上走走。

吟上 七月廿六 上十時半

第三封信

东京——上海

（1936年7月26日发，7月31日到）

均：

现在我很难过，很想哭。想要写信，钢笔里面的墨水没有了，可是怎样也装不进来，抽进来的墨水一压又随着压出去了。

华起来就到图书馆去了，我本来也可以去，我留在家里想写一点什么，但哪里写得下去，因为我听不到你那登登上楼的声音了。

这里的天气也算很热，并且讲一句话的人也没有，看的书也没有，报也没有。心情非常坏，想到街上去走走，路又不认识，话也不会讲。

昨天到神保町的书铺去了一次，但那书铺好像与我一点关系也没有，这里太生疏了，满街响着木屐的声音，我一点也听不惯这声音。这样一天一天的我不晓得怎样过下去，真是好像充军西伯利亚一样。

比我们起初来到上海的时候更感到无聊，也许慢慢地就好了，但这要一个长的时间，怕是我忍耐不了。不知道你现在准备要走了没有？我已经来了五六天了，不知为什么你还没有信来？

珂已经在十六号起身回去了。

不写了，我要出去吃饭，或者乱走走。

吟上

七月廿六日十时半

注 释

她陷在了“大寂寞”之中了！

回忆我们将到上海时，虽然人地生疏，语言不通，但是还有我们两人在一道，同时鲁迅先生几乎每隔一天就要写给我们一封信，在精神上是并不寂寞的。而如今只有她一个人孤悬在海外的异国，这难怪她是要哭的！

她要听我那“登登”上楼的声音也听不到了，信也没有！

珂，是张秀珂。这是她一母所生的唯一弟弟。曾得知他已由“满洲国”到了日本，萧红希望能够在日本见到他，但不巧他于十天前（十六日）又转回了东北，这也给了她一个失望的打击！

一九七八年八月二十七日于海北楼

萧红胞弟张秀珂　（1936年 上海）

第四信

均！

接到你四号写的信现在也过好几天了，这信看过后，我就很放心，

因为你快乐，并且样子也健康。

稿子我已经发出去三篇，一篇小说，两篇不成形的短文。现在

又要来一篇短文，这些完了之后，就不来这零碎，要来长的了。

现在是十四号，你一定也开始工作了好几天了吧？

鸡子你尊命了，我很高兴。

你以为我在浪费光阴吗？一年已经混过一个月。

我也不用羡慕你，明年何拉自己也到青岛去享清福。我也

你还到日本岛上来！

——萦

八月十四日

第四封信

东京——青岛

（1936年8月14日发，8月21日到）

均：

接到你四号写的信现在也过好几天了，这信看过后，我倒很放心，因为你快乐，并且样子也健康。

稿子我已经发出去三篇，一篇小说，两篇不成形的短文。现在又要来一篇短文，这些完了之后，就不来这零碎，要来长的了。

现在是十四号，你一定也开始工作了几天了吧？

鸡子你遵命了，我很高兴。

你以为我在混光阴吗？一年已经混过一个月。

我也不用羡慕你，明年阿拉自己也到青岛去享清福。我把你遣到日本岛上来！

莹

八月十四日

异国

夜间：这窗外的树声，
听来好像家乡田野上抖动着的高粱，
但，这不是。
这是异国了，
踏踏的木屐的声音有时和潮水一般了。
日里：这青蓝的天空，
好像家乡六月里广茫的原野，
但，这不是。
这是异国了，
这异国的蝉鸣也好像更响了一些。

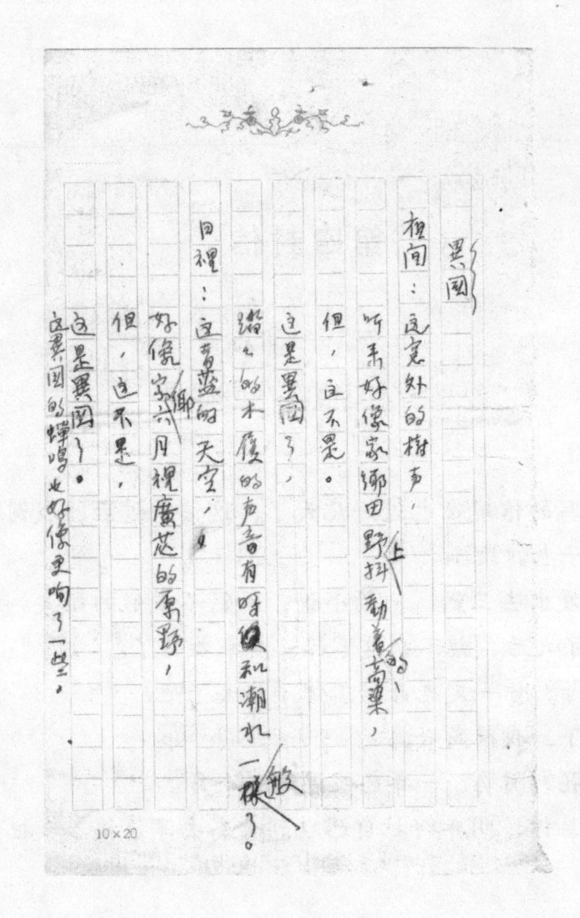

异国

夜间：这窗外的树声，
听来好像家乡田野上抖动着的高粱，
但，这不是。
这是异国了，
踏踏的木屐的声音有时潮水一般了。
日里：这青蓝的天空，
好像家乡六月里广茫的原野，
但，这不是，
这是异国了。
这异国的蝉鸣也好像更响了一些。

10×20

注 释

八月四日这可能是我到了青岛以后给她发的第一封信，报告我所处的环境以及如何安排了生活，其间也故意夸大一些“幸福”的情况，想要“气她一气”……

从信封上看，我自己注的是：八月十四日发来的信，八月二十一日收到的，其间竟走了整整一星期。

我究竟是哪一天从上海出发去青岛的呢？自己也记忆不出了。到了青岛，我住进山东大学教员单人宿舍里。我的一位友人周学普在那里教书。不久，他暑假回南方家乡去，我就独占了他那间二层楼的大屋子。

据说，我所住的这所楼房原来本是德国人建造的大兵营，全是水泥构成的，颜色也全是水泥的本色——一律灰而黄——除开宽大、厚重……以外，并没什么可喜的装饰以至能够引起一种建筑艺术上的美感！倒很有些监狱式的严峻和粗野的意味！

楼是位置在一带山腰中间的，四周随处是洋槐树和一些灌木丛……楼前面不远稍低下的一带地方，是一片小型体育场，有跑道、单杠、双杠、木马、吊环……之类的体操用具。这倒很合乎我的要求，有了这样理想的环境，后来我就把自己的生活和工作规律化起来：

一、早晨六时以前必须起床。

二、沿跑道跑步三圈。在单杠上练“悬垂”和几个简单动作，作柔软体操，练拳术……

三、一小时运动后，漱洗，休息，吃早点：一瓶牛乳，五块苏达饼干，两个鸡子（鸡蛋）。

四、八时半或九时开始写作。十二时吃午饭。饭后去海滨浴场游泳。一路步行，边走边吃半斤葡萄。游泳二小时，步行回来，买半斤葡萄，边走边吃……下午三时继续写作，六时吃晚饭，饭后去海滨大路散步。回来写信，处理琐事，九时又继续写作至十一时半，吃一个小西瓜，洗浴，体操，睡觉……

我把这“日课表”曾为萧红抄去过。在青岛居住的约两个月的时间，写完了《第三代》的第二部，也写了两篇散文——《邻居》和《水灵山岛》……

从她的这封来信中看得出，精神已经有些振奋起来了，情绪也比较安定了，又汇报了工作的成绩，也披露了“要来长的了”写作的雄心和计划……这是回答我的“挑战”！她不想哭了。

她说她并不羡慕我，明年她要“阿拉”（自己）来青岛，而把我“遣”到日本去……

她发出去的三篇稿子题名，我也记不起来了。

关于“鸡子”的问题，大概她曾命令我每天必须吃两个“鸡子”，我遵命照办了，她很高兴！

一九七八年八月二十七日于海北楼

“……在那住房的窗口，我在作势弹着吉他。” （1936年夏 青岛 国立山东大学）

芊立信

均：

今天我才是第一次自己出去走個遠路，其实我看也不过三五里，但也夠了，去的是神保町，那地方的書店很多，也很热鬧，但自己走起来也總覺得没什么趣味，想買點什么，也没有買，又沿路走回来了。覺得很生疏，街路和风景都不同，但有黑色的河，那和绍兴一樣，上面是有破船的，船上也有女人，孩子。也是穿着破衣裳的。並且那里水的氣味也一樣。像这樣的河恐怕巴黎也会有！

你的小伤风既然伤了许多日子也应該管他，吃吴阿司匹林吧！一吃就好。

现在我莊嚴的告訴你一件事情，在你看到这你一定要在回信上聲明！就是第一件你要買個軟枕頭，看过我的信就去買！硬枕頭使腦神経很坏。你若不买，来信也告訴我一声，我在这边買兩個给你寄去，不贵，并且很軟。第二件你要買一張當做被子来用的有毛的那種毯子，就像我带来那樣的，不过更該厚些。你若懒得買，来信也告訴我，也為你寄去。还有，不要

20×10

忘了箱裡不要東西。沒有了。以上這就是所有的這封信上的重要的事情。

我的稿子又交出去一小篇。

照像機現在你也有用了，再寄一些照片來。我在這裡至少有點營養，不過也沒什麼，多喝些東西也就滋補起來了。

舊地重遊是很有趣的，並且有那樣可愛的海！你現在一定洗海澡去了好幾次了。但怕你沒有脫衣裳的房子。

你再來信說你這樣好那樣好，我

或可說不定也去！我的稿費也可以夠了。你怕不怕？我是和開玩笑？也許是假玩笑。

你隨手有什么就沒有看過的書也寄一本兩本來！實在沒有書讀，越寂寞就越想讀書，一天到晚不說話，再加上一天到晚也不看一個字，我覺得很殘忍，又像我從在旅館一個人住着的那個樣子。但有人，有錢，除掉吃飯也買不到别的滋味。

祝好。

蕭上

八月十七日

第五封信

东京——青岛

（1936年8月17日发，8月22日复）

均：

今天我才是第一次自己出去走个远路，其实我看也不过三五里，但也算了，去的是神保町，那地方的书局很多，也很热闹，但自己走起来也总觉得没什么趣味，想买点什么，也没有买，又沿路走回来了。觉得很生疏，街路和风景都不同，但有黑色的河，那和徐家汇一样，上面是有破船的，船上也有女人、孩子。也是穿着破衣裳。并且那黑水的气味也一样。像这样的河恐怕巴黎也会有！

你的小伤风既然伤了许多日子也应该管它，吃点阿司匹林吧！一吃就好。

现在我庄严地告诉你一件事情，在你看到之后一定要在回信上写明！就是第一件你要买个软枕头，看过我的信就去买！硬枕头使脑神经很坏。你若不买，来信也告诉我一声，我在这边买两个给你寄去，不贵，并且很软。第二件你要买一张当作被子来用的有毛的那种单子，就像我带来那样的，不过更该厚点。你若懒得买，来信也告诉我，也为你寄去。还有，不要忘了夜里不要（吃）东西。没有了。以上这就是所有的这封信上的重要的事情。

我的稿子又交出去一小篇。

照相机现在你也有用了，再寄一些照片来。我在这里多少有点苦寂，不过也没什么，多写些东西也就添补起来了。

旧地重游是很有趣的，并且有那样可爱的海！你现在一定洗海澡去了好几次了？但怕你没有脱衣裳的房子。

你再来信说你这样好那样好，我可说不定也去！我的稿费也可以够了。你怕不怕？我是和（你）开玩笑，也许是假玩笑。

你随手有什么我没看过的书也寄一本两本来！实在没有书读，越寂寞就越想读书，一天到晚不说话，再加上一天到晚也不看一个字我觉得很残忍，

又像我从（前）在旅馆一个人住着的那个样子。但有钱，有钱除掉吃饭也买不到别的趣味。

祝好。

萧上

八月十七日

注 释

这种黑色的河，恐怕世界上任何自夸文明的国家全要有，不独上海徐家汇、苏州河；日本东京有，巴黎、纽约……也应该有。这是她到日本后第一个新发现。

我们初到上海时，首先住在“拉都路”（当时的法租界）。吃过午饭之后，趁着冬天中午温暖的阳光，我们常常要沿着这条路向南散步。有时用去六枚铜元买得两包带糖咸味的花生米，每人一包，放在衣袋里，边走、边吃、边谈着……如果这天接到鲁迅先生的信，我们把信也带着，边走、边读、边谈，也边笑着……花生米总是我先吃完，她看我吃完了，反而故意一粒、一粒地慢慢吃，意思在“馋”我……有时表示“友好”也带着“怜悯”的表情举在手里送给我一粒，我为了“自尊”常常是不肯接受的。但有时为了“盛情难却”也接受过来，送进嘴里去……

拉都路南端尽头，就是东西贯穿着这样一条黑色的河！河水虽然是黑色，而在水面上浮泛着的一朵朵大大小小的泡沫却是白色的，白得竟像一团团新开绽的菜花头，这真是一种奇妙的对比啊！也是“奇观”！

水面上浮着一只只做屋子用的破木船，屋子里、船面上……生活的也有人；男女大人，孩子和老人……这就是当年——一九三四年的徐家汇！

她所“庄严”告诉我的两件事情：买软枕头和当被子盖的有毛的单子，我是否照办了呢？记不得了；但夜间吃东西的习惯是改了，只是改吃一个西瓜而已。我也不相信硬枕头对脑神经很坏的这种医学理论，反正我是喜欢枕硬枕头的，而且可以枕筒瓦和木段段。她常常关心得我太多，这使我很不舒服，以至厌烦。这也是我们常常闹小矛盾的原因之一。我是一个不愿可怜自己的人；也不愿别人“可怜”我！

我总愿意说一些愉快的事情去影响她，用以冲淡她那种容易感到孤独和寂寞的心情，所以总是说这样好，那样好……免得她大惊小怪，神经过敏，浪费精力来关心我！

若干年月过去了，一直到今天，我还在怀念我在青岛这两个月时期所度过的生活和写作日子。我从来没有像那样无忧无虑，不担心生活，不被各种思想和感情所烦扰，不用想什么计谋和策略来对付各样事情，各样人！……在这里，我可以整天、整夜不说一句话，不和任何人打交道——除开那位给我送吃喝的校友以外——完全可以自由思索，自由写作……没有外力打扰我。虽然有时也有点感到孤独和寂寞，但它是无害于我的。

我曾用五元钱买了一只“照相箱”，而且居然照了几张相为她寄了去。

一九七八年八月二十七日于海北楼

第六信

军：

现在正和你所说的相反，烟也不吃了，房间也整整齐齐的。但今天却又吃上了半支烟，天又下雨，你又总也不来信，又加上华要回去了！又加上近几天整天发烧，也怕是肺病的子，但自己晓得，决不是肺病。可是又为什么发烧呢？烧得骨节都酸了！本来刚到这里不久，夜里就闹不舒服，口干，胃涨……近来才晓得是又热度的关系，明天也许跟华到她的朋友地方去，因为那个朋友是个女医学生，让她带我到医生的地方去检查一下，很便宜，两元以即可。不然，华就要走了，我自己去看医生是不行的，连华也不行，医学上的话她也不会说。大概你还不知道，华的父亲病重，经济不够了，所以她必得回去。大概二十七号起身。华走了之后，他妈的，再就没有熟人了，虽然和她同住的那位女士倒很好，但她的父亲来了，父女都生病，住到很远的朋友家去了。

假若精神和身体少微好一点，我总就要工作的，因为除了工作再没有别的事情可作的。可是今天是坏之极，好像中暑似的，疲乏，头痛和不能支持。

不写了，心脏过量的跳，全身的血液在冲击着。

祝好！

你还是买一部庄子给我寄来。

吟

八月廿二日夜雨时

第六封信

东京——青岛

（1936年8月22日发，8月29日收到即复）

军：

现在正和你所说的相反，烟也不吃了，房间也整整齐齐的。但今天却又吃上了半支烟，天又下雨，你又总也不来信，又加上华要回去了！又加上近几天整天发烧，也怕是肺病的（样）子，但自己晓得，绝不是肺病。可是又为什么发烧呢？烧得骨节都酸了！本来刚到这里不久夜里就开（始）不舒服，口干、胃胀……近来才晓是有热度的关系，明天也许跟华到她的朋友地方去，因为那个朋友是个女医学生，让她带我到医生的地方去检查一下，很便宜，两元钱即可。不然，华几天走了，我自己去看医生是不行的，连华也不行，医学上的话她也不会说，大概你还不知道，黄的父亲病重，经济不够了，所以她必得回去。大概二十七号起身。

她走了之后，他妈的，再就没有熟人了，虽然和她同住的那位女士倒很好，但她的父亲来了，父女都生病，住到很远的朋友家去了。

假若精神和身体稍微好一点，我总就要工作的，因为除了工作再没有别的事情可做的。可是今天是坏之极，好像中暑似的，疲乏、头痛和不能支持。

不写了，心脏过量地跳，全身的血液在冲击着。

祝好！

吟

八月廿二日夜雨时

你还是买一部唐诗给我寄来。

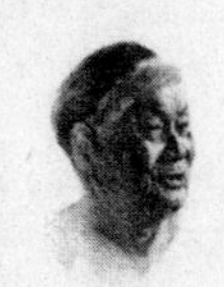

注 释

从这封信中，她的所有病情和症状几乎完全暴露出来了。她在短短的三十二年就走到了生命的尽头，这绝不是偶然的！这无怪后来在我们分离以前不久，她曾经和我说：

“三郎，我知道我的生命不会太久了，我不愿在生活上再使自己吃苦，再忍受各种折磨了！……”

在当时我并不能十分理解，也不同意她这种对于自己寿命如此悲观的预言和判断。因为我是个健康的人，顽强的人……是不容易深刻理解和确切体会到一个“病人”的心情和心理的，我总是希望，甚至是“苛求”她在主观上能够增强生命的意志，战斗的意志……从各方面强健起自己来……

幼年时期她的生活是黯淡的，孤零的，无助的；在精神上不被理解的。既无母爱，也无父爱，几乎等于生活在瑟瑟秋风的荒原上或沙漠中一株荏弱的小树！或者是生活在冰天雪地里一只畸零的小鸟！

稍稍长大以后，由于有了思想、有了意志……就要和腐朽的、顽固的家庭、学校、社会……作斗争！由于本身是无力的，孤单的，无助的……结果是失败了！遍体伤痕地失败了！几乎被拖进了万丈深渊，可怕的黑色地狱！

精神上是被摧残的，感情上是被伤害的，人格上是被污蔑的，肉体上是被伤毁的！……这些全是客观的存在，也全是使她的身体落到如此地步的种种根源！

我们结合的当时，我是个一无所有的流浪汉，既无固定的职业，也无其他可靠的经济来源，只是靠了一点微不足道的、不固定的稿费收入和作作流动的家庭教师一点学费来维持起码的生活！这时期，日本帝国主义白色恐怖的政治压迫，一天比一天严峻起来，我们既要尽可能在政治上做些所能做的斗争，又要为自己的生活而奋斗！吃了早饭，没有晚饭……这是常有的事。从她所写的《商市街》，从我所写的《为了爱的缘故》，《跋涉》中的《烛心》，以及其他文章中全可以得到部分的、真实的反映！在这种情况下，又怎能说得上医药方面的治疗，饮食上的“营养”，生活上的休息？……

由于她的身体素质的孱弱，生活上的折磨和锻炼不多，因此能够心胸开阔，斗志坚强，无畏与乐观……坦率地说，她全是不能和我相比的。同样一种打击，一种生活上的折磨……在我是近于“无所谓的”，而在她却要留下深深的、难于平复的伤痕！

到了上海以后的后期，虽然经济情况略有好转，但是，不管是她还是我，为了文学而工作，或是为了生活而工作，但工作却是一天也不能够停顿的。这在她的每一封信中全要提到“工作”的进展情况，而我给他的信件中——虽然全部不在了——我估计也必然是首先谈到“工作”进行的情况的。我们这虽然也算是夫妻之间的“情书”，但却看不出有多少地方谈到“情”、谈到“爱”！或者谈到彼此“想念之情”，更多的谈的却只是事务和工作。这就是说，我们那时虽然彼此年龄全不足三十岁，但生活的现实教育了我们，磨炼了我们……有时已经进入了老年境地的心情！

黄夫人——华——要回国来了，她这时倒真的成了名副其实的身居异国“举目欢笑，谁与为亲”的人了。

一九七八年八月二十八日于海北楼

第七信

你的信封上帶一個小花，我覺很喜歡，起初我是用手去撕的。

均：

我和房東的孩子很熟了，那孩子很可愛，黑的，好看的大眼睛，只有五歲的樣子，但能教我單字了。

這裡的蚊子非常大，蚊子使我從來沒有見過。

那回在游泳池裡，我手上受的那塊小傷，到現在還沒有好。腫一小塊，一觸即痛。現在我每日二食，早食一毛錢，晚食兩毛或一毛五，中午吃面包或餅乾。或者吃飯。我還要吃得好點，不過，我一個人連吃也不想吃，玩也不想玩，花錢也不想花。你看，這裡的任何公園我還沒有去過一個，銀座大概是漂亮的地方，我也沒有去過，等著吧！將來日語學好了再到處去走走。

你說我快樂的玩吧！但那只有你，我就不行了，我只有工作，睡覺，吃飯。這樣是好的，我希望我的工作多一點。但也覺得不好，這並不是正常的生活，有點類似放逐，有點類似隱居。你說不是嗎？若把我這種生活換給別人，那不是天國了嗎？其實在我也和天國差不多了。

你近來怎麼樣呢？信很少，海水還是那樣藍麼？透明嗎？浪大嗎？嶗山也倒真好嗎？問得太多了。

可是，六號的信，我接到後即回你，怎麼你還沒有接到？文章沒有寫些，信倒写了这许多。但你，除掉你刚到青岛的一封信，你来十之归叙封，再就没有了，今天已经是二十六日。我来在这里一个月零六天了。

现在搁下，明天想找什么来再写。

今天同时接到你从劳山回来的两封信，想不到那小照像机还照得这样好，真清楚之极了！什么全看得清，就等于我也逛了劳山一样。

说真话！逛劳山没有我同去，你想不到吧？

那大张的单人像，我倒不敢佩服，你看那大眼睛，大得我从来都没有看见过。

两片红叶子已经干了的了，我还记得我初认识你的时候，你也是寄了两张叶子给我，但记不得那是什么叶子了。

孟有信来，并有两本作品来。他这样好改字换句的，也真是個毛病。

“瓶子很大，是朱色，调配起来，也很新鲜！祇是……”“这祇是”是什么意思呢，我不懂。

花发走集，这真是很可笑，你一定又是把她压坏的。

还有可笑的，怎么你也要了主意呢？你是根据什么呢？那么说，我把写作放在第一位始终是对的。

我也沒有胖也沒有瘦，在洗澡的地方天天过磅。

对了，今天整是廿七號，一個月零七天了。

西瓜不好那樣多吃，一氣吃完是不好的，放下一会再吃。

你說我回去，你想我了嗎？我可不想你呢，我要在日本住十年。

我沒有給淑奇去信，因為我把她的地址忘了，商鋪街十号還是十五号？

還是內十五號呢？還想問你，下信裡告訴我吧！

那篇周走了之後，我再給你信，就不要寫周轉了？

我本打算在二十五號之前再有一個短篇產生，但是沒能夠，現在要開始一個三萬字的短篇了。給作家十月號。完了就是童話了。我這樣童話來，童話去的，將來寫不出，可就該覺得不好意思了。

東西還不開始寫，只會說幾個單字成句的話，不會寫東西還不錯，總算比中國寫東好。

你等着吧！說不定那一個月，或那一天，我可真要回去的。到那時候，我就說你讓我回來的。

不寫了。

祝好！

吟

八月廿七晚七時。

東京麴町区富士見町二丁目九ノ五中村方

第七封信

东京——青岛

（1936年8月27日发，9月3日收到即复）

均：

我和房东的孩子很熟了，那孩子很可爱，黑的、好看的大眼睛，只有五岁的样子，但能教我单字了。

这里的蚊子非常大，几乎使我从来没有见过。

那回在游泳池里，我手上受的那块小伤，到现在还没有好。肿一小块，一触即痛。现在我每日二食，早食一毛钱，晚食两毛或一毛五，中午吃面包或饼干。或者以后我还要吃得好点，不过，我一个人连吃也不想吃，玩也不想玩，花钱也不愿花。你看，这里的任何公园我还没有去过一个，银座大概是漂亮的地方，我也没有去过，等着吧，将来日语学好了再到处去走走。

你说我快乐地玩吧！但那只有你，我就不行了，我只有工作、睡觉、吃饭，这样是好的，我希望我的工作多一点。但也觉得不好，这并不是正常的生活，有点类似放逐，有点类似隐居。你说不是吗？若把我这种生活换给别人，哪不是天国了吗？其实在我也和天国差不多了。

你近来怎么样呢？信很少，海水还是那样蓝么？透明吗？浪大吗？劳山也倒真好？问得太多了。

可是，六号的信，我接到后即回你，怎么你还没有接到？这文章没有写出，信倒写了这许多。但你，除掉你刚到青岛的一封信，后来十六号的（一）封，再就没有了，今天已经是二十六日。我来在这里一个月零六天了。

现在放下，明天想起什么来再写。

今天同时接到你从劳山回来的两封信，想不到那小照相机还照得这样好，真清楚极了！什么全看得清，就等于我也逛了劳山一样。

说真话，逛劳山没有我同去，你想不到吗？

那大张的单人像，我倒不敢佩服，你看那大眼睛，大得我从来都没有看见过。

两片红叶子已经干干的了，我记得我初认识你的时候，你也是弄了两张叶子给我，但记不得哪是什么叶子了。

孟有信来，并有两本《作家》来。他这样好改字换句的，也真是个毛病。

“瓶子很大，是朱色，调配起来，也很新鲜，只是……”这“只是”是什么意思呢，我不懂。

花皮球走气，这真是很可笑，你一定又是把它压坏的。

还有可笑的，怎么你也变了主意呢？你是根据什么呢？那么说，我把写作放在第一位始终是对的。

我也没有胖也没有瘦，在洗澡的地方天天过磅。

对了，今天整整是二十七号，一个月零七天了。

西瓜不好那样多吃，一气吃完是不好的，放下一会再吃。

你说我滚回去，你想我了吗？我可不想你呢，我要在日本住十年。

我没有给淑奇去信，因为我把她的地址忘了，商铺街十号还是十五号？还是内十五号呢？正想问你，下一信里告诉我吧！

那么周走了之后，我再给你信，就不要写周转了？

我本打算在二十五号之前再有一个短篇产生，但是没能够，现在要开始一个三万字的短篇了，给《作家》十月号。完了就是童话了。我这样童话来、童话去的，将来写不出，可应该觉得不好意思了。

东亚还不开学，只会说几个单字，成句的话，不会。房东还不错，总算比中国房东好。

你等着吧！说不定哪一个月，或哪一天，我可真要滚回去的。到那时候，我就说你让我回来的。

不写了。

祝好。

吟

八月廿七日晚七时

你的信封上带一个小花我可很喜欢，起初我是用手去掀的。

东京麹町区富士见町二丁目九，五中村方

注 释

这是她到日本一个月零七天寄给我的信。离别的日子不能算长，在她似乎已经有了挨不下去的样子，而在我也确是很怀念她，因此向她说，如果日子挨不下去时就“滚”回来吧！不必矜持了，像那次分床各睡时一样，半夜又哭起来！……

孤独和寂寞确是时刻在侵蚀着她，所谓：“举目言笑，谁与为欢？”就正是她当时这处境，在这一点上我是充分理解的。尽管我给她写信时用了浪漫主义的手法，夸大我的“愉快”和“得意”……但她也是明白的，我也在想念她……这所谓：“心有灵犀一点通”，也如一个小令上所说的：“一块泥巴，捏两个娃，男娃和女娃；又把它们揉到了一起，再捏两个娃，这时候她的身中有了我，我的身中也有了她，……”（大意如此，这可能是元朝赵松雪写的，记不确了。）

这也就是当时我们的关系和实情。又如两个刺猬在一起，太靠近了，就要彼此刺得发痛（因为彼此身上全有刺）；远了又感到孤单（这可能是鲁迅先生说过或写过的，也记不确了）。这也是我们当时的关系和实情。

为什么要去劳山呢？真正的动机和立意早已忘掉了。大概因为这座山很出名，同时它在蒲松龄笔记小说《聊斋志异》中也常常被提到，例如《劳山道士》、《香玉》（这故事发生于劳山下清宫）之类，别的笔记中也有的也提到过这座山……

我对于“神”和“仙”当然是不相信他们的存在，但对于一些美丽的“神话”或“仙话”却是喜爱的，也甘心为它们所“欺骗”，例如《牛郎与织女》、《白蛇传》、《西游记》……等等。譬如每年七月七（古历）我总要下意识地想到下雨不下雨这一问题（下雨是他夫妻见面流泪了，没下雨就是吵嘴了，没流泪），燕子们在不在（去搭桥了）的问题；夜间也要望一阵那牛郎星和织女星，以至牛郎星所担的那两颗“娃娃星”，银河是不是还在？……由于幼年时期五姑母为我们孩子讲这故事太形象、太逼真、太感动人了，引得我们竟流出眼泪来。所以一到这日子，情不自禁地就引起一种漠漠地怅惘的感情！……

对于《白蛇传》也如此。我到杭州西湖时，对于雷峰塔的残址，断桥的遗迹……总要留连低徊一些时间，才肯于惘然离去。虚妄尽管它是虚妄，美丽依然还是美丽，因此留连还要留连，怅惘也还要怅惘！……

对于劳山也如此，我很想要看一看《聊斋志异》故事所产生的地方，特别是《香玉》所依托的“下清宫”。

劳山距离青岛并不算远，坐长途汽车，几个钟头就到了。我请了一位行路的“向导”，到了我所要去的地方，也到了“下清宫”，但那里连一棵牡丹芽芽儿

也没有了！更不必说“牡丹精”了。

回来的路线是沿着山东壁走的，那路是盘旋起伏在几十丈高的峭壁陡崖上，下面就是奔腾澎湃怒吼咆哮着的大海！海浪触到壁石上，嘭噗一声，接着就是一团团、一朵朵白色的大小浪花排空飞溅起来……

登上了劳山的终顶，我用手挥拂着身前身边……急急漫过的白云，我感到自己确是有点像“腾云驾雾”“羽化而登仙”的神仙一类了。

我把这些经过大概全给她写了去，还附了自拍的几张照片，竟博得了她大加称赞，我也自我满足了一番。

正如她所说，青岛是我旧地重游的地方。也是值得我们永远怀念和纪念的地方。

一九三四年夏天我们从哈尔滨出走以后，于当年的端午节前一日到了青岛，我曾写下过这样一首诗：

> 归来了。
> 这是我的祖国，我的母亲！
> 在那里：
> 有鞭挞，有辗轧，……有——
> 无限际的屠杀！……
> 这里也是一样？
> 我的祖国，我的母亲！——
> 对于劳苦的兄弟们？
> 在那里：
> 有罪恶，有不平，……
> 有盈街的乞丐，
> 有漫天的哭声，……
> 这里也是一样？——
> 我的祖国，我的母亲！
>
> 这美丽的都市：
> 有，人做马；
> 有，人拖人，……
> 这就是合理的社会吗？——
> 我的祖国，我的母亲！

这首诗，后来加了几句附言，曾作为“附记”附于初版（一九三五年八月）的《八月的乡村》后面。

到了青岛不久，我们就在“观象一路一号”一所石块垒成的二层小楼的下部租了两间房子：一间由舒群夫妇居住，一间就由我们居住。

这所小楼占据的地位是很好的，它处于“观象山”的北脚下一带突起的山梁上，从这里左右两面全可以看到海的：一边是青岛有名的“大港”；一边则是“湛山湾”和“炮台山”、海滨浴场，它正当江苏路和浙江路分界限（分水岭）的地方。

这小楼是面向北的。北面是一带山岗，山岗上竖立了很多旗杆，常常要有各种形式、颜色……不同的旗子升起降落着，这可能是一些什么信号旗，对于出入港的航船有所作用，这大概就名为“信号山”。

也还记得这小楼顶端额面上还嵌绘着一个圆形的“太极图”，这是一种民间传统的迷信，如此就可以“逢凶化吉”名为“压胜”。

我的《八月的乡村》和萧红的《生死场》就全是在当年——一九三四年秋季间，完成于这所小楼里面的。后来我由楼下面又搬到楼上有“太极图”那间突出的里间居住了。我在一篇题名为《邻居》的散文里，就是写的这个地方。

由一九三四年冬季离开这里到一九三六年夏季我又重来到这里，虽然还不足两个周年，但好像已经度过若干年月了！可是，又好像从来也没离开过这里一样！……

再次来到这山岛，少不了对于自己曾经存在过的地方总要去浏览一番。例如我前边所说的“观象一路一号”那小楼，海边菜市场的“荒岛书店”，海边的栈桥……尽管“物在人非”了，成了历史上的“往迹”……但还是要引起一番低徊、忆想……惆怅之情！

回想若干年来在我所住过的一些都市之中，第一怀念的是吉林城，其次哈尔滨，其次是青岛，最后应该成都城……其他的地方我从来也不愿想，以至在我的记忆中已经被遗忘到不存在的地步了。

一九五一年由于探视一位朋友，第三次我又到了青岛，“景物依稀是”，而时间又过去了十四、五年。这时，人民已掌有了这山岛，不再是任何帝国主义，不再是那腐朽的反动的国民党的政权所管辖……

有一次在一批旧照片中，竟捡出了几张属于一九三六年夏季我在青岛时期的照片：有一张是那小楼的，一张是我坐在山东大学教员宿舍我所暂住的那间房子窗口在作势弹吉他的照片，一张是我头戴游泳帽，身穿游泳裤，双臂交抱，面带微笑，蹲跪在游泳场沙滩上照下的，黑得来倒很像一个游泳健将的样子。这些照

片尽是谁给我拍的，记不起来了。最使我意外的，就是我曾寄给过萧红的，使她“不敢佩服”的那大张的单人像，竟也捡出来了！这究竟是我自存的？还是我寄给她的我们分手时又归还给我了？已无从记忆。

这张照片我的眼睛确实被照得那样大得惊人！不独我自己，任何熟识我的人，全不会承认那是我的眼睛！但又明明是嵌在我的脸面上的。这可能是照相馆给额外加了“特技”！

照这照片时，可能是吃过晚饭出去街上散步，顺便走到了照相馆照下的，因为嘴唇边还有吃过饭的晕环痕迹……

当时的装束是无可指摘的，上身是穿了一件白麻布的流行式样的西装，也很规整地系了领带。那衬衫可能是一件软领、短袖、淡绿色的网球衫；领带应该是当时所流行的玫瑰红色带有斜纹的……

这是一幅四寸的半身像。

“文化大革命”中抄家的小将们，竟没给撕毁了，还能够被还回来，我只能叫声“惭愧”或者念一声“阿门”！

一九七八年八月二十九日于海北楼

观象一路一号旧址 （1934年 青岛）

在那幢有太极图的小屋里，萧军完成了他的“成名作”——《八月的乡村》。

第八信

均：

二十多天感到困难的呼吸，只有昨夜是平静的，所以今天大大的欢喜，打算要写满十页稿纸。

别的没有什么可告诉的了。

腿肚上被蚊子咬了个大包。

莹

八月卅晚。

第八封信

东京——青岛

（1936年8月30日发，9月6日到，7日复）

均：

二十多天感到困难的呼吸，只有昨夜是平静的，所以今天大大的欢喜，打算要写满十页稿纸。

别的没有什么可告诉的了。

腿肚上被蚊虫咬了个大包。

莹

八月卅日晚

注释

由于自己是健康的人，强壮的人，对于体弱的人，有病的人……的痛苦是难于体会得如何深刻的。所谓"关心"，也仅仅是理性上的以至"礼貌"上的关心，很快就会忘掉的。我和她之间就是这种情况。俗语所谓"同病相怜"，只有是"同病"才能够做到真正的"相怜"，这话是对的。

腿肚上被蚊虫咬了个大包，她也会说一说的，好像如此一说，这"大包"就可不痛不痒了，其实我对她这"大包"能有什么办法呢？——这也是我们俩体性不相同的地方。在我是不愿向任何人谈论自己病症或伤害的，我以为这是无益，也伤害到自尊的事，总愿意把"愉快"给予人。

当然，我也并不拒绝听取别人的诉苦或喊痛！……我平生以来就不知道接待过多少"诉苦"的人，甚至要几个小时，几个小时……地专心致意地听取着，这几乎成了我生活中的一项义务！我曾戏称自己是某几位朋友的"垃圾箱"，他们总是定期地向我倾倒他或她们在一个时期以内积存下来的垃圾的，倒完之后，就轻松愉快地走去了！我还得把这些垃圾在自己的头脑中清扫一下才能得到安宁……其实我自己的垃圾并不比别人更少些。有些朋友竟称赞我是"不知忧愁"的人，"永远快乐"的人……

从这封短短的书信中，可以看出，她虽然二十多天感到困难的呼吸，稍稍好了一些还没忘记要“写满十页稿纸”，她是以自己的生命来对待自己的工作的，这也就是很快地熄灭了她的生命之火的重要原因之一。

一九七八年八月二十九日于海北楼

正在创作的《生死场》已近尾声，萧红的心境好多了。 （1934年夏 青岛“樱花公园”）

第九信

均：

不得了吖！已经打破了记录，今已经超出了十页稿纸。我感到了大欢喜。但，正在我这信，外边是大风雨，電灯已经忽明忽滅了几次。最我来了一個奇绝的幻想，是不是会地震呢？三万字已经有了二十六页了。不会靈验罷吧！这真是幼稚的思想。但，说真话，心上總有点不平静，也许是因为你“不在旁边”？

電灯又滅了一次。外边的雷声好像劈裂着什么似的……我立刻想起了一個新的题材。

從前我对着这雷声，並没有什么感觉，现在不然了，她似乎会随時波動着我的灵魂。

灵魂太细微的人同時也一定渺小，所以我並不崇敬我自己。

我崇敬粗大的，宽宏的……

我的錶，已經十点一刻了，不知你那裡是不是也有大风雨？

電灯又滅了一次。

只得向一声晚安放下筆了。

吟 卅日夜。八月。

第九封信

东京——青岛

（1936年8月31日发，9月6日到，7日复）

均：

不得了了！已经打破了纪录，今已超出了十页稿纸。我感到了大欢喜。但，正在我（写）这信，外边是大风雨，电灯已经忽明忽灭了几次。我来了一个奇怪的幻想，是不是会地震呢？三万字已经有了二十六页了。不会震掉吧！这真是幼稚的思想。但，说真话，心上总有点不平静，也许是因为“你”不在旁边？

电灯又灭了一次。外面的雷声好像劈裂着什么似的！……我立刻想起了一个新的题材。

从前我对着这雷声，并没有什么感觉，现在不然了，它们都会随时波动着我的灵魂。

灵魂太细微的人同时也一定渺小，所以我并不崇敬我自己。我崇敬粗大的、宽宏的！……

我的表已经十点一刻了，不知你那里是不是也有大风雨？

电灯又灭了一次。

只得问一声晚安放下笔了。

吟

八月卅一日夜

注释

在这封信的前面，应该还有一封信，因为这里剩下一只空封筒，背面30/8和31/8复的记号，这可能是八月三十日到的信，八月三十一日我就作“复”了。这封信本身却不见了，邮票也不知被什么人剪去了。我发现有一些邮票大部分是被剪去了的，这是淡红色，标着“叁钱”的日本邮票。

她又兴奋起来了，因为当天写作量竟超过了十页稿纸，每页以四百字计算，

这大概已经接近了五千字，这对于她的写作能力和平常写作习惯来说，确是创造了一个“新纪录”。我估计自己当时不会“漠然视之”，可能马上就写了复信表示祝贺和鼓励！她是需要鼓励的。同时也会对她提出“警告”，当心身体所能容许的限度，免得再故病复发。

我的写作习惯和她是不相同的，我可以像办“公事”那样来写作。就是说，在一定的时间开始，譬如：上午九时至十二时，下午三时至六时，夜间九时至十二时……稿纸的定量大约是五至六页（每页四百字，约两千字左右），到时就置笔不写了，事后也不再继续想写作的任何问题，该吃饭就吃饭，该睡觉就睡觉，该干别的什么事就干什么事……完全可以把“写作问题”抛到头脑以外去，使它不干扰我其他的任何日程。无论在任何场合和情况下，如果我真的要写作，马上就可以写作下去，一般的来说外来的事物和环境也很少能够干扰到我的写作进程。例如我的《羊》，那个短篇小说，因为在家热而又暗，吵而又杂……实在无法工作下去了，我就躲到“法国公园”（当时名称，吕班路附近）里去，扯了一张单人椅子到一处树林深处人不容易走到的地方，一只手擎着一叠稿纸放在叠起来一条腿的膝头上，就是如此开始写起来，也是如此终结的。

我从来不等待“灵感”来工作的，只要一坐到桌子旁边，拿起笔来就可以开始写作，除非特殊情况，我是很少有什么“灵感焕发”……写作到“废寝忘餐”以至“病倒了”那样地步的。

我自以为是一个正常的人，无论精神和身体全是正常的，思想和感情也是正常的。我很难于被任何喜悦的事情激动起来，也很少被任何悲哀的事情痛苦或消沉到站不起来的地步，但却很难于控制自己的愤怒的感情。当愤怒起来我是完全可以忘掉自己存在的，也不计及到任何后果——这可能就是我平生的“弱点”，也可能是我自己所谓“正常”状态中不正常的地方。我懂得自己这弱点，因此就常常有意识地控制着自己这种感情，有时控制到残酷甚至在肉体上来虐待自己的程度。——这只有我自己知道这是如何苦恼、痛苦的事！

记得一九三七年她由日本回到上海，我们住在吕班路二五六弄一处由俄国人经营的家庭公寓里，她一时写不出文章来，而我还是照常写作着，这使她“生气”了，就把我光着背脊戴着一顶小压发帽的背影用炭条速写下来，据她说这是对我一种嫉妒的“报复”！这速写竟还被我保存下来，画得确属不坏，线条简单、粗犷而有力，特征抓得也很鲜明。她绘画的才能是很高的，可惜没把它认真发挥出来。

由于大风雨和雷声，她竟疑心要大地震，同时也想到我的存在不存在她的身边，这可能也是实情。——这种情景下，我又多么愿意自己能够存在在她的身边呢！——由于我像对于一个孩子似的对她“保护”惯了，而我也很习惯于以一个“保护者”自居，这使我感到光荣和骄傲！

最后她说：

“灵魂太细微的人同时也一定渺小，所以我并不崇敬我自己。我崇敬粗大的，宽宏的！……”

我的灵魂比她当然要粗大、宽宏一些。她虽然“崇敬”，但我以为她并不“爱”具有这样灵魂的人，相反的，她会感到它——这样灵魂——伤害到她的灵魂的自尊，因此她可能还憎恨它，最终要逃开它……她曾骂过我是具有“强盗”一般灵魂的人！这确是伤害了我，如果我没有类于这样的灵魂，恐怕她是不会得救的！

一个不敢于杀人的人，一个连树叶落下来全怕砸到自己头上那种绝对利己的所谓老鼠一般的“人”……他们是不会冒着任何可见的损害和危险而去救别人的。——虽然敢于杀人的人，不一定就是肯于救人的人。

我曾经有自知之明地评价过自己，我是一柄斧头，在人们需要使用我时，他们会称赞我；当用过以后，就要抛到一边，而且还要加上一句这样的诅咒：

“这是多么蠢笨而蛮野的斧头啊！……”

一九七八年八月三十日夜于海北楼

第十信

均：

这样剧烈的肚痛，三年前有过，可是今天又来了这么一次，从早十点痛到两点。幸然是四个钟头，今日就发掉了。治疗后，不好用，吃了四[illegible]有用。

稿子到了四十页，现在只得停下，若不然，今天就是五十页，现在也许写后一半的缘故，写作得很快，有趣味。

每天我总是十二点到一点钟睡觉，出息得很，小海豹也不是小海豹了，非常精神，早睡，睡不着反而乱想一些更不好。不用说，早晚快得还是早的。

肚子还是痛，我就在这机会上给你写信，或者有丸拉紫吃下去会好一点，但，这回没有人给你写了。

这稿既然长，抄起来一定错字不少，这回得特别加小心。

不多写了。我给你写的信也太多。

祝好。

肚子好了。二日五时

吟 九月二日

第十封信

东京——青岛

（1936年9月2日发，9月9日收到即复）

均：

这样剧烈的肚痛，三年前有过，可是今天又来了这么一次，从早十点痛到两点。虽然是四个钟头，全身就发抖了。洛定片，不好用，吃了四片毫没有用。

稿子到了四十页，现在只得停下，若不然，今天就是五十页，现在也许因为一心一意的缘故，创作得很快，有趣味。

每天我总是十二点或一点睡觉，出息得很，小海豹也不是小海豹了，非常精神，早睡，睡不着反而乱想一些更不好。不用说，早晨起得还是早的。肚子还是痛，我就在这机会上给你写信，或者有凡拉蒙吃下去会好一点，但，这回没有人给买了。

这稿既然长，抄起来一定错字不少，这回得特别加小心。

不多写了。我给你写的信也太多。

祝好。

吟

九月二日

肚子好了。

二日五时

注 释

果然又肚子疼痛起来。在哈尔滨时她就是常常闹肚子痛，没查出真正的病因来，——事实上也没认真查过——这不“认真”的原因还不是为了“钱”！总是痛起来热敷一下，买点止痛药——凡拉蒙之类——吃下去，一旦不痛了，所谓“好了”，也就忘了应该根本治疗这问题，当然也还是“钱”的问题。

肚子虽然痛得要命，也还在惋惜她的稿纸“纪录”，未能达到“五十页”！为了“忘却”某些问题的烦扰，就只有在工作中忘却；为了避免“乱想”就不早睡，……这就是“以毒攻毒”的办法。

“小海豹”这是我给她起的诨名。因为她很喜欢睡觉，平常一到夜间九、十点钟就要睡了，而且连连打哈欠，一打哈欠两只大眼睛的下眼睑就堆满了泪水，加上她的近圆形的小脸……俨然一只趴在水边亮着一双水汪汪大眼睛的小海豹，我并非诬枉她……在一些生活习惯上我们也是各异的，我则是必须到十二点，或者更多一些时才能睡下。常常是她睡了一觉醒转来，而我还在干着一些什么。在我的意念中，过早地睡觉是一种时间的“浪费”！我是很珍惜夜深人寂那一段时间的。因此，我是不适于有一室共居的人，这会彼此妨碍，但是由于条件，这又有什么办法呢？这习惯一直到今天也还在保有着，因此家人们就管我叫“夜猫子”，我也并不生气。尽管如此，我还是起得最早的人。

记得唐代诗人元稹在一首《遣悲怀》中有句：

> 昔日戏言身后意，今朝都到眼前来。
>
> …………
>
> 诚知此恨人人有，贫贱夫妻百事哀！

这正是说着我们的“今朝”；也说着我们的“过去”！……

一九七八年八月三十一日于海北楼

“我决定拯救这颗美丽的灵魂……”萧军把已经怀了身孕而求救的张乃莹救出了“火坑”。
(1932年秋 哈尔滨)

第十一信

三郎：

五十一页就算完了。自己觉得写得不错，所以很高兴。孟写信来说："可不要和作家距远啊！"这回大概不会远了。

你怎么总也不写信呢？我写五次，你才写一次。

肚痛好了。发燒还是發。

我自己觉得满足，一個半月的工夫写了三万字。

補習学校，还没有開学。这裡又热了几天。今天很凉爽。一開学，我就要上学的，生活太单纯，而精神方面不很好。

昨天我出去，看到一個穿中国衣裳的中国女人，在街上喊住了一個汽車，她拿一個紙條给了車夫，但没拉她。街上的人都看着她笑，她也一定和我似的是個新飛来的鳥。

到现在，我自己没坐过任何一種車了。走也只走过神保町。冰淇淋吃得顶少，因为不願意吃。西瓜还吃，也不如你吃得多。也是不願意吃。影戲一共看过三次。任何公園一没有去过。一天廿四小时三飽飯，一觉，除此即是在椅子上坐着。但也快活。

祝好。

吟 九，四。

第十一封信

东京——青岛

（1936年9月4日发，9月9日收到即复）

三郎：

五十一页就算完了。自己觉得写得不错，所以很高兴。孟写信来说：“可不要和《作家》疏远啊！”这回大概不会说了。

你怎么总也不写信呢？我写五次你才写一次。

肚痛好了。发烧还是发。

我自己觉得满足，一个半月的工夫写了三万字。

补习学校还没有开学。这里又热了几天。今天很凉爽。一开学，我就要上学的，生活太单纯，与精神方面不很好。

昨天我出去，看到一个穿中国衣裳的中国女人，在街上喊住了一个汽车，她拿了一个纸条给了车夫，但没拉她。街上的人都看着她笑，她也一定和我似的是个新飞来的鸟。

到现在，我自己没坐过任何一种车子，走也只走过神保町。

冰淇淋吃得顶少，因为不愿意吃。西瓜还吃，也不如你吃得多。也是不愿意吃。影戏一共看过三次。任何公园没有去过。一天廿四小时三顿饭，一觉，除此即是在椅子上坐着。但也快活。

祝好。

吟

九月四日

注 释

“孟”是孟十还，《作家》的编辑。

她这篇完成的稿子，可能就是《家族以外的人》，曾发表在《作家》上。

她说我“总也不写信”给她，这是不确的。我检查她写来的信封背面，那上面当时全有我的红色铅笔标记，某月某日收到，某月某日复，常常是标着“即

复”二字，总是有来有往，我并未犯“官僚主义”，譬如这第十一信标的是九月九日到，下面就是“即复”二字。这可能是她盼信心切，或因船期的关系，所以她有时可以一连收得两封信。

从这封信中可以看出，由于肚痛好了，写作胜利地完成了，所以她就感到了宁静和“快活”了。

一九七八年八月三十一日于海北楼

三郎的仗剑生涯成了维持生计的本领　(1933年6月 哈尔滨)

第十二信

均：

你说是用那样使我有点感动的称呼叫着我。

但我不是迟疑，我不回去的，既然来了，并且来的时候是打算住到一年，现在还是照着做，学校开学，我就要上学的。

但身体不大好，将来或者说一说。那天的肚痛，到现在还不大好。你是很健康的了，多么黑！好像个体育棒子。我也像匹小马！你健壮我是第一为高兴的。

黎的刊物怎么样？没有人恭维我！

黄来信说十年一册也要写稿，现你已答应他了？但为东西是个什么呢？

上海那些个精子怎么样？

你没有请王关石吃一顿饭？我一想起王关石，我就想起你打他的那块石头！袁泰见过？还有那个张？

唐诗我是要看的，快请寄来！精神上的粮食太缺乏！所以也会有病！

不多写了！明年见吧！

莹

九月六日

这字照旧写，红笔用本字

给萧军的

缺點を見つけるな。荒立てるな。静かに彼のために祈れ。（聖賢の言葉）

生長の家便箋

“专案组”留下的“苍蝇屎”无处不在，这“第十二信”的页面上又被它们玷污了。

第十二封信

东京——青岛

（1936年9月6日发，9月13日收到即复）

均：

你总是用那样使我有点感动的称呼叫着我。

但我不是迟疑，我不回去的，既然来了，并且来的时候是打算住到一年，现在还是照着作，学校开学，我就要上学的。

但身体不大好，将来或者治一治。那天的肚痛，到现在还不大好。你是很健康的了，多么黑！好像个体育棒子。不然也像（一）匹小马！你健壮我是第一高兴的。

黎的刊物怎么样？没有人告诉我。

黄来信说《十年》一册也要写稿，说你已答应写了？但那东西是个什么呢？

上海那三个孩子怎么样？

你没有请王关石吃一顿饭？

我一想起王关石，我就想起你打他的那块石头！袁泰见过？还有那个张？

唐诗我是要看的，快请寄来！精神上的粮食太缺乏！所以也会有病！

不多写了！明年见吧！

莹

九月六日

注 释

由于从她的每封来信中，全反映了她的生疏、寂寞、孤独……以至“发配”的感觉，加上接连发病，我考虑了一番，觉得还是让她回来留在自己的身边吧，这样会好一些，就写信要她到青岛来，共同住一个时期，而后再决定去北京或者回上海……

她是有矛盾的，但为了自尊，还是隐忍地要坚持原来的计划——住一年，因此我也不便勉强她回来。“逞强”这也是她性格中的一个特点。

我可能把在游泳场沙滩上那张蹲坐的照片寄给她了，所以她说我健康、黑得像个“体育棒子”（运动员），还像一匹小马！（如今已经成为“老马”了。）

“黎”——是黎烈文，《中流》半月刊的编辑。

“黄”——是黄源。《十年》是上海开明书店拟出的一本小说选集，我的《四条腿的人》就是刊在第二（续）集的，萧红是给他们什么篇名呢？——或者未给？——我记不起来了。这选集可能出了两集，约二十几篇小说。

“三个孩子”是由东北哈尔滨跑出来的三个十六、七岁的青年人。其中有一个姓陈的是我在哈尔滨时期一位朋友的弟弟，另两个姓张，其中有一个叫张璟珊的，我在哈尔滨时期他也经常在《国际协报》上写些诗歌发表，……

他们到上海后写信给我，要我在生活、工作上能够给他们以援助。我去看了他们一次，三个人住在一间低矬而狭小的房子里，由于闷热，三个人几乎是脱得赤光光，仅仅穿了一件短裤衩……竟像三只光身鸟似的，使人有些啼笑不得。他们大胆地跑到上海来，可能是不甘心被日本人所统治，投到祖国怀抱来寻找出路，寻找“光明”！……

我当时只能为他们留下几元钱，作为当前生活上的补助。后来我把张璟珊介绍到九江杜重远那里去做陶瓷工（杜在那里有瓷器公司）。一九四五年东北解放后，听说他在他的家乡做了公安干部，后来又听说自杀了！……这当然全是没什么依据的传闻。

另外那位姓张的青年，他自己找到一处为人家做杂工的地方，后情不知。那位姓陈的我朋友的弟弟，在上海竟被某些需要者，把他捧为“东北诗人”，成为“国防文学”派的诗人。一九四六年我回到东北，他很念旧情，竟来看我，还称我为“大哥”，这时他已经是某部的上校宣传副部长了。后来到了北京大概又升了级（但我从未再见到过他），也做了军队里面什么文化方面的部长……

王关石是我在哈尔滨相识的一位朋友，青年画家。我们为了一件什么事争执起来，我要打他，他跑，我给了他一砖头，差一点打到他的脚后跟……一九三六年我们在青岛又见到了，当然就“言归旧好”了。

袁泰和张，这全是一九三四年我在青岛编《晨报》副刊时，认识的投稿青年朋友，那时他们还在中学读书。

一九七八年八月三十一日于海北楼

“你是很健康的了，多么黑！好像个体育棒子。” ——萧红

第十三信

三郎：

稿子既已交出，這兩天沒有事做，所以做了一張小手帕，送給你吧！

八月既已五號，但沒有印衣的。請路過某不錯。現在你在嚼什麼？

勞山我也不想去，不過前個玩笑就是了，嚇你一跳。我膽細不細的，你也就不用罵！

嚼到時，我不讓你寫信，是指的囉哩囉嗦的信。

黃來信，說有書寄來，但等了五天，還不到。江上也看，商市街也有，還有譯文之類。我是渴想看書的，一天二十四小時，既不燒飯，又不談天，所以一休息下就覺得天長得很，你靠著覓種讀的是什麼書呢？普通一類，都可以寄來的，並不用掛號，太費錢，也是不常去的。唐詩也快寄來，讀讀何妨？我就是這樣一個莊嚴的人，也不至於每天每月莊嚴到底呀，尤其是詩，讀一讀就像唱歌似的，情感方面也愉樂一下，不然，這不和白痴過的生活一樣嗎？寫不出我是要寫的，但個人羞壞他一點也不間斷下來，總是想，和寫，我總是離不到，用功是該用功的，但也要有一點快樂，不然就像住姑子庵了！所以說來說去，唐詩還是快點寄來。

胃還是壞，程度又好像深了一些，飲食我是非注意，但還不好，總是一天要痛幾回。

若是回去，我是不回去，來一次不容易，一定要把日文可以看書的時候，才回去，這裡真是便宜，住上一年，不用功也差不了。黃來信，說你十月底回上海，那末北平不去了嗎？

祝好！

榮子

九月九日

東亞補習學校，昨天我又跑去看了一次，但看不懂，那招生的廣告我倒現在還不知道是指的什麼，過兩天再看看。

第十三封信

东京——青岛

（1936年9月9日发，9月15日收到即复）

三郎：

稿子既已交出，这两天没有事做，所以做了一张小手帕，送给你吧！

《八》既已五版，但没有印花的。销路总算不错。现在你在写什么？

劳山我也不想去，不过开个玩笑就是了，吓你一跳。我腿细不细的，你也就不用骂！

临别时，我不让你写信，是指的啰哩啰嗦的信。

黄来信，说有书寄来，但等了三天，还不到。《江上》也有，《商市街》也有，还有《译文》之类。我是渴想着书的，一天二十四小时，既不烧饭，又不谈天，所以一休息下（来）就觉得天长得很。你靠着电柱读的是什么书呢？普通一类，都可以寄来的，并不用挂号，太费钱，丢是不常丢的。唐诗也快寄来，读读何妨？我就是怎样一个庄严的人，也不至于每天每月庄严到底呀？尤其是诗，读一读就像唱歌似的，情感方面也愉乐一下，不然，这不和白痴过的生活一样吗？写当然我是写的，但一个人若让他一点点也不间断下来，总是想和写，我想是办不到，用功是该用功的，但也要有一点娱乐，不然就像住姑子庵了！所以说来说去，唐诗还是快点寄来。

胃还是坏，程度又好像深了一些，饮食我是非（常）注意，但还不好，总是一天要痛几回。可是回去，我是不回去，来一次不容易，一定要把日文学到可以看书的时候，才回去，这里书真是多得很，住上一年，不用功也差不了。黄来信，说你十月底回上海，那么北平不去了吗？

祝好！

莹

九月九日

东亚补习学校，昨天我又跑去看了一次，但看不懂，那招生的广告我到底不知道是招的什么生，过两天再去看。

注 释

她几次在信中要唐诗，这就是《唐诗三百首》。由于儿时她的祖父常常教给她念唐诗、背唐诗……这可能借着读唐诗回忆她和祖父之间那种相依为命时的情景……

据她说，在十岁左右母亲就死去了。即便不死，这位母亲是性情很暴躁、脾气不太正常的人，对于她并没什么体贴、“慈爱”可言。父亲是个灪憨、庸俗的人，虽然也算个中等的知识分子——当过教员，巴彦县城的教育局长之类——但却没什么“知识”可言，而且还染了一些土官僚气。一九四六、七年间我和张秀珂——萧红的唯一胞弟，我们友谊很好，并未因萧红和我离开或死去，而有所改变，先后在黑龙江的齐齐哈尔和哈尔滨几度相见，那时他随“新四军”先遣部队也到了东北，在部队中做文化教育以及日语翻译工作——谈得很多。后来一次在哈尔滨“鲁迅文化出版社”的楼上相见，我突然发觉到他的精神和脸色有所变化，脸色苍白，短须横生，精神恍惚，眼光散乱……我问他：

“你病了吗？”

“病了！”他神不守舍地回答。

“什么病？”

“……”他没回答出什么具体的情况来。

经过我和他较长时间的谈话，我知道他已经请假在家休养，并且有要准备退伍脱离部队等想法。

他辞去以后，有一个很意外的问题留下来，使我长时间思索，考证了又考证，最后我认为这是“可能的”。

张秀珂疑心以至确定他现在的父亲张选三并不是他和萧红真正的、亲生的父亲。这就是使他的精神造成如此混乱的状态的主要原因之一。据他的说法——而且有证可据，他真正的父亲可能是个贫雇农的成分，他的母亲因为和张选三有了“关系”，把他们的生父谋害死了，而后带领他和姐姐——那时全很小——就名正言顺地嫁到张家里来。张家是呼兰县城头等的大地主，既有财，又有势……有谁肯于或敢于追查这件事呢？这很近于“公案”小说中的“谋妻害命”的故事。这类故事就是当时在那样现实社会中，也完全可以出现的，更何况属于地主恶霸阶级群队中？

我要考证这问题的可能性和现实性，也是有可靠的第一手材料为根据的。

当一九三三年我曾在哈尔滨《国际协报》上发表了一个连载的中篇名为《涓涓》的小说，这全部题材就是萧红亲口提供给我的。她因为憎恨她所住过的那个学校——哈尔滨东省特别区区立第一女子中学——的腐朽制度，校长孔焕书封建、势利的态度和作风，阴险、狡诈、卑鄙……的行为和思想，某些教、职员下贱的习性，某些同学们的势利和浅薄，庸俗和虚荣，以及她的地主家族中某些成员——特别是她的父亲张选三——对待地户的伪善和残忍……以至张选三所表现的近于兽类的、乱伦的行径，……希望我给以揭露和打击。同时也提供了一些近于正面性的人物……

这小说，是她一面提供材料我一面续写的，当然谈不到什么整体规划。而写法上也太多采用了“自然主义”暴露式的近于“黑幕小说”的手法。我也曾给鲁迅先生看过，他是这样批评过它的。后来草草结束成了一个中篇的单行本，加以适当的删节，一九三七年出版于上海燎原书店。

萧红短篇小说《手》也就是以这所学校为背景而写成的。

从她述说她父亲张选三对于她曾经表现出过企图乱伦的丑恶行径，这可证明后来张秀珂疑心张选三不是他们的生父——也可能就是谋害他们亲父的仇人！——是有根据的。

因此可证，她的祖父也并非真正的祖父。即使对张选三的关系来说，这老人也并非他的生父，而是叔、伯一流，他是属于“过继”之子。

不过她的祖父还是一个属于心地忠厚、善良的老人，他在萧红幼年时确是给过她一种祖父似的温暖，他爱护她，教她念唐诗……

据她说，她的过早被迫嫁，完全是她的继母——一个阴柔奸险的女人——所主张。

她就是在这一可疑的、阴冷的家族中长大起来的，被侮辱与损害的恶境中孤零地挣扎过来的！……短短三十一年的人生过程中，所谓真正的幸福之光，人间之爱，并没照临过她，沐浴过她！……

“八”——是指的《八月的乡村》，这可能是我在信中告知她这书已经再版到第五版了——每版一千册或两千册——这在当时不公开、无广告，秘密发售的情况下，“生意”已经算不坏了。可见，只要人民需要它，它总要被传播的，这恐怕是用任何“封锁”的办法也无法阻止的。一件作品如此，一个作家也如此，只要人民需要他，他就要被批准，任何排斥，掩没，或假装他不存在的办法……也是无用的。相反的，人民不需要它，尽管用如何外来的大力进行捧场，加以如何华丽的包装，放在如何显眼的位置上……即使可能热闹于一时，等那“外力”无力了，包装被剥落了……最终它就要自行堕落到应该去的地方去了。当时国

民党对这本书也曾经不惜用诸种方法给以查禁和诬陷；对于作者本人进行造谣和迫害……对于他们自己的“作家”、“作品”用尽诸种方法和手段大加宣扬和捧场……但最终又成功了什么呢？——历史是无情的，现实是严峻的，人民的眼睛是亮的，真理是不能够恃强或恃众而霸占的……

她曾玩笑地说也要爬劳山，我也玩笑地“讥笑”她说，她的腿太细了，像一只麻雀，劳山是爬不上去的，因此她说我“骂”她了。

“印花”——即“版权证”，贴在书后页“版权所有”的位置上，以防书商偷印数量，而少给作者“版税”。我们书上的“印花”也是防印刷厂多印的，其实这是无用的。

一九七八年九月一日于海北楼

《八月的乡村》完稿之后，在青岛海滨　（1934年10月 青岛）

第十四封

三郎：

我也给你画张看看，但这是全屋的半面。我的全屋就是六张席子。

你的那张画，别的我倒没有什么，只是那两个小西瓜，非常可爱，你怎么也把牠们两个画上了呢？假如有我，我就不是把它吃掉了吗？

尽胡说，修炼什么？没有什么好修炼的。一年之后，才可写书。

今天早晨，发了一信，想不到下午就有书来，也有信来。唐诗，读两首也倒觉不出什么好，别的初来读。

如果在日本住上一年，我想一定没有什么长进，死水似的过一年。我也许过不到一年，[illegible]个月就不在这边了。

日文我是不大喜欢学，想学俄文，但日语是要学的。

以上是昨天写的。

今天我去交了学费，买了书，十四号上课，十二点十分起，四个钟头止，是相当多，课本就有五六本。全是中国人，那个学校就是给中国人预备的。可不知珂来了没有？

三个月，连书在一起二十二块多。本来五号就开课了，但我是错过了的。

现在我打算给奇他们写信，所以不多写了。

祝好。

吟 九月十日

第十四封信

东京——青岛

（1936年9月10日发，9月15日收到即复）

三郎：

我也给你画张图看看，但这是全屋的半面。我的全屋就是六张席子。你的那张图，别的我倒没有什么，只是那两个小西瓜，非常可爱，你怎么也把它们两个画上了呢？假如有我，我就不是把它吃掉了吗？

尽胡说，修炼什么？没有什么好修炼的。一年之后，才可看书。

今天早晨，发了一信，但不到下午就有书来，也有信来。唐诗，读两首也倒觉不出什（么）好，别的夜来读。

如若在日本住上一年，我想一定没什么长进，死水似的过一年。我也许过不到一年，或几个月就不在这里了。

日文我是不大喜欢学，想学俄文，但日语是要学的。

以上是昨天写的。

今天我去交了学费，买了书，十四号上课，十二点四十分起，四个钟头止，多是相当多，课本就有五六本。全是中国人，那个学校就是给中国人预备的。可不知珂来了没有？

三个月，连书在一起二十一二块钱。本来五号就开课了，但我是错过了的。

现在我打算给奇她们写信，所以不多写了。

祝好。

吟

九月十日

注 释

唐诗总算为她寄了去，但她又没什么兴趣读了，在日本似乎也呆得无味了，还未开始学日文，就对日文产生了不喜欢。俄文，我们在哈尔滨曾同请了一位俄国姑娘学习过，她那时学得比我好，文法练习也作得比我强，很得到先生的称

赞！可是一离开哈尔滨，她就连俄文摸也不摸了。这就是她的脾气，一切事常喜欢从兴趣出发，缺乏一种持久的意志。

提到学俄文，顺便写些关于学俄文的小故事在这里。

我们的先生是一位十九岁的俄国姑娘，父亲是一位赶“斗儿车”的老车夫，不大喜欢讲话；母亲是一位很热情的胖老太太，还有一位哥哥，但不和她们住在一起，在感情和思想上，据她说也不很合得来。这人似乎是反对苏维埃社会主义共和国联盟的。

我们曾到她家做过一次客，他们留我们吃午饭，是一餐很地道的、很丰富的俄国饭。我已经吃得很饱了，但那热情的老太太，几乎近于“强迫”地还要我吃，而且用俄语反复地说：

“吃啊！吃啊！青年人应该多多地吃啊！……”

我们的先生叫“佛民娜”（译音，她可能姓“佛民”，“娜”是代表女性的意思），长得并不算美丽，而性格却很活泼愉快，但也很严肃，有时严肃得几乎和她的年龄有些不相称。

每星期上三课，每次课一点钟三十分，每月学费十五元，——这应该感激我已故的讲武堂老同学黄之明，是他为我们担负的，我们自己并无这财力！——这还算少收了五元，因为我和萧红学的是同一的课本《俄文津梁》。

使我感动的是，我们这位先生来教一次课，往返要走三十里左右的路程，是完全步行的！而且无论雨、雪、寒、暑……很少有缺课这情况，因此我默默地很敬佩这位先生的吃苦耐劳，负责认真，一贯的意志和精神！……

从外形来看，她并没有什么可惊人的美丽或漂亮的地方。只是个一般的俄国姑娘，身材并不高大，也不显得特殊壮实，相反的和一般俄国姑娘比较起来却倒是显得身材很苗细，然而四肢腰身各部却配合得很匀称；有一个较小的头，脸幅也不宽，但前额很宽广平正，鼻子近于细而略长，鼻头有些尖锐翘出。脸上唯一特异的是那双贴近鼻根的大眼睛、瞳仁和眼白……几乎全是湛蓝的，竟如两泓湛蓝色的小湖，显得是那样深远、安宁而平静。

她能够说俄国式的中国话，讲解课文，教练发音全很认真。有一次我把“印捷以嘎”（俄语“印度鸡”）竟错念成“印度嘎”，于是她大大讥笑了我一场。此后一见面她就管我叫“印度嘎”了。

一九三四年夏天，我们在要离开哈尔滨的约前两个星期，悄悄告知她，说明我们要离开哈尔滨，俄文不能再学下去了，表示很遗憾！她也显出了一种很依依惜别的样子，因为我们像朋友一般地相处已经有一年多的时间。同时萧红找出了偶然买下的一块米色的软绸准备为我做围巾用的，知道她还能刺花，请她给刺上一点什么，留作纪念。她慷慨地允诺下来了，带走了那软绸。

过了几天，她忽然来了，拿出了那块软绸来，她在绸角上竟斜斜地绣了Индога一行暗绿色粗丝线的俄文字母，同时格格地笑着说：

“拿去，‘印度嘎’！这是你的名字！”

原来她用了俄文字母把“印度嘎”三个音，拼成为一个俄文字了。

一九三五年我和萧红在上海法租界“万氏照相馆”共同照的一张相上，萧红穿了一件暗蓝色开领的“画衣”，还咬了一只烟斗（其实她平时是不吸烟的，当照相时她看到“道具”盒里有一只烟斗，为了好玩就咬在嘴里了。）我则是穿了过去萧红为了我们赴鲁迅先生召请时的“礼服”（黑白格绒布俄国哥萨克农民式长身立领掩襟的大衬衫），腰间还束了一条细皮带，脖子所围的那块米色围巾，上面还清楚照出来Индога俄文字，就是我们那位佛民娜先生给绣作纪念的。

和萧红比较起来，我的学习成绩实在太差了，不独留下的练习作业常出错误，而且常常完成不了，交不上卷，这使我们这位教师真有些愤怒了。她一面称赞着萧红，一面却严厉地批评着我：

“你看，人家（指萧红）学习得多么好，练习做得多好，总是按时完成。看你，总是不用功，花着学费不好好学习，再这样，下次来我就用‘电线杆’（表示粗大）打你！……”

我能向她解释什么呢？她怎能知道我的“苦衷”？第一，我对于外国文的感受能力、记忆能力，……实在太差（这是先天的，生理的）；第二，为了维持生活，我要到几处去做家庭教师，夜间还要教授武术，抽出时间还要写文章……时间确是很紧迫，而精神和身体也确是很疲乏，因此学习时精力很难集中——这一点萧红比我优越些。

我正在实验学习读俄文普希金的一首什么诗，有一句“呀，留不留，节Bia……”意思是“我爱你”。一次不知为什么我竟冲口说了出来，我们的教师忽然惊讶地睁起她的一双小蓝湖似的大眼睛，喊着问我：

“你说什吗？你说什吗？”

我看到她似乎在发怒了，我赶忙把这诗集递过去，并指着那首诗解释着说：

“我在试学着读这首诗呀！”

她把诗静静地看了一刻，轻轻地摇了摇头，忽然竟微笑地把诗集还给了我，用一只手指点着说：

“你这学生！真得用‘电线杆’打了……”

这时一片薄薄的红潮浮上了她那平时有些苍白的脸颊上来了，她把脸俯向课本，命令着我：

“快来学习……”

我们“房东”——也是我做家庭教师的“学东”——养着一只黑色的、短腿的不招人爱的狗——其实它不咬人——但是我们的女教师却很怕它，因此每当她离去，为了看管狗，我总要护送她到大门外，有一次我问她“我为你看管狗”这句话用俄语该怎么说？

“呀，思，马达留，稍八克！……”她教给我了。这我明白：“呀”就是俄语的“我”，“思”是个“关系词”，“马达留”是“看”，“稍八克”就是“狗”。我学会了，也念熟了，因此当我一见到她要走了，就抢着说：

“呀，思，马达留，稍八克！……”

有一次，教课时间还未到应该终结的时候，我看到她从桌子边站起来，我以为她可能有事要提前走了，就急忙抢着说：

“呀，思，马达留，稍八克！……”

她竟耸声大笑了，重新又坐到座位上，用一只手指指点着我说：

“你盼望我早点走，好逃学玩去吗？时间还未到，我不走！……”

我有一点窘了，脸上竟发起热来！……

这就是我学习一场俄文到今天还唯一能记住的三句话：

第一句把“印捷以嘎”错读成“印度嘎”。

第二句是“我爱你”！

第三句是“我给你看狗”！

从我们女教师教授我们俄文中，我还记住一个短短的小故事，名称是《两头苍蝇》或《牛与苍蝇》。这可能是俄国大寓言作家克雷洛夫所写的故事：

有一头苍蝇蹲在一只牛的角上，牛要到田里去耕地。半路上遇到从田里耕完了地正在向回家方向走的一头牛，这只牛的角上也蹲着一头苍蝇。

正在去耕地的牛角上的苍蝇向对面回来的牛角上蹲着的苍蝇很谦敬地问候着说：

“午安！姐姐您到哪里去来着？”

对面牛角上的苍蝇，把头一扬，鼻子一翘，傲慢地、粗声地近于申斥地回答着说：

“你没有看到吗？‘我们’这不是刚刚耕了地才回来的吗？……”

“唔！唔！是！是！……对不起！我眼瞎！我……”这问话的苍蝇连连向对方道歉；两头牛却沉默地擦身而过了……

故事本身大体是如此，我只是把它再复述一番，错误之处，由我负责。

我们全知道，真正耕地的是牛，应该不是那头苍蝇吧！

我很喜欢这个小故事，多少年来无论谈话或作文，记不清曾引用过它若干次了。……这应该是我学习俄文的最大收获，我很感念我们那位女教师。

由于萧红在信中提到学俄文，不禁就使我回忆起我们曾经学过俄文的历史故事，同时也想到了那俄文先生佛民娜……

信中确是附来一张图，是用钢笔速写的，这使我大体上明白了她的居室布置位置；至于我那张图并没有她的好，因为我毫无绘画的才能和素养，不过是“示意”而已，而她是具有这方面的才能和素养的。

一九七八年九月二日于海北楼

第十五信

均：

今晨刑事来过，使我上了一点火，喉咙很痛，麻烦得很，因此我不想住到期满就要走的。

情感方面很不痛快，又非到我的房间不可，说东说西的。早晨我本来没有起来，房东说要谈就在下面谈吧！但不肯，非到我的房间不可，不知以后还来不来的。若再来，我就要走。

華同住的朋友，要到市外去住了，从此连一個熟人也没有。我想这也倒不要紧，我好久未创作，但，又因此不安了起来，使我对这個地方的厭倦更加上厭倦。

他妈的，这年头……

我主要的目的是创作，妨害了我是不行的。

本来我很高兴，每天就去上课，但今天这種感觉，使我的心情特别坏。忍一個时期再看吧！但有害我不去。不必等我，你要走尽管走。

你寄来的书，通通读完了。

他妈的，混蛋王八蛋。

祝好。

吟 九月十二日

均：

刚才写的信，忘记告诉你了，你给奇写信，告诉她不要把信寄给我。你转好了。

你的信封面也不要写地址。

子供をあまり束縛するな、神に委ねよ。家庭よりも外の方が楽しいやうになつたとき、子供は危険の淵に立つ。（智慧の言葉）

第十五封信

东京——青岛

（1936年9月12日发，9月16日收到，17日复）

均：

今晨刑事来过，使我上了一点火，喉咙很痛，麻烦得很，因此我不知住到什么时候就要走的。情感方面很不痛快，又非到我的房间不可，说东说西的。早晨本来我没有起来，房东说要谈就在下面谈吧，但不肯，非到我的房间不可，不知以后还来不来？若再来，我就要走。

华同住的朋友，要到市外去住了，从此连一个认识人也没有。我想这也倒不要紧，我好久未创作，但，又因此不安起来，使我对这个地方的厌倦更加上厌倦。

他妈的，这年头……

我主要的目的是创作，妨害——它是不行的。

本来我很高兴，后天就去上课，但今天这种感觉，使我的心情特别坏。忍耐一个时期再看吧！但青岛我不去，不必等我，你要走尽管走。

你寄来的书，通通读完了。

他妈的，混账王八蛋。

祝好。

吟

九月十二日

均：

刚才写的信，忘记告诉你了，你给奇写信，告诉她，不要把信寄给我。你转好了。

你的信封面也不要写地址。

注释

日本过去是有名的“警察之国”，凡是在日本居住过的人，以及对日本这个国家的国情、社会略有些常识的人，大约全知道。或者他或她们本人就尝受过这种“警察之国”的味道。

在第二次世界大战以前，日本统治者是以军国侵略的帝国主义实质和面貌而出现的，首先以侵略中国为开端，计划作为前进的基地，张牙舞爪，要狂妄地独霸东亚，而后再称霸世界；对内高度、严密、残酷……地用警察政策统治、镇压国内的人民。所谓“刑事”（便衣警察）在日本几乎是无处不在，无时不在，无孔不入地窥伺、监察本国和外国的人民。他们可以随时进入你卧室，随便翻检你的各项东西——包括书信、文稿全在内，任意向你问西、问东，胡搅蛮缠……萧红就正是在这一期间到达日本的。这一意外的刺激，对于她这样自尊心过强，神经感觉敏锐，而又缺乏政治斗争经验的人，是很难堪以至难于忍受的。因此无怪要“上了一点水”，引起了“喉咙很痛”！本来她就表示她并不太喜欢这个“异国情调”，这一来在精神上就更使她“对这个地方的厌倦更加上厌倦”，故此我是主张她回来的。

一个人的心情一坏下来，对于任何事物全会厌烦的，更何况从事所谓“文学写作”？因此她竟骂起街来了……

一九七八年九月二日于海北楼

为《国际协报》帮忙编稿时的青年萧军　（1932年7月 滨江公园）

第十六封信

均：

你的脾气像个小偷。你的信也是两封一齐到。（七日九日两封）

你开口就说我混帐东西，好，你真不佩服我？十天写了五十七页稿纸。

你既然不再北去，那也很好，一个人本来也没有更多的趣味。牛奶确没有吃，力弗肝也没有买，因为不知道外国名字，又不知道卖西洋药的药房，这里对于西洋货排斥得很，不容易买到。肚子痛打止痛针也是不行，一句话不会说，并且这里的医生要的很多。我想买一瓶凡拉蒙预备着下次肚痛，但不知到那里去买了，想问问是没有人可问的。

秋天的衣裳没有买，这里的天气还一点用不着。

我临走时说要给你买一件皮外套的，回来后，你就替我买给你自己的罢，五元左右。

外面一些零碎的收入，不要他们寄来，直接你去取好了。

心情又闹坏了，不然这两天就要开始新的，但，停住了，睡觉也不能起来，想来想去，他妈的，再来麻烦，我可就不受了。

我给萧军的文章，黄也一并交你转了，你未见萧时，说一声对不住。

祝好。

关于信封，你就一连串写下来好了。

不必加吴字。

荣子

九月十四日

何ものも自分を縛るものはない、自分の心のみ自分をしばる。（智慧の言葉）

生長の家便箋

第十六封信

东京——青岛

（1936年9月14日发，9月21日到）

均：

你的照片像个小偷。你的信也是两封一齐到。（七日九日两封）

你开口就说我混账东西，好，你真不佩服我？十天写了五十七页稿纸。

你既然不再北去，那也很好，一个人本来也没有更多的趣味。牛奶我没有吃，力弗肝也没有买，因为不知道外国名字，又不知道卖西洋药的药房，这里对于西洋货排斥得很，不容易买到。肚子痛打止痛针也是不行，一句话不会说，并且这里的医生要钱很多。我想买一瓶凡拉蒙预备着下次肚痛，但不知到哪里去买？想问问是无人可问的。

秋天的衣裳，没有买，这里的天气还一点用不着。

我临走时说要给你买一件皮外套的，回上海后，你就要替我买给你自己。四十元左右。我的一些零碎的收入，不要（把）它们寄来，直接你去取好了。

心情又闹坏了，不然这两天就要开始新的。但，停住了。睡觉也不好起来，想来想去。他妈的，再来麻烦，我可就不受了。

我给萧乾的文章，黄也一并交给黎了，你将来见到萧时，说一声对不住。

祝好。

荣子

九月十四日

关于信封，你就一连串写下来好了，不必加点号。

注 释

我不知道为她寄去的哪一张照片，竟使她看出来像个“小偷”了？也许就是那张穿白色西装眼睛显得特大的。

回上海后，我确是按照她的意见，用去了四十五元钱为自己买了一件棕红色牛皮做面的抵膝棉、夹两用的漂亮大衣。这可能就是用的在《作家》上发表的《家族以外的人》那短篇小说的稿费。

这件大衣我平时是不大穿的，只有要出去租房子时才穿起来，特别是租用俄国人家庭公寓时，必须穿着得像个有钱的“绅士”样子，才能够租下来。因为上海是个以衣装判断你的身份的社会，特别是那些开设公寓的俄国人，他们是看衣装，看钱财……而不论人的，这就更有必要了。

这件大衣确是很气派、也很“摩登”的，我再演员似的装出几分阔气来，买卖就容易成立了。否则的话，即使有房间，他或她把你全身打量一下，就会冷冷地摇摇头，摆摆手，连话也不屑回答一句，就把你拒绝出去。因为我曾经被拒绝过几次，吸取了经验教训，于是只好改变了方式和方法。当我装扮得像个“绅士”似的时候再去租房子，我还要有必要、无必要地说几句半调子洋文——俄文或英文。这目的是要使对方明白，我不独有钱，而且是有高等文化修养的绅士——那时期能说洋文的就代表是高级知识阶级，这就是那时期作为上海洋场社会的一种可怜和可悲的现实……

这件大衣我也穿了若干年，到后来越穿越感到狭小得难于动作了，为了“物尽其用”，我就把它郑重地送给了一位身材较瘦小的女同志，并说明了它的来源，她把它珍惜地收藏起来了，我似乎从来也没看她穿用过它……

由于她向我夸耀在十天以内写了多少页稿纸，要我对她称赞，并应该表示“佩服”，为了给她以“回击”，就称她为“混账东西”！

原来我是打算由青岛转去北京的——我还没去过北京——不知为什么又不想去了。后来得知一位朋友由哈尔滨到了天津，他希望我能到天津见一次，我到了天津顺便也到了北京。原打算在北京住一个星期，但住了一夜，我就回天津了。原因是，尽管上海很嘈杂、忙乱，但是它的生活气息是浓厚的、紧张的……富于斗争味道的；而那时北京的人，北京的气氛，显得太静了，静得要使人活不下去的样子了。我在前门外一家叫“同和公寓”住了一夜，周围寂静得我感到似乎在坟墓中住了一夜，因此第二天我就逃走了。由上海要来北京之前，承蒙一位久住过北京的人，给我介绍了北京的情况，并称赞了北京如何安静，如何优雅，如何美丽，如何迷人，如何使人怀念……等等。这“同和公寓”也就是他介绍给我的，说这是北京最好的公寓等……坦率地说，他所说的这些北京优点我全没感觉到，而且印象很不好，可见那时期我是多么庸俗、浅薄、不知趣！……

由于日本“刑事”的麻烦，心情又坏了，又想回国了。

萧乾是当时《大公报》上海版文艺版的编辑，萧红可能答应给他写文章，文章寄给了黄源兄，黄源把它也一并给了《中流》编辑黎烈文。因此要我代她向萧乾道歉。

一九七八年九月五日于海北楼

第十七信

娟々：

近来我的身体很不健康。我想你也晓得了，说不定哪天我要回去的，所以暂且不要再来信。

房东说不会讲话，丢掉了不大好。我是時々信你的。

我还很爱这裡，但是可能我还要住到一年。

你若来信，報々平安也未曾不可。

小鹤

九月十七日

ひとに對して晴れやかに笑へ、晴れやかな笑ひは自他の榮養剤である。（智慧の言葉）

生長の家便箋

第十七封信

东京——青岛

（1936年9月17日发，9月21日到）

均:

近来我的身体很不健康。我想你也晓得，说不定哪天就要回去的，所以暂且不要有来信。

房东既不会讲话，丢掉了不大好。我是时时给你写信的。我还很爱这里，假若可能我还要住到一年。

你若来信，报报平安也未尝不可。

小鹅

九月十七日

注 释

在九月十四日信以后，在这封九月十七日信以前，又发现了一个空信封，封背面是由我标记的16/9和17/9。在17/9旁边画了一个圈，这可能是代表“已复”的记号。

她几乎是每天发了一封信，这说明她身心两不安，矛盾、焦烦……的情绪。似乎已决心要回来了。

我通常是接信即复的，首先是回答问题，其次是说些别的，而且要说得多，说得仔细些，“敷衍成篇”，否则又要抱怨、发牢骚了，说我不给她写信。

一九七八年九月五日于海北楼

妈：

第十八信

前一封信，我怕你不懂，健康二字非作本意来解。学校我每天去上课，现在我一面喝牛奶面写信给你，你十三和十四日發来的信，一齐接到，这次的信非常快，只要四五天。

我的房东很好，她还常常送我一些礼物，比方糖，花生，餅乾，蘋果，葡萄之類，还有一盆花，就摆在窗台上。

我给你的書藏，谢也不谢，真可恶！以後什么也不给你。

我告诉你，我的期限是一個月，童话终了為止，也就是十月十五前。来信尽管写些家常话。

医生我是不能去看的，你将来问薪就知道这边的情形了。上海常常有刊物寄来，现在我已經不再要了。这一個月，什么事也不管，只要努力童话。小花葉我也細細收到箱子裡去。

祝好。

小鹅 九月十九。

自分に深切であれ——これを本當に實行してゐる人は少い。（智慧の言葉）

生長の家便箋

第十八封信

东京——青岛

（1936年9月19日发，9月26日到）

均：

前一封信，我怕你不懂，健康二字非作本意来解。

学校我每天去上课，现在我一面喝牛奶一面写信给你，你十三和十四日发来的信，一齐接到，这次的信非常快，只要四五天。

我的房东很好，她还常常送我一些礼物，比（如）方糖、花生、饼干、苹果、葡萄之类，还有一盆花，就摆在窗台上。我给你的书签，谢也不谢，真可恶！以后什么也不给你。

我告诉你，我的期限是一个月，童话终了为止，也就是十月十五前。

来信尽管写些家常话。医生我是不能去看的，你将来问华就知道这边的情形了。

上海常常有刊物寄来，现在我已经不再要了。这一个月，什么事也不管，只要努力童话。

小花叶我把它放到箱子里去。

祝好。

小鹅

九月十九日

注 释

我是很喜欢给她起一些“诨名”的，例如：小麻雀、小海豹、小鹅……之类。

小麻雀——是形容她的腿肚细，跑不快，跑起来，两只脚尖内向。

小海豹——是说她一犯困，一打哈欠，泪水就浮上了两只大眼睛，俨然一只小海豹。

小鹅——是形容她一遇到什么惊愕或高兴的事，两只手就左右分张起来，活

像一只受惊恐的小鹅，或者企鹅！……

在起始我给她起这些外号，她要表示很生气，慢慢她就承认了，慢慢自己也就以此自居了，“小海豹”、“小鹅”就是一例。

尽管那时期我们的生活是艰苦的，政治、社会……环境是恶劣的，但我们从来不悲观，不愁苦，不咳声叹气，不怨天尤人，不垂头丧气……我们常常用玩笑的，蔑视的，自我讽刺的态度来对待所有遇到的困苦和艰难以至可能发生或已发生的危害！这种乐观的习性是我们共有的。

不管天，不管地，不担心明天的生活；蔑视一切，傲视一切，……这种“流浪汉”式的性格，我们也是共有的。

正因为我们共有了这种性格，因此过得很快活，很有“诗意”，很潇洒，很自然……甚至为某些人所羡慕！……

在我们相识不久，我曾写了几首诗，如今有的还留在我的记忆中，顺便写在这里：

浪儿无国亦无家，只是江头暂寄楼；
结得鸳鸯眠便好，何关梦里路天涯？

浪抛红豆结相思，结得相思恨已迟；
一样秋花经苦雨，朝来犹傍并头枝。

凉月西风漠漠天，寸心如雾复如烟！
夜阑露点栏干湿，一是双双俏倚肩。

另外还有一些，但现在已经记忆不起来了。

从这封信中看得出，她的情绪又比较安定，好了起来，连她寄我的书签，我忘了向她道谢也翻起“小肠”，并宣誓此后什么也不给我，而且出口伤人竟骂我“可恶”！“是可忍，孰不可忍”！

从劳山我给她采了几片小花叶，寄给了她……

一九七八年九月五日于海北楼

第十九信

均均：

昨天和今天都是下雨，我上课回来是遇着毛毛雨，所以淋得不很湿。现在我有雨鞋了，但是男人的样子，所以走在街上有许多人笑，这个地方就是如此守旧的地方，假若衣裳你不和她们穿得同样，谁都要笑你，日本女人穿西装，啰里啰索，但你也必得和她一样啰嗦，假若整齐一些，或是她们没有见过的，那人们就要笑。

上课的时间真是很多的，整个的下半天就为着自习消费了去。今天上到第三堂的时候，我的胃就很痛，勉强支持过来了。

这几天很凉了，我买了一件小毛衣（二元五），将来再冷，我就把大毛衣穿上。我想我的衣裳一定可以支持到下月半。

你替我买给你自己的外套，回去就去试买。

我很爱这里，这里的夜，非常沉静，每夜我要醒几次的，每醒来总是立刻又昏昏的睡去，特别安静，又特别舒适。早晨也是好的，阳光照得很晒到我的窗上，我就起来了。想想什么，或是吃点什么。这三两天之内，我的心又安然下来了。什么人什么命，吓了一下，不在乎。

盼有信来，说我回去吧！在这住有什么意思呢？

现在我一個人搭了幾次高架電車，很快，並且還穿洞，我覺得很好玩，不是說好玩，而說有意思。因為你說出，女人這個也好玩那個也好玩。上回把我丢了，因為不到站我就下來了，走出了半站看看不对，那么往那裡走呢？我自已也不知道，隨走吧，反正我記住了我的住址。可笑的是華在的時候，告訴我空中飛着的大氣球是什么商店的廣告，那商店就離学校不遠，我一看到那大球，就奔着去了。於是總算沒有丢。

信寫到此地，秀子利来了。翻着看了半天，把那隨筆二小篇看了半天，其中很有情感，别無所取。

虹没有信来，你告訴他也不要来信了，别人也告訴不要来信了。

這是你在青島留我給你的末一封信。再寄信就是上海了。船上買一点丸藥帶着，但不要吃鷄子，那東西不消化。餅乾是可以帶的。

祝好。

小鵬

九月二十一日

白粉で化粧しても心情の下劣は隠せない。心で化粧せよ。（智慧の言葉）

生長の家便箋

第十九封信

东京——青岛

（1936年9月21日发，因邮票被剪去了，邮到日期无法知道了。）

均：

昨天和今天都是下雨，我上课回来是遇着毛毛雨，所以淋得不很湿。现在我有雨鞋了，但，是男人的样子，所以走在街上有许多人笑，这个地方就是如此守旧的地方，假若衣裳你不和她们穿得同样，谁都要笑你，日本女人穿西装，啰哩啰嗦，但你也必得和她一样啰嗦，假若整齐一些，或是她们没有见过的，人们就要笑。

上课的时间真是够多的，整个下半天就为着日语消费了去。今天上到第三堂的时候，我的胃就很痛，勉强支持过来了。

这几天很凉了，我买了一件小毛衣（二元五）。将来再冷，我就把大毛衣穿上。我想我的衣裳一定可以支持到下月半。

你替我买给你自己的外套，回去就应该买。

我很爱夜，这里的夜，非常沉静，每夜我要醒几次的，每醒来总是立刻又昏昏地睡去，特别安静，又特别舒适。早晨也是好的，阳光还没晒到我的窗上，我就起来了，想想什么，或是吃点什么。这三两天之内，我的心又安然下来了。什么人什么命，吓了一下，不在乎。

孟有信来，说我回去吧！在这住有什么意思呢？

现在我一个人搭了几次高架电车，很快，并且还钻洞，我觉得很好玩，不是说好玩，而说有意思。因为你说过，女人这个也好玩那个也好玩。上回把我丢了，因为不到站我就下来了，走出了车站看看不对，那么往哪里走呢？我自己也不知道，瞎走吧，反正我记住了我的住址。可笑的是华在的时候，告诉我空中飞着的大气球是什么商店的广告，那商店就离学校不远，我一看到那大球，就奔着去了。于是总算没有丢。

信写到此地，季刊来了。翻着看了半天，把那随笔二篇看了半天，其中很有情感，别无所取。

虹没有信来，你告诉他也不要来信了，别人也告诉不要来信了。

这是你在青岛我给你的末一封信。再写信就是上海了。船上买一点水果带着，但不要吃鸡子，那东西不消化。饼干是可以带的。

祝好。

小鹅

九月二十一日

注 释

由这封信里可以看出一些，当时日本社会风气是很保守、也很“正统”的，连女人穿一双男人式样的雨鞋也要笑，这倒很有些阿Q的精神。也许今天不再这样了，因为世界潮流总是要向前走的；中国过去的社会也并无例外，保守势力总是在人类社会中到处存在的。这所谓“惰性”，不仅日本、中国……任何国家、民族、部落……全不可能有例外，只是程度、形式、事物……有所不同而已。因此，在任何人，任何国家、社会……在未“笑”别人之前，先检查一下自己，“笑”一下自己，我看这是有必要的。

自从一九三六、七年间，我们在哈尔滨的一些朋友们相继来到上海了。“虹”就是罗烽。

我可能给她写信说要离开青岛了，要回上海，因此在生活上就“吩咐”了我一大串：什么买一点水果带着，不要吃鸡子，饼干是可以带的……之类，她从来是这样像个“小老太婆”似的，在生活上“干涉”得过多，我几乎有点“厌烦”以至“怕”她了。我本来是个任性惯了的人，冷热寒暖饥饱……不太在意，好吃、好喝就拼命地吃喝，吃完了有时也胀得不舒服，因此她就常常监视我，不管在自己家里，还是在朋友家……这就使我感到很大的“不自由”……因此为了“报复”，我就寻找她的一些“空子”，什么忘了吃药，按时休息之类，也俨然一个“小老太爷”了……

她最反感的，就是当我无意或有意说及或玩笑地攻击到女人的弱点、缺点……的时候，她总要把我作为男人的代表或“靶子”加以无情的反攻了。有的时候还要认真生气甚至流眼泪！一定要到我承认“错误”、服输了……才肯“破涕为笑”、“言归于好”……我有时也故意向她挑衅，欣赏她那认真生气的样子，觉得“好玩”，如今想起来，这对于她已经“谑近于虐”了，那时自己也年轻，并没想到这会真的能够伤害到她的自尊，她的感情！……例如“好玩”这句话，我确是说过，因为有些女人，一张口就是“好玩”，甚至把很严肃、很残酷的问题或现象，也竟轻飘地说成“好玩”，以显示自己漠不相关的冷淡以至冷酷的思想和感情，“超然”的态度！……这确使我很愤慨！想不到这句话又被她记住了，在这里给了我一“回马枪”！

一九七八年九月五日于海北楼

第二十信（日本—青岛）

均均：

昨天下午接到你两封信。看了好几遍，本来前一信我说不应往青岛去信了，可是又不能不写了。既接到信，也总是想回的，不管有事没有事。

今天放假，日本的什么节。

第三代居然向上一部快完了，真是能耐不小！大概我写信时就已经完了。

小东西，你还记得那是你裤子上剩下来的绸子？坏得很，跟外国孩子不差哩！

水菓我还是不常吃，因为不喜吃。

因为大雨所以你想我了，我也有些想你呢！这里也是两三天没有晴天。

不写了。

莹

九月廿三日

第二十封信

东京——青岛

（1936年9月23日发，9月××日到）

均：

昨天下午接到你两封信。看了好几遍，本来前一信我说不再往青岛去信了，可是又不能不写了。既接到信，也总是想回的，不管有事没有事。

今天放假，日本的什么节。

《第三代》居然间上一部快完了，真是能耐不小！大概我写信时就已经完了。

小东西，你还认得那是你裤子上剩下来的绸子？

坏得很，跟外国孩子去骂嘴！

水果我还是不常吃，因为不喜欢。

因为下雨所以你想我了，我也有些想你呢！这里也是两三天没有晴天。

不写了。

莹

九月廿三日

注 释

这是我在青岛收到她的最后一封信。

我是哪一天离开青岛的呢？记不得了。

在青岛我大约住了有两个月，由于没什么外来的干扰，感情思想上也没什么波动，因此写作进行得还算很顺利。除开写完了《第三代》（后改名《过去的年代》）第一部的后半部分，把第二部基本初稿也写完了（共约十几万字），还写了《邻居》、《水灵山岛》两篇散文，它们全是取材于青岛的。另外还写些什么呢？忘了。

原来本打算直接回上海的，后来得知有两位老朋友在天津，又决定去天津看一看。

青岛有一位友人他要去山东南部张店做一次旅行，那里有日本人经营的煤矿还有瓷窑之类，他约我也去看一看。好在这里去天津也绕不了多少路，在胶济铁路中段周村转车就可一直到张店，这算“周张支线”。我的一个短篇小说《四条腿的人》就是取材于这里的。

经过这位友人的交涉，我们还下了一次日本人所经营的煤窑。……**（山东大学中文系邹红卫一九七九年六月十六日来信称：“张店和周村同在胶济铁路线上，去张店并不需要从周村转车。……从‘那里有日本人经营的煤矿’推断，作者当时可能是由张店转车经张博支线而在中途的淄川站下车的’。”—— 萧军注）**

我和她之间相差大约是四岁（我生于一九〇七；她生于一九一一年）。按照我国干支计算，我生于丁未；她生于辛亥。未属“羊”年，亥属“猪”年，我如果叫她做“小猪”时，她就叫我“小羊”，结果按俗语所说，就是“猪羊一道菜”，谁也没有比谁“高”一些。

尽管生活如何折磨我们，但彼此之间还没有失却“童心”，总还要彼此开开玩笑的。譬如我给她起诨名，她就俨然以我的长辈自居叫我做“小东西”，说我“坏得很”之类……

四十多年的岁月过去了，我今年已经七十一岁，而她也死去了近于四十年。当我重新注释这些信件时，一些情景又似乎浮现到眼前了，俨然昨天一样……因此引起来的心情有时也是很复杂的，很难于说明，只能用“李后主”的一句词概括一下：

“流水落花春去也，天上人间！”

一九七八年九月六日于海北楼

“浪儿无国亦无家，只是江头暂寄槎；
结得鸳鸯眠便好，何关梦里路天涯？”
一对儿流浪的心，终于结合在了一起。　(1932年夏 哈尔滨)

第二十一封

均：

我不回去了，来回乱跑，罗罗索索，想来想去，还是住下去吧！若真不得已那是没有法子。不过现在很平安。

这一個月来，又是空过的，日子过得不甚舒服。

哥他们很好吗？小哥还上小明那样可爱了吧？一晃三年不见他们了。哥一定是圆滚到向来向去吧？你没问俄文先生怎么样吗？他们今后打算住在什么地方呢？他们的经济情形如何？

天冷了，秋雨整天的下了，钱也快完了。请寄来一些吧！还有三十元在手中，等钱到我才去买外套。月底我想一定会到的。

你的精神为了旅行很快活吧？

我已写信给迪，若你不在就请他寄来。

我很好。在电影上我看到了北四川路，我也看到了施高塔路，一刻我的心是忐忑不安的。我想到了痛苦而又在奔波的人了。

祝好。

吟

十月十二日

受苦の多き生命ほど「高遠」の進化をとげる。（智慧の言葉）

生長の家便箋

第二十一封信

东京——上海

（1936年10月13日发，10月18日到）

均：

我不回去了，来回乱跑，啰啰嗦嗦，想来想去，还是住下去吧！若真不得已那是没有法子。不过现在很平安。

近一个月来，又是空过的，日子过得不算舒服。

奇他们很好？小奇赶上小明那样可爱不？一晃三年不见他们了。奇一定是关于我问来问去吧？你没问俄文先生怎么样？他们今后打算住在什么地（方）呢？他们的经济情形如何？

天冷了，秋雨整天的下了，钱也快完了。请寄来一些吧！还有三十多元在手中，等钱到我才去买外套。月底我想一定会到的。

你的精神为了旅行很快活吧？

我已写信给孟，若你不在就请他寄来。

我很好。在电影上我看到了北四川路，我也看到了施高塔路，（那）一刻我的心是忐忑不安的。我想到了病老而且又在奔波里的人了。

祝好。

吟

十月十三日

注 释

这是我由北方回到上海收到她的第一信，她又决定不回国了。

我可能是十月十三日回到上海，十月十五日和黄河清兄一同去看望鲁迅先生，十月十九日上午五时二十五分先生就逝世了。

她说在电影上看到了北四川路，也看到了施高塔路……她想到“病老而且又在奔波里的人”，这“奔波里的人”是指的鲁迅先生。

一九三六年春天，我们搬到了北四川路底一处叫“永乐里”的地方住下

来，意图是搬到距离鲁迅先生住的地方较近，也可能会对先生的生活方面有所帮助，——事实什么帮助也谈不上——因此北四川路，施高塔路……每天总要经过的，有时每天要经过几次，为了去“大陆新村”鲁迅先生的家中。她又怎知道仅在她写这信的一星期之后，也可能就在她的这封信到上海之时，也许正是先生逝世之日！

“奇”——是我们哈尔滨时期的朋友，“小奇”是她的女儿，“小明”是她的第一个男孩，我们在哈尔滨时全很喜爱这个孩子。可惜，在我们离开哈尔滨后不到一年这孩子竟死去了，这使我们全很悲痛！这时奇的全家——她的丈夫黄田是我在讲武堂前后期同学——在哈尔滨，我们生活极端困难时，在经济上给过我们很大帮助，还帮助我们学费学俄文。我们从哈尔滨得以出走的路费也还是他一手资助的，否则再迟几天，我们就可能被捕了！到上海后，他也还在对我们资助。尽管我后来偿还过他一些，但是这种情义我是永远铭感着的。黄田后来做了一个剧团的演员，听说一九四五年回到东北，因病故去了！至于淑奇（即“奇”），她已改名为袁时洁，于一九三七年竟不幸和黄田分开了，投奔到延安参加了“抗大”女子队学习。在全国解放后，我们在北京重逢了，她在民航总局一直做着一名打字员……

一九七八年九月七日于海北楼

“终于有了自己的家……”　(1933年夏 哈尔滨商市街25号)

第二十二信

河靖兄：

老三还没有回来。

我不回去了，我就在这里住下去了。

每日花费在日语上要六七个钟头，这样读下来简直不得了，一年以后真是可以，但我并不用功，若用起功来，时间差不多就没有了。可是十年的文章并没有因此而写出。

笔迹乱得不得了吧？

译文还要请您寄给我，多谢多谢。

祝好。

莹 十月十七日

捉はれないことゝ不注意とは別物である。注意深くして捉はれないのが上々である。（智慧の言葉）

第二十二封信

东京——上海

（1936年10月17日发，10月××日到）

河清兄：

老三还没有回来？

我不回去了，我就在这里住下去了。

每日花费在日语上要六七个钟头，这样读下来简直不得了，一年以后真是可以，但我并不用功，若用起功来，时间差不多就没有了。可是《十年》的文章并没因此而写出。

华姐忙得不得了吧？

《译文》还要请您寄给我，多谢。

祝好。

吟

十月十七日

注释

这是给黄河清兄的一封信（河清即黄源，当时《译文》编辑。“译文社”当时地址：上海法租界荪顺里三号。这是我在上海的通讯处）。

“老三”指的是我，她估计我当时可能还未回到上海。

《十年》就是“开明书店”要出的小说集。

“华”——是黄的夫人。

这里又发现一个空封筒，后面标的日子是十一月二日。

一九七八年九月七日于海北楼

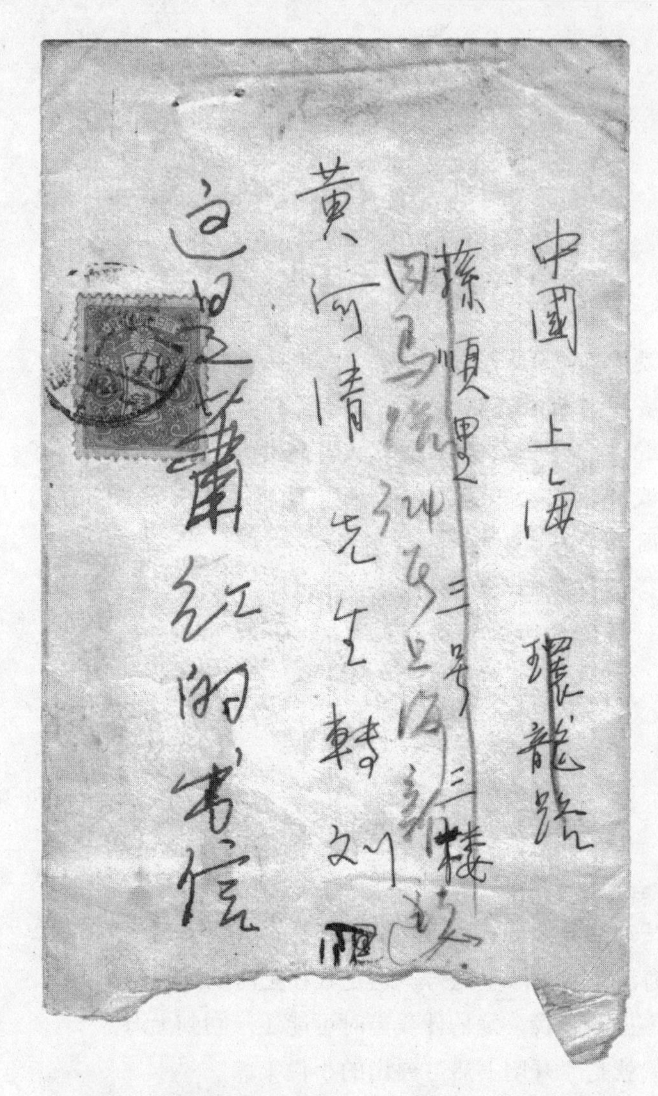

左边一行“这是萧红的信”七个字，系“文革”中“萧军专案组”人员留下的笔迹。

第二十三信（日本—上海）

均：

我这里很平安，决对不回去了。胃痛已好了大半，头痛的次数也减少。至于意外，我想是不会有的了。因为我的生活非常简单，每天的出入是有次数的，大概被跟了些日子，後来也就不跟了。本来在未来这里之前也就想到了这層，现在很像是照着初来的意思，住到明年。

现在我的钱用到不够二十元了。觉得没有浪费，但用的也不算少数。希望月底把小书寄来，在国外没有回国的路费在手里是觉得没有把握的。而且没有熟人。

今天少上了一课，一进门，就在席子上面躺着一封信，起初我以为是珂来的，因为许的字真是有点像珂。（此句我懂了。）但你的来信，却是由某弟的同来着有明，等现在天津有人，稍晚不来。我把原因抄下的。稍等着吧。

六元小买了一套洋装（礼拜上衣）毛绒的。还买了草褥，五元。我的房间收拾得非常整齐，好像等待着客人的到来一样。草褥摺起来当做沙发，还有一个小圆桌，桌上还站着一瓶红色的酒。酒瓶下面结着一对金酒盅。大概在一个地方住得久了一点，也总是开心些的，因为我感觉到我的心情好像开始要管到一些在我身外的装饰，早就房间里边挂起一张小画片来，不算什么，是平常的，但，那须要多么大的热情来做这一点小事呢？非亲身感到的是不知道。我刚来的时候，就是前半个月吧，我也没有这样的感觉。

日语教得非常多，大概要想通通记得住非整天的工夫不可，我是不肯，而且我的时也不够用。总是好坐下来想想。

报上说是 L. 来这里了？

我去洗澡去，不写了。

明。我在这里和你握手了。

吟。十月廿日

第二十三封信

东京——上海

（1936年10月20日发，11月5日复）

均：

我这里很平安，绝对不回去了。胃痛已好了大半，头痛的次数也减少。至于意外，我想是不会有的了。因为我的生活非常简单，每天的出入是有次数的，大概被“跟”了些日子，后来也就不跟了。本来在未来这里之前也就想到了这层，现在依然是照着初来的意思，住到明年。

现在我的钱用到不够二十元了，觉得没有浪费，但用的也不算少数。希望月底把钱寄来，在国外没有归国的路费在手里是觉得没有把握的，而且没有熟人。

今天少上了一课，一进门，就在席子上面躺着一封信，起初我以为是珂来的，因为你的字真是有点像珂。此句我懂了。（但你的文法，我是不大明白的“同来者有之明，奇现在天津，暂时不来。”我照原句抄下的。你看看吧。）**（以上括弧内句子写上又抹掉了，在上面加上一句“此句我懂了”。大概起始没有看懂，后来又懂了，所以抹了。——萧军注）**

六元钱买了一套洋装（裾<裙>与上衣），毛线的。还买了草褥，五元。我的房间收拾得非常整齐，好像等待着客人的到来一样。草褥折起来当作沙发，还有一个小圆桌，桌上还站着一瓶红色的酒。酒瓶下面站着一对金酒杯。大概在一个地方住得久了一点，也总是开心些的，因为我感觉到我的心情好像开始要管到一些在我身外的装点，虽然房间里边挂起一张小画片来，不算什么，是平常的，但，那需要多么大的热情来做这一点小事呢？非亲身感到的是不知道。我刚来的时候，就是前半个月吧，我也没有这样的要求。

日语教得非常多，大概要想通通记得住非整天的工夫不可，我是不肯，而且我的时（间）也不够用。总是好坐下来想想。

报上说是L.来这里了……？

我去洗澡去，不写了。

明，我在这里和你握手了。

吟

十月廿日

注 释

日本“刑事”可能跟踪了她一些日子。

这封信是十月二十日发的，她还不知道鲁迅先生在十月十九日就逝世了。这期间心情可能随着病情的好转也好了起来，开始布置起自己的环境，这是可喜的现象，但她不知道将要有最大的、最沉痛的悲哀在等待来袭击她了！——鲁迅先生逝世的消息！

一九七八年九月七日于海北楼

萧军非常喜欢的恩师“全家福”照之一　(1933年9月13日 上海)

第二十四信—日本—上海—

均：

昨天發的信，但現在一空下來就又想寫点了。你們找的房子在那裡？多么大？好不好？這些之问题現在是和我無関了，但總禁不住妄想。真是不好，羞不羞我们和明他们在這住上幾個日子。明，他也可以給我寫点関於他新生活的種種嗎？因為我什么也不知道。小青什么好教人喜欢的孩子嗎！均，你是什么都看到了，我是什么也没看到。

均，你常説什么時候總好欠個小賬，昨天又在祖市的一個小攤子上欠了六分錢，寫完了這頁紙就要去還的。

前些日子我還買了一本畫册打算送給你，但現在這画只得留着自己來看了。我是非常愛這画册，若不能拿想寄給你，但你也一定不怎么喜欢，所以这念頭就打消了。

下了三天連續沒有斷的小雨，今天晴了，心情也新鮮了一些。

小沙發对於我简直是一個孤寞人，在我的生活上簡直是一件重大的事情，她給我減去了不少的獨立感。總是常在培着我。

哥什么時候會来呢？

祝好。

明 十月廿日

第二十四封信

东京——上海

（1936年10月21日发，10月26日到）

均：

昨天发的信，但现在一空下来就又想写点了。你们找的房子在哪里？多么大？好不好？这些问题虽然现在是和我无关了，但总禁不住要想。真是不巧，若不然我们和明他们在一起住上几个日子。

明，他也可以给我写点关于他新生活的愿望吗？因为我什么也不知道。小奇什么样？好教人喜欢的孩子吗？均，你是什么都看到了，我是什么也没看到。

均，你看我什么时候总好欠个小账，昨天在夜市的一个小摊子上欠了六分钱，写完了这一页纸就要去还的。

前些日子我还买了一本画册打算送给L.。但现在这画只得留着自己来看了。我是非常爱这画册，若不然我想寄给你，但你也一定不怎么喜欢，所以这念头就打消了。

下了三天昼夜没有断的小雨，今天晴了，心情也新鲜了一些。

小沙发对于我简直是一个客人，在我的生活上简直是一件重大的事情，它给我减去了不少的孤独之感。总是坐在墙角在陪着我。

奇什么时候南来呢？

祝好。

吟

十月廿一日

注 释

她可能在报上（她不懂日文，也许不看日本报纸）得知了鲁迅先生逝世的消息了吧？也许还不知道。不过，在信中又有这样的话：

“前些日子我还买了一本画册打算送给L.。但现在这画只得留着自己来看了。……”

从“自己来看”又似乎她已知道了。

一九七八年九月七日于海北楼

第二十五信 | 日本 | 上海 |

均：

掛号信收到。四十一元二角五的汇票，明天去领。二十号给你一信，二十四又一信，大概也都收到了吧？

你的房子虽然贵一点，但也不要紧，过过冬再说吧，外国人家的房子，大半不坏，冬天装起火炉来，暖烘烘的住上三两月再说。房子钱虽贵，我主张你是不必再搬的，一个人，还不比两个人，若冷冷清清的过着冬夜，那赶上上冰山一样了。也许你不然，我就不行，我总是这么没出息，虽然是三个月不见了，但没出息还是没出息。不过回去我是不回去的。奇来了时，你和明他们在一道也很热闹了。

钱到手就要没有的，要去买件裌外套，这几天就很冷了。余下的钱，我想在十一月一个整月就要不够。既住下去，钱少总害怕，而且怕生病，怕打仗。在这里是绝对孤独的。一百元不能够弄到不够？请你下一封信回我。总要有钱留在手里才放心。

这几天，火上得不小，嘴唇又全烧破了。其实一个人的死是必然的，但知道那道理是道理，情感上就总不行。我们刚来到上海的时候，另外不认识更多的一个人了。在冷清清的亭子间里读着他的信，但只有他，安慰着两個飄泊的灵魂……寫到此地鼻子就酸了。

均：童話未能開始，我也不再作那計画了，太难，我的民間生活不够用的。現在開始一個兩萬字的，大约下月五号完畢。之後，就要来一個十万字的了，在十二月以内可以使你讀到原稿。

口语懂了一些了。

日本無音，第一就是我的住居家裡的聲音。不敢說是思鄉，也不敢說是思什么，但總想哭。

什么也不再寫下去了。

珂清：我同你問好。

吟 十月廿九日

第二十五封信

东京——上海

（1936年10月29日发，11月3日到，4日复）

均：

挂号信收到。四十一元二角五的汇票，明天去领。二十号给你一信，二十四又一信，大概也都收到了吧？

你的房子虽然贵一点，但也不要紧，过过冬再说吧。外国人家的房子，大半不坏，冬天装起火炉来，暖烘烘地住上三两月再说。房钱虽贵，我主张你是不必再搬的，一个人，还不比两个人，若冷冷清清地过着冬夜，那赶上上冰山一样了。

也许你不然，我就不行，我总是这么没出息，虽然是三个月不见了，但没出息还是没出息，不过回去我是不回去的。奇来了时，你和明他们在一道也很热闹了。

钱到手就要没有的，要去买件夹外套，这几天就很冷了。余下的钱，我想在十一月一个整月就要不够。既住下去，钱少总害怕，而且怕生病，怕打仗。在这里是绝对孤独的。一百元不知能弄到不能？请你下一封信回我。总要有路费留在手里才放心。

这几天，火上得不小，嘴唇又全烧破了。其实一个人的死是必然的，但知道那道理是道理，情感上就总不行。我们刚来到上海的时候，另外不认识更多的一个人了。在冷清清的亭子间里读着他的信，只有他，安慰着两个飘泊的灵魂！……写到这里鼻子就酸了。

均：童话未能开始，我也不作那计划了，太难，我的民间生活不够用的。现在开始一个两万字的，大约下月五号完毕。之后，就要来一个十万字的了，在十二月以内可以使你读到原稿。

日语懂了一些了。

日本乐器，“箏”在我的邻居家里响着。不敢说是思乡，也不敢说是思什么，但就总想哭。

什么也不再写下去了。

河清，我向你问好。

吟

十月廿九日

注 释

鲁迅先生逝世她已经知道了！因此她说：

“这几天，火上得不小，嘴唇又全烧破了。其实一个人的死是必然的，但知道那道理是道理，情感上就总不行。我们刚来到上海的时候，另外不认识更多的一个人了。在冷清清的亭子间里读着他的信，只有他，安慰着两个飘泊的灵魂！……写到这里鼻子就酸了。”

是的，“注释”到这里我的鼻子也酸了！

这位伟大的亲切的导师逝世已经是四十几个年头过去了，那逝世前后的一幕幕情景，它们又真切清楚……地浮现到我的眼前来了！这是我终生也难于泯灭的！我也不想泯灭的！

我由北方回到上海第三天，十月十五日就去看了他，我决没想到他三天以后就抛开我们而去！

十月十九日早晨——这时我正住在“霞飞坊”——当我还睡得正浓的时候，忽然一阵急暴的打门声把我震醒了，我跳出了床，打开了门，门口站着的是河清夫妇，他用一种哽咽的哭着的声音命令我：

“快穿好衣服——”

“什么事？”我有些吃惊地反问他。

“周先生‘过去’了！……”他竟哭出了声音，话说不下去了！

“你胡说！——”

“这事我能骗你吗？——”

这是一下当头的闷棍，打得我眼冒金花，马上就要昏沉地晕倒下来，勉强克制地挣扎着……竟引起了一阵难于抑制的恶心，要呕吐！……顾不了漱洗，胡乱穿起了衣服，随着他们跑下了楼梯，钻进了他们乘来的车子，像梦中一样到了“大陆新村”先生的寓所，跑上了我平常走惯了的二层楼，径直地疾步走到了停着先生遗体的床前，顾不了屋里还有什么人，我跪倒下来，双手抚着他那瘦得如柴的双腿，竟放声痛哭起来！——这是平生以来我第一次放声痛哭过的人！……

一九七六年先生逝世四十周年纪念，我写下了以下两首诗：

一

四十年前此日情，床头哭拜忆形容：
嶙嶙瘦骨余一束；凛凛须眉死若生！
百战文场悲荷戟；栖迟虎穴怒弯弓。
传薪卫道庸何易？喋血狼山步步踪！

二

无求无惧寸心参，岁月迢遥四十年。
镂骨恩情一若昔；临渊思训体犹寒！
啮金有口随销铄；折戟沉沙战未阑。
待得黄泉拜见日，敢将赤胆奉尊前。

这诗，我认为大体写出了当时的情景，也写出了这几十年历史的过程和前路，同时也表达出个人对于先生的真实感情和心境。

在“万国殡仪馆”，接待那千千百百男女老幼来瞻仰遗容的哀悼者们，那肃穆的面容，双双的泪眼；当沉沉的深夜守卫在他的遗容身边，默立地望着那俨然、凛然如生的面貌，……在扶柩上灵车时那裂人心魂的一片难于抑制的抽泣！万余人游行示威的庄严队伍，临落葬时那灵柩覆盖着“民族魂”的旗帜缓缓进入墓坑的铅一般的沉哀和寂静；当回答讲演者提出的纪念鲁迅先生要“复仇和前进”的呼声，整个墓园响起来的声震天地的一片怒吼！……这一幕一幕的情情景景，……它使我终生难忘，也不愿它们使我忘却！……

曾被这位亲切而伟大的人所安慰、所抚育、所教诲的……“两个飘泊的灵魂”，想不到在他逝世以后还不到两年，他们就永远分离了！

想不到“奴隶社”当时三个小“奴隶”（我、萧红、叶紫），竟夭亡了两个！如今只余有我这一个老“奴隶”，尽管经过了多少刀兵水火，雷轰电击，百炼千锤，饥寒穷困……终于还能存活下来，而且到了七十一岁，这也可以告慰于“在天之灵”了。

一九七八年九月八日于海北楼

“落葬时分”——沈钧儒先生讲话　(1936年10月22日 上海万国公墓)

图左正面站立持喇叭筒者为萧军

第二十六信　日本上海

三郎：

廿四日的信，早接到了，汇票今天才来。

于达夫的讲演今天听过了，会场不大，差一些没把门挤掉下来，我虽然是买了票的，但也和没有买票的一样，没有得到位置，是在门口，还好，看人还不讨厌。

近来水果吃得很多，因为大便不通的缘故。每次大便必要流血。

东亚学校，十二月二十三日第一期终了，第二期我打算到一个私人教授的地方去读，一

二一

No.

多面是讀讀小說，一方面可以少費些時間，這些個月什么也沒有寫，大概也許太忙了的緣故，壽東和張譯的原稿也讀過了，很不錯，文章剛發表就有人注意到了。

這種的天氣還不暴燥，房間裡生了火盆，他就像一個伙伴似的陪着我。花，不買了，酒也不想喝，对于一切都不大有趣味，祇祇看着窗欞和空空的四壁，对于一個年青的有熱情的人，這是絕大的殘酷，但对我說適好，人到了中年總是能熬住一點火焰的。

No.

到要走就走吧！可能哪裡他的地方，哪裡他一員，不能的地方就讓自己找路去走。至于被追，我也想不出來是被什么所迫。奇她們已經安定下來了吧？兩三年的工夫，就都五氣烏亂起來了，牽牛系的那些朋友們，都東流西散了。

許如大，也是命苦的人，小時候就死去了父母，她讀書的時候，也是勉強掙扎著讀的，她爲人家做過家庭教師，還在課館替人家抄寫過什么紙張，她就傳染了，臉紅熱的時候是在朋友的又親家裡養好的。這可見她寸志的孤寂，可是現在又孤零了。孩子還小，還不能懂得母親。既然住得很近，你可以替我多跑兩趟。别的朋友也可約同她們常到她家去玩，1.沒有完成的事業，我們是接受下來了，但她的家人，留給誰了呢？

不寫了，祝好。

樂平上　廿六日

第二十六封信

东京——上海

（1936年11月2日发）

三郎：

廿四日的信，早接到了，汇票今天才来。

于（郁）达夫的讲演今天听过了，会场不大，差一点没把门挤掉下来，我虽然是买了票的，但也和没有买票的一样，没有得到位置，是被压在了门口，还好，看人还不讨厌。

近来水果吃得很多，因为大便不通的缘故，每次大便必要流血。

东亚学校，十二月二十三日第一期终了，第二期我打算到一个私人教授的地方去读，一方面是读读小说，一方面可以少费些时间，这两个月什么也没有写，大概也许太忙了的缘故。

寄来那张译的原稿也读过了，很不错，文章刚发表就有人注意到了。

这里的天气还不算冷，房间里生了火盆，它就像一个伙伴似的陪着我。花，不买了，酒也不想喝，对于一切都不大有趣味，夜里看着窗棂和空空的四壁，对于一个年青的有热情的人，这是绝大的残酷，但对于我还好，人到了中年总是能熬住一点火焰的。

珂要来就来吧！可能照理他的地方，照理他一点，不能的地方就让他自己找路去走。至于“被迫”，我也想不出来被什么所迫。

奇她们已经安定下来了吧？两三年的工夫，就都兵荒马乱起来了，牵牛房的那些朋友们，都东流西散了。

许女士也是命苦的人，小时候就死去了父母，她读书的时候，也是勉强挣扎着读的，她为人家做过家庭教师，还在课余替人家抄写过什么纸张，她被传染了猩红热的时候是在朋友的父亲家里养好的。这可见她过去的孤零，可是现在又孤零了。孩子还小，还不能懂得母亲。既然住得很近，你可替我多跑两趟。别的朋友也可约同他们常到她家去玩，L.没完成的事业，我们是接受下来了，但他的爱人，留给谁了呢？

不写了，祝好。

荣子

十一月二日

注释

“于达夫”应为郁达夫，文艺作家，与郭沫若曾共同组织过文艺团体“创造社”。

“那张译的原稿”是什么稿呢？我也记不起来了。

“珂”是她的弟弟张秀珂，由北京来信，说他要到上海。

“牵牛房”是我们在哈尔滨时期常常和一些朋友们聚谈的地方，朋友业余画家冯咏秋的家（已故去了）。由于院子里种了很多的牵牛花，爬遍了房檐栅栏，因此大家就叫它“牵牛房”。

“许女士”是许广平先生，她和萧红感情是很好的，常常在一起“秘”谈（不准鲁迅先生和我听或问），大概许先生把她的人生经历和遭遇全和萧红谈过了，因此她们是彼此较多有所理解的。

鲁迅先生逝世以后，许先生不愿再住在“大陆新村”原地方了——这是可以理解的，容易触景伤情——我便替她在法租界“霞飞坊”找了一幢三层楼的房子，因为那时我也住在那个坊，她搬过来了。我们住在同一的大院中，隔不了几排楼，每天总要见一至几次面的，因为那时我正代她跑印刷厂取送《且介亭杂文》一、二、三集校样，以及编辑《鲁迅纪念集》等工作，必须常常和她接头。

“孩子”指的是海婴。

一九七八年九月九日于海北楼

“许女士也是命苦的人，小时候就死去了父母……”　(1936年春 上海大陆新村9号)

第二十七信（日本—上海）

均：

第三代写得不错，虽然没有读到多少。为了资的缘故，也读进了，你真是还记得很清楚，我把那些小节都模糊了去。

不知为什么，又来了四十元的汇票，是从邮局寄来的，也许你怕上次的没有接到？

我每天还是四点的功课，自己以为日语懂了一些，但找一本书一读还是什么也不知道。还不行，大概再有两月许是将就着可以读了吧？但愿自己是这样。

寄来了没有？

你的房子，还是不要搬，我的意思是如此。

在那资……的文章里面，萧简直和幽灵差不多了，读了使自己感到了颤慄，因为自己也不认识自己了。我想我们吵嘴之类，也都是因为了那样的根源——就是为一个人的打算，还是为多数人打算。从此我可就不愿再那样妨害你了。你有你的自由了。

祝好。

吟 十一月六日

手套我还没有寄出，因为我还要给许清买一付。

神は常に働き給ふ。（智慧の言葉）

生長の家便箋

第二十七封信

东京——上海

（1936年11月6日发，11月12日复）

均：

《第三代》写得不错，虽然没有读到多少。

《为了爱的缘故》也读过了，你真是还记得很清楚，我把那些小节都模糊了去。

不知为什么，又来了四十元的汇票，是从邮局寄来的，也许你怕上次的没有接到？

我每天还是四点的功课，自己以为日语懂了一些，但找一本书一读还是什么也不知道。还不行，大概再有两月许是将就着可以读了吧？但愿自己是这样。

奇来了没有？

你的房子还是不要搬，我的意思是如此。

在那《爱……》的文章里面，芹简直和幽灵差不多了，读了使自己感到了颤栗，因为自己也不认识自己了。我想我们吵嘴之类，也都是因为了那样的根源——就是为一个人的打算，还是为多数人打算。从此我可就不愿再那样妨害你了。你有你的自由了。

祝好。

吟

十一月六日

手套我还没有寄出，因为我还要给河清买一副。

注 释

《第三代》是我的第一部以我国东北农村为题材的长篇小说。一九三六年连续发表于当时文艺刊物《作家》上，初名《第三代》。一、二两部当时曾出过单行本。一九五七年在北京作家出版社以两卷本出版，共八部，约为八十五万字，始改名为《过去的年代》。

《为了爱的缘故》是我的一个短篇小说，发表在什么刊物上已经记不起来了，后来收《十月十五日》散文集里（上海文化生活出版社版）。

这小说用了第一人称的写法，叙述一个知识分子青年，由于自己曾经受过正规的军事训练，总在憧憬着要去东北磐石一带，参加由中国共产党人杨靖宇所领导的抗日“人民革命军”武装斗争。当时在哈尔滨他的一些地下中共党员朋友们也主张他去，甚至严厉地批评以至讽刺他……但这时他不幸遇到一个有文学才能的女子，正处在一种危难的环境中，他必须要拯救她，而且必须要结合到一起才能够拯救她。如果中途他离开她，在那具体的情况下，无论在任何方面，他又等于把她投入“绝地”！因此他有矛盾，有痛苦……但最后他还是忠于了自己的爱情，忠于他的爱人，决定留在她的身边，等待她身体能够健康起来以后再说……

这小说的素材，绝大部分是取汲于我们生活中真实的遭遇，有些人物也确属实有其人，……这可以说算不得文艺作品，只能算为我们之间生活的“实录”，因此她说我还记得很清楚，有些细节连她自己都“模糊”了。她对于那女主角芹——这是她的影子——幽灵似的可怕，连她自己也感到颤栗了！因此她这封信中说：“我想我们吵嘴之类，也都是因为了那样的根源——就是为一个人的打算，还是为多数人打算。……”最后她说：“从此我可就不愿再那样妨害你了。你有你的自由了。”

从这一封信中可以看出，我们到一九三八年永远分离的历史渊源，早在相结合的开始就已经存在了。这信是她写于一九三六年十一月六日于日本，我们是一九三八年永远诀别于西安，也可说是早在山西临汾我们分别的时期，——我留在临汾，而她去了西安。问题还是老问题，我要随着学生们去打抗日战争的游击战；而她却希望我仍然继续做一个“作家”（她也不能算错），但是那时我已经失却了作为一个“作家”的心情了！对于“笔”已经失却了兴趣，渴望是拿起枪！……

坦率地说，尽管我从事文艺写作已经有了几十年的历史，在起始是由于偶然的情况，但我却一直“不安心”也不“甘心”，……似乎觉得这并非是我应干的终生“职业”，做一个“作家”也不是我终生的目的。而觉得自己并非是一个适于做这类工作的人或这类“材料”。我就是这样矛盾了几十年……

她最后提出和我分开，这可能是她曾说过的，要给我“自由”了，也可能我也给了她的“自由”？……因此说这完全是双方情愿的，彼此并无“遗憾”！

在我所写的一部游记《侧面》中，一开始曾有过我们之间的一段对话和决定。那段文字并不长，我将要把它抄录出来附于这《书信注》的后面。

一九七八年九月十日于北京三里屯

第二十八信｜日本｜上海

均：

昨夜接到一信，今晨接到一信。

関于回憶L.一類的文章，一時写不出，不是文章难作，倒是情緒方面难以处理。本来是说人，须要说他死了，一这么想，就非常难过。

許，她还関心别人。她自己就能使人関心的了。

「利物」是怎样的性质呢？「和尹流」是不是？为什么老胡连文章也不常见了呢？现在要写字套两付，诗情一付，你一付。

短篇也写完。完时即寄出。

祝好。

荣子

十一月廿九

第二十八封信

东京——上海

（1936年11月9日发，11月17日复）

均：

昨夜接到一信，今晨接到一信。

关于回忆L.一类的文章，一时写不出，不是文章难作，倒是情绪方面难以处理。本来是活人，强要说他死了！一这么想，就非常难过。

许，她还关心别人？她自己就够使人关心的了。

“刊物”是怎样性质呢？和《中流》差不多？为什么老胡就连文章也不常见了呢？现在寄出手套两副，河清一副，你一副。

短篇没有写完。完时即寄出。

祝好。

荣子

十一月九日

注 释

L. 是代表鲁迅先生，可能一些刊物要我转告她写一些纪念鲁迅先生的文章，她感到很难写。确是的，我也有这同一的感觉，越是对亲切的人，文章越是难写，不知从哪里写起？写些什么？怎样写法？……甚至感到文章和笔全是无用的，浪费的，笨拙的！……

古语所谓：“欲哭无泪，欲嘶无声！……”这话是深刻的。流不出眼泪的悲痛才是最深沉的悲痛！

许广平先生每次见到我，总要问及萧红的情况，我转告给她。

所谓“刊物”是什么刊物呢？具体事实记不分明了，可能是指的《报告》。记得鲁迅先生逝世后不久，有一位叫费慎祥的人，他似曾在北新书局做过店员，因为他对鲁迅先生很尊敬、很忠诚，他脱离“北新”因生活无着，鲁迅先生就把自己一些不能公开出版的书——例如《准风月谈》——就交给他去印，因此他

就自办了一个“地下”出版社，专门印行一些左翼作家的、不能公开印行的书。我是由鲁迅先生那里认识他的。鲁迅先生逝世时，他和我全在“治丧办事处”工作，常接触就更熟识起来。他拉住我，硬要我给他的“出版社”编一份刊物不可，我只好承应下来，就替他编了一本取名为《报告》的刊物。出了两期，由于经济周转接不上，就停刊了。

“老胡”是指的胡风。

一九七八年九月十日于三里屯

日本记者造访许广平先生之后 （1937年3月 上海霞飞坊）
前排左起：鹿地亘、小田岳夫 后排左起：胡风、许广平、池田幸子、萧军、萧红

第二十七信 | 日本—上海 |

均：

因為祖裡發燒，一個月來，我是咽喉，這一塊那一塊的破着，精神也煩燥得很，所以一直把工作停了下來。想了些無用的和遼遠的想頭。文章一時寫不出。

買了三張画，東墻上一張，北墻上一張，一張是一男一女在長廊上没相会，廊口处站着一個彈琴的女人。還有一張是關于戰爭的，在一個破屋子裡把花瓶打碎了，因為喝了酒，軍人穿着[illegible]就跳舞，我最喜歡的是第三張，一個小孩睡在檐下了，在椅子上，靠着軟枕。旁边来了的，大概是她的母親，在柵欄外肩着大鐮刀的大概是她的父親。那檐下方塊石頭的廊道，那远处微紅的晚天，那毛草的屋檐，檐下面着的搖篮，那孩子双々的垂着兩條小腿。真是好，不瞞你說，因為看到，那女孩好像看到了我自己似的，我小的時候就是那樣，所以我很爱她。

投主稿王，這是要費一些心思的，但也不必太費，反正自己最重要的是工作，為大体着想，也是工作。聚合能工作一方面的，有個團体，力量可能充足，我想主要的特色是在人上，自己來吧！投什么主，誰配作主？去他媽的。說到這裡，不能不傷心，我們的老將去了，這不能不哭啊！

關于周先生的全集，能不能很快的集起來呢？我想中國人集中國人的文章總比日本集他的方便，這裡，在十一月裡他的全集就要出版，這真可配服。我想找胡風黃源諸人，立刻就商量起來。

商市街和人家喜歡，也很感謝。

莉有信來，孩子死了，那孩子的命不大好，活着尽生病。

这裡沒有書看，有時候自己很生氣。看几水滸吧！看着看着就睡着了，夜半裡的談痛和惡夢对于我是非常坏。前夜，就是那樣醒来的，而不敢再睡了。

我的那瓶紅色酒，剩現在还是多半瓶，前天我偶然借了房东的鍋子燒了点菜，就在火盆上燒的，对了，我还沒告訴你，我已經買了火盆，前天是星期日，我就試了一下小桌子，擺好了，但吃起来不是滋味，于是又要到了感觸，我本不是什么多情的人，但也有些感觸。于是把房东的孩子喚来，对面吃了。

地震，真是駭人，小的沒有什么，上次震得可不小，两三分鐘，桌子格格的响着，鐘在墙上擺着。天还未明，我開了灯，也被震滅了，我夢裡夢中的穿着睡衣裳跑下樓去，房东也起来了，他们好像要逃的樣子，隔壁的老太婆叫喊着我，開着門，人却沒有声，等她看到我是在樓下，大家大笑了一场。

紙烟向来不抽了，可是近幾天忽然又掛在嘴上。胃很好，很能吃，就好像我们在橫濱的時候那樣，就連塊麵包沒也是喜欢的，点心之類，不敢買，買了就總放不下。也許因為日本飯沒有油水的関係，早飯一毛五，晚飯兩毛五，中午两片面包一瓶牛奶。很能吃，我很節制着他。我想胃病好了也就是这原因。但是閒飢難忍，这是不錯的。但就把自己部置到这裡了，精神上的不能忍也忍了下去，何況这一個飢呢！

又收到了五十元的滙票，不少了。你的費用也不小，再有了就留下你用吧！明年一月末，略預算是够了的。

前些日子，總夢想着今冬要去滑冰，这裡的别的東西都贵，只有滑冰鞋又好又便宜，旧货店门口，挂着的崭新的，简直看不出是旧货，鞋和刀子都好，十一元。还有八九元的也好。但滑冰场一点钟的门票五角。这溜得很远，事必不算。我合计一下，这干不得。我又打算随时买一点着色画，中国是没处买的，一方面留着带回国去，一方面围着火盆来看一看，消消寂寞。均：你是还没过过这样的生活，和亲人一别，自己被捲在蚊帐里去了。希望顾然有，目的也顾然有，但是都很是那么远和那么大。人像是靠着远的和大的来生活是不行的，虽然生活是为着将来而不是为着现在。

窗上洒满着白月的当儿，我愿意关了灯，坐下来沉默一些时候，就在这沉默中，忽然像有警钟似的来到我的心上：“这不就是我的黄金时代吗？”此刻。于是我摸着桌布，回身摸着藤椅的边沿，而后把手举到面前，模模糊糊的，但确认定这是自己的手，而后再看到那单细的窗棂上去。是的，自己就在日本。自由和舒适，平静和安闲，经济一点也不压迫，这真是黄金时代，但又是多么寂寞的黄金时代呀！别人的黄金时代是舒展着翅膀过的，而我的黄金时代，是在笼子过的。从此我又想到了别的，什么事来到我这里就不对了，也不是时候了。对于自己的平安，显然是有些不惯，所以又爱这平安，又怕这平安。

均：上面又写了一些怕又引起你误解的一些话，因为一向你看得我很弱。

前天寄给萧乾一信。这信就给他看看吧！

许广平，替我问候。

吟 十月十九日

第二十九封信

东京——上海

（1936年11月19日发，11月××日到）

均：

因为夜里发烧，一个月来，就是嘴唇，这一块那一块的破着，精神也烦躁得很，所以一直把工作停了下来。想了些无用的和辽远的想头。文章一时寄不去。

买了三张画，东墙上一张南墙上一张北墙上一张。一张是一男一女在长廊上相会，廊口处站着一个弹琴的女人。还有一张是关于战争的，在一个破屋子里把花瓶打碎了，因为喝了酒，军人穿着绿裤子就跳舞。我最喜欢的是第三张，一个小孩睡在檐下了，在椅子上，靠着软枕。旁边来了的，大概是她的母亲，在栅栏外肩着大镰刀的大概是她的父亲。那檐下方块石头的廊道，那远处微红的晚天，那茅草的屋檐，檐下开着的格窗，那孩子双双的垂着两条小腿。真是好，不瞒你说，因为看到了那女孩好像看到了我自己似的，我小的时候就是那样，所以我很爱她。

投主称王，这是要费一些心思的，但也不必太费，反正自己最重要的是工作，为大体着想，也是工作。聚合能工作一方面的，有个团体，力量可能充足，我想主要的特色是在人上，自己来吧，投什么主，谁配作主？去他妈的。说到这里，不能不伤心，我们的老将去了还不几天啊！

关于周先生的全集，能不能很快地集起来呢？我想中国人集中国人的文章总比日本集他的方便，这里，在十一月里他的全集就要出版，这真可佩服。我想找胡、聂、黄等诸人，立刻就商量起来。

《商市街》被人家喜欢，也很感谢。

莉有信来，孩子死了，那孩子的命不大好，活着尽生病。

这里没有书看，有时候自己很生气。看看《水浒》吧！看着看着就睡着了，夜半里的头痛和恶梦对于我是非常坏。前夜就是那样醒来的，而不敢再睡了。

我的那瓶红色酒，到现在还是多半瓶，前天我偶然借了房东的锅子烧了点菜，就在火盆上烧的（对了，我还没告诉你，我已经买了火盆，前天是星期日，我来试试）。小桌子，摆好了，但吃起来不是滋味，于是反受了感触，我虽不是什么多情的人，但也有些感触，于是把房东的孩子唤来，对面吃了。

地震，真是骇人，小的没有什么，上次震得可不小，两三分钟，房子格格地响着，表在墙上摇着。天还未明，我开了灯，也被震灭了，我梦里梦中地穿着短衣裳跑下楼去，房东也起来了，他们好像要逃的样子，隔壁的老太婆叫唤着我，开着门，人却没有应声，等她看到我是在楼下，大家大笑了一场。

纸烟向来不抽了，可是近几天忽然又挂在嘴上。

胃很好，很能吃，就好像我们在顶穷的时候那样，就连块面包皮也是喜欢的，点心之类，不敢买，买了就放不下。也许因为日本饭没有油水的关系，早饭一毛钱，晚饭两毛钱，中午两片面包一瓶牛奶。越能吃，我越节制着它。我想胃病好了也就是这原因。但是闲饥难忍，这是不错的。但就把自己布置到这里了，精神上的不能忍也忍了下去，何况这一个饥呢？

又收到了五十元的汇票，不少了。你的费用也不小，再有钱就留下你用吧，明年一月末，照预算是够了的。

前些日子，总梦想着今冬要去滑冰，这里的别的东西都贵，只有滑冰鞋又好又便宜，旧货店门口，挂着的崭新的，简直看不出是旧货，鞋和刀子都好，十一元。还有八九元的也好。但滑冰场一点钟的门票五角。还离得很远，车钱不算，我合计一下，这干不得。我又打算随时买一点旧画，中国是没处买的，一方面留着带回国去，一方面围着火盆看一看，消消寂寞。

均：你是还没过过这样的生活，和蛹一样，自己被卷在茧里去了。希望固然有，目的也固然有，但是都那么远和那么大。人尽靠着远的和大的来生活是不行的，虽然生活是为着将来而不是为着现在。

窗上洒满着白月的当儿，我愿意关了灯，坐下来沉默一些时候，就在这沉默中，忽然像有警钟似的来到我的心上：“这不就是我的黄金时代吗？此刻。”于是我摸着桌布，回身摸着藤椅的边沿，而后把手举到面前，模模糊糊的，但确认定这是自己的手，而后再看到那单细的窗棂上去。是的，自己就在日本。自由和舒适，平静和安闲，经济一点也不压迫，这真是黄金时代，但又是多么寂寞的黄金时代呀！别人的黄金时代是舒展着翅膀过的，而我的黄金时代，是在笼子过的。从此我又想到了别的，什么事来到我这里就不对了，也不是时候了。对于自己的平安，显然是有些不惯，所以又爱这平安，又怕这平安。

均：上面又写了一些怕又引起你误解的一些话，因为一向你看得我很弱。

前天我还给奇一信。这信就给她看看吧！

许君处，替我问候。

吟
十一月十九日

注释

这恐怕是她从日本寄来的信件中最长的一封信了。她把自己的环境描绘得很具体，思想，感觉，情绪……也刻画、挖掘得最细致而精微，……我是没有她这样思想，感觉，情绪……的，也不欣赏，但我理解它，同情它……

如果按音乐做比方，她如用一具小提琴拉奏出来的犹如肖邦的一些抒情的哀伤的，使人感到无可奈何的，无法抗拒的，细得如一根发丝那样的小夜曲；而我则只能用钢琴，或管弦乐器表演一些Sonata（奏鸣曲）或Sinfonia（交响曲）！这与性别和性格的区分是看一定关系的。

钢琴和小提琴如果能够很好地互相伴奏、配合起来当然是很好的；否则的话，也只有各自独奏合适于自己的特点和特性的乐曲了。无论音量、音质或音色，……它们全是不相同的。

《商市街》是她以“悄吟”署名印行的一本纪实的、连续性的散文集，由上海文化生活出版社出版。

“莉”是白朗，哈尔滨时期的故友、文友也是战友。她和爱人罗烽到上海后曾生了一个男孩，不幸死了。

她说我把她一向看得很弱，和我比较起来，无论身体和意志，她确是很“弱”的，在信中她还有点不服气的样子。

一九七八年九月十日于三里屯

这是萧军萧红寄给鲁迅先生的“投名”照，大家称它“美丽照”。 (1934年初夏 哈尔滨)

第三十信/日本/上海/

（　　）

三郎：

我忽然想起來了，姚克不是在電影方面活動嗎？那個棄兒的腳本，我想一想很够一個影戲的格式，不好再修改和整理一下給他去上演嗎？得過一步，就進一步，除開文章的領域，再多外擴到一個較數人們靈魂的境界。況且在現時代影戲也是大部分傳達情感的好工具。

這裡，明天我去聽一個日本人講演，是一個政治上的命題。我已經買了票，五角，聽兩次，下一次還有郁達夫，聽一聽試々。

近兩天來，痛了多次，有藥吃，也總不要緊，但心情不好，這也沒什么，過兩天就好了。

橋也出版了？那么綠葉的故事也出版了吧？

關于這兩本書我的興味都不高。

現在我所高興的就是白文進步很快，一本文學書的翻來翻去，讀懂了一些。是不錯，大半都懂了，兩個多月的工夫，這成績，在我就很知足了。倒是白話容易得很，别國的文字，讀上兩年也沒有這成績。

許的信，還沒寫，不知道說什么好，我怕目

的是想安慰她，相反的又要引起她的悲哀来。

你見着她家的那兩個老娘姨也說我問她們好。

你一定要去買一個較軟一点的枕頭，否則使我不放心，因為我一睡到這枕頭上，我就想起來了，很硬，頭痛跟枕頭大有関係。

里人現在怎么樣？

我对于繪画很是很有趣味，我想將来我一定要在那上面用功夫的，我有一個到法國去研究画的欲望，听人說，一個月只要一百元。在这個地方也要五十元的。况且在法國可以隨時找[illegible]工作。

現在就隨時記下來一些短句，我不寄給你，打算寄給河清，因為給他一看，就非感到寂寞不可，生人看了，或者有点新的趣味。到墓地去燒刊物，這真是「洋鄉愚」，說來又傷心，寫好的原稿也燒去讓他改改，回頭再發表吧！燒刊物真是愚蠢，但情感是深刻的。

這又是深夜，竟是蹲着寫信。現在不到十二點，我是睡不下的，不怪說，作了「太太」就愚蠢了，總是看來，大事是愚蠢的。

祝好。

榮子

十一月廿四

第三十封信

东京——上海

（1936年11月24日发，12月2日复）

三郎：

我忽（然）间想起来了，姚克不是在电影方面活动吗？那个《弃儿》的脚本，我想一想很够一个影戏的格式，不好再修改和整理一下给他去上演吗？得进一步，就进一步，除开文章的领域，再另外抓到一个启发人们灵魂的境界。况且在现时代影戏也是一大部分传达情感的好工具。

这里，明天我去听一个日本人的讲演，是一个政治上的命题。我已经买了票，五角钱，听两次，下一次还有郁达夫，听一听试试。

近两天来，头痛了多次，有药吃，也总不要紧，但心情不好，这也没什么，过两天就好了。

《桥》也出版了？那么《绿叶的故事》也出版了吧？关于这两本书我的兴味都不高。

现在我所高兴的就是日文进步很快，一本《文学案内》翻来翻去，读懂了一些。是不错，大半都懂了，两个多月的工夫，这成绩，在我就很知足了。倒是日语容易得很，别国的文字，读上两年也没有这成绩。

许的信，还没写，不知道说什么好，我怕目的是想安慰她，相反的，又要引起她的悲哀来。你见着她家的那两个老娘姨也说我问她们好。

你一定要去买一个软一点的枕头，否则使我不放心，因为我一睡到这枕头上，我就想起来了，很硬，头痛与枕头大有关系。

黑人现在怎么样？

我对于绘画总是很有趣味，我想将来我一定要在那上面用工夫的。我有一个到法国去研究画的欲望，听人说，一个月只要一百元。在这个地方也要五十元的。况且在法国可以随时找点工作。

现在我随时记下来一些短句，我不寄给你，打算寄给河清，因为你一看，就非成了“寂寂寞寞”不可，生人看看，或者有点新的趣味。

到墓地去烧刊物，这真是“洋迷信”、“洋乡愚”，说来又伤心，写好的原稿也烧去让他改改，回头再发表吧！烧刊物虽愚蠢，但情感是深刻的。

这又是深夜，并且躺着写信。现在不到十二点，我是睡不下的，不怪说，作了“太太”就愚蠢了，从此看来，大半是愚蠢的。

祝好。

荣子

十一月廿四日

注 释

《弃儿》是我在哈尔滨偶然试写的一个电影剧本。内容是写的一对青年夫妇生了孩子，因为贫穷无法养活他，自己也没法谋生活了，与其眼看着他活活饿死，还莫如丢进江里去一下子让他死了吧！夫妻决定如此做了，就抱到了江边一处码头上，正准备要把孩子丢进江里去时，偏遇到巡江的警察把他们逮捕了，说他们犯了谋杀婴儿罪，竟被法庭判了罪，孩子也不知所终了。大体故事是如此，详情自己也记不得了。我没听她的意见，也没去找姚克。姚克那时曾在上海明星影片公司从事过编剧，好像和欧阳予倩曾合作出过一部片子名为《人面桃花》？还是《桃花扇》？记不得了。

《桥》是她的一部短篇小说散文集；《绿叶的故事》是我的一部散文与诗合集，均在文化生活出版社出版。

她又建议我买软枕头了，也发表了“理论”，大概我是没买的，因为我并不头痛。

我在鲁迅先生逝世周月时，到万国公墓他的坟前，确是把新出版的《作家》、《译文》、《中流》各样焚烧了一本，这事被张春桥、马蜂（即中共中央文件上所提到的国民党特务组织“华蒂社”的马吉蜂）看见了，在他们的小报上污蔑鲁迅先生，讽刺我。我找到了他们的地址，约他们夜间在徐家汇相见，打了一架，我把马吉蜂揍了一通，他们就不再骂我了。

一九七八年九月十日于三里屯

——第三十一信——日本——上海——

三郎：

你且不要太猛撞，我是知道近來你們那地方的氣候是不太好的。

孫梅陵也來了，夫婦兩個？

珂到上海來，竟來得這樣快，真是使我吃驚。暫時讓他住在那裏吧！我也是不能給他定，看他來信再說。

我並不是吹牛，我是真去聽了，並且近聽懂了，你先不用忌妒，我告訴你，是有翻譯的。

你的大琴的经过，好像小说上的故事似的，带着牠去修理，反而更打碎了牠。

不过说翻译小说那件事，只得由你选了，手头没有书，那一篇喜欢和不喜欢也忘记了。

我想发表的那段好，还是最后的那段？不然就：手或者家族以外的人吧！作品少，也就不容选择了。随便。自传的五六百字，三二日之间寄给吧。

请说：你近来的唱歌是在报答我的吃烟，这不要说了，你不能和一棵草叶来比赛，真的，我孤独得和一张草叶似的了。我们刚来上海时，那滋味你是忘记了，而我又在开始尝着。

祝好。

荣子

十一月五日

第三十一封信

东京——上海

（1936年12月5日发，12月××日到）

三郎：

你且不要太猛撞，我是知道近来你们那地方的气候是不大好的。

孙梅陵也来了，夫妻两个?

珂到上海来，竟来得这样快，真是使我吃惊。暂时让他住在那里吧！我也是不能给他决定，看他来信再说。

我并不是吹牛，我是真去听了，并且还听懂了，你先不用忌妒，我告诉你，是有翻译的。

你的大琴的经过，好像小说上的故事似的，带着它去修理，反而更打碎了它。

不过说翻译小说那件事，只得由你选了，手里没有书，那一块喜欢和不喜欢也忘记了。

我想《发誓》的那段好，还是最后的那段？不然就《手》或者《家族以外的人》吧！作品少，也就不容选择了。随便。自传的五六百字，三二日之间当作好。

清说：你近来的喝酒是在报复我的吃烟，这不应该了，你不能和一个草叶来分胜负，真的，我孤独得和一张草叶似的了。我们刚来上海时，那滋味你是忘记了，而我又在开头尝着。

祝好。

荣子

十二月五日

注 释

为了什么事我又要“猛撞”了？自己记不起来了。

“孙梅陵”是哈尔滨时期的朋友。

珂——张秀珂——她的弟弟，已来到了上海。

我在旧物行里买了一只旧七弦“吉他”，面板有一些凹下，我想到修琴的地方去修一修。这天我提了琴赶电车，因为皮鞋底一滑，竟跌了个大“马趴”，一只左手正好按在琴身上，整个面板全碎了……

大概有人要把她的《生死场》选译几段为外国文，我去信问她。她提了《发誓》那段。《手》和《家族以外的人》全是她的短篇小说。

我在那时期是不吸烟的——现在吸了——因此就对吸烟的人有“意见”；特别是对于女性的吸烟。我说一看到女人吸烟，就想到那些堕落女人的形象……其实我喝酒也并非因为她的吸烟，这是借口的玩笑而已。

一九七八年九月十日于三里屯

残片！（琴头没了）这也许是他们在上海的最后一张合影了。
（残片，由萧军老友罗荪夫妇处保留）

—第三十二信—日本—上海—

三郎：

我沒有遲疑過，我一直是沒有回去的意思，那不過偶爾說着玩的。至於有一次真想回去，那是外來的原因，而不是我自己的自動。

大概你又忘了，夜裡又吃東西了吧？！夜裡在外國酒店喝酒，同時也要吃菜下酒的東西的，是不是？不要吃，夜裡吃東西在你很不合適。

你的被子比我的還薄，不用說是不合用的了，連我的夜裡也是涼涼的。你自己用三塊錢去買一張棉花，把你的被子帶到澉弄家去，請她幫你把棉花加進去。如若手頭有錢，就到外國店鋪去買一張被子，免得煩勞人。

我告訴你的話，你一樣也不做，雖然小事，你就總使我不安心。

身體是不很佳，自己也說不出有什麼毛病，沈女士近來一見到就說我的臉孔是腫脹的。並且蒼白。我也相信，也不大相信，因為一向是這個樣子，就沒在意。

前天又重頭痛一次，這雖然不能怎樣很重的打擊了我，因為痛慣了的原故，但當時那種切實的痛苦無論如何也是真切的感到。算來頭痛已經四五年了，這四五年中頭痛藥不知吃了多少。當痛楚一來到時，也想趕快把它醫好吧，但一停止了痛楚，又總是不少了，因為頭痛不至检査，现在是有钱了，连这样的小病也不得了起来，不是连吃饭的人也剛々不成问题吗？所以还是不回去。

人们都说我的身不好，其实我的身是很好的，若换一個人，给他四五年间不断的头痛，我想不知道他的身体还好不好的。所以我相信我自己是健康的。

周先生的画像，我是连看也不愿意看的，看了就难过。海婴想爸々不想？

这地方，对於我是一点留恋也没有，既然回去就不用想再来了。所以黄莫如一起多住些日子。

现在很多的话，都可以懂了，即是找々房子，开房东办办交涉也差不多行了。大概这里为东亚学校钟点太多，先生在课堂上多半也是说日本话的。现在想起初来日本的时候，刚走了以往的时候，那真是困难到极点了。几乎是彻数不住。

珂，既然容有往来，还是要好々替他打算一下，把利害说给他。取决当然在于他自己了，我觉得这样还，关于他的情形，我總不能十分知道，上次信的但是问我的意见，当时我也不知为什么他来到了上海。他已经有往来，大半是为了找我们，固然他有他的痛苦，可是找到了我们，就知道他接着就又有新的痛苦吗？虽然他给我的信上说着，我并不爱于流浪。前日又说，他将来要找一点事做，以维持生活，我是知道的，上海找事，那里找去。我是總怕他的生情感問題，又年輕，精神方面又敏感，若一下子掙扎不好，就要失掉了很大的力量。我看既然有家庭沒有斷絕關係，可以到北平去讀書，若不願意就來這裡的話。

這裡程度向往個別方，把日語學學，長了，是熬不住的，若留學，這裡我也不贊成，日本比我們中國還病態，還乾着，這裡沒有健康的靈魂，不是生活。中國人的靈魂在全世界中說起來，就是病態的靈魂，到了日本，日本比我們更病態。既是中國人，就更不應該來到日本留學。他們人民的生活，一點自由也沒有，一天到晚，連一點聲音也聽不到，所有的住宅都像空着，而並沒有住人的樣子。一天到晚歌聲是沒有的，哭聲笑聲也都沒有。夜間從窗子往外看去，家家就都黑了，燈光也都被關在格窗裡。日本人民的生活，真是一點情趣，只有工作，工作得和鬼一樣，所以他們的生活完全是陰森的。中國人有一種民族的病態，我們想改正也來不及，直到這們地方來和日本人學習，這是一種病態上再加上病態。我說的不是日本沒有可學的，所差的只是他的不健康處也正是我們的不健康處，若看健康狀況，好處也只得丟開了。

再說另一件事，明年春天，你可以自己再到自己所願的地方去請選一趟。我就只滿足在這裡了。

禮拜六夜（即十二日）我是住在沈女士的住所的，早晨天還未明，就讀到了報紙，這樣的大變動使我們驚慌了一天，上海究竟怎么樣，只有等着你的來信。

新年好。

荣子

十二月十五日

「日本東京麹町區」只要如此寫，不必加標點。

1936年

第三十二封信

东京——上海

（1936年12月15日发，12月22日复）

三郎：

我没有迟疑过，我一直是没有回去的意思，那不过偶尔说着玩的。至于有一次真想回去，那是外来的原因，而不（是）我自己的自动。

大概你又忘了，夜里又吃东西了吧？夜里在外国酒店喝酒，同时也要吃点下酒的东西的，是不是？不要吃，夜里吃东西在你很不合适。

你的被子比我的还薄，不用说是不合用的了，连我的夜里也是凉凉的。你自己用三块钱去买一张棉花，把你的被子带到淑奇家去，请她替你把棉花加进去。如若手头有钱，就到外国店铺买一张被子，免得烦劳人。

我告诉你的话，你一样也不做，虽然小事，你就总使我不安心。

身体是不很佳，自己也说不出有什么毛病，沈女士近来一见到就说我的面孔是膨胀的，并且苍白。我也相信，也不大相信，因为一向是这个样子，就没稀奇了。

前天又重头痛一次，这虽然不能怎样很重地打击了我（因为痛惯了的缘故），但当时那种切实的痛苦无论如何也是真切地感到。算来头痛已经四五年了，这四五年中头痛药不知吃了多少。当痛楚一来到时，也想赶快把它医好吧，但一停止了痛楚，又总是不必了。因为头痛不至于死，现在是有钱了，连这样的小病也不得了起来，不是连吃饭的钱也刚刚不成问题吗？所以还是不回去。

人们都说我身（体）不好，其实我的身（体）是很好的，若换一个人，给他四、五年间不断的头痛，我想不知道他的身体还好不好？所以我相信我自己是健康的。

周先生的画片，我是连看也不愿意看的，看了就难过。海婴想爸爸不想？

这地方，对于我是一点留恋也没有，若回去就不用想再来了，所以莫如一起多住些日子。

现在很多的话，都可以懂了，即是找找房子，与房东办办交涉也差不多行了。大概这因为东亚学校钟点太多，先生在课堂上多半也是说日本话的。现在想起初来日本的时候，华走了以后的时候，那真是困难到极点了。几乎是熬不住。

珂，既然家有信来，还是要好好替他打算一下，把利害说给他，取决当然在于他自己了，我离得这样远，关于他的情形，我总不能十分知道，上次你的信是问我的意见，当时我也不知为什么他来到了上海。他已经有信来，大半是为了找我们，固然他有他的痛苦，可是找到了我们，能知道他接着就又不有新的痛苦吗？虽然他给我的信上说着“我并不忧于流浪”，而且又说，他将来要找一点事做，以维持生活，我是知道的，上海找事，哪里找去。我是总怕他的生活成问题，又年轻，精神方面又敏感，若一下子挣扎不好，就要失掉了永久的力量。我看既然与家庭没有断掉关系，可以到北平去读书，若不愿意重来这里的话。

这里短时间住住则可，把日语学学，长了是熬不住的，若留学，这里我也不赞成，日本比我们中国还病态，还干苦（枯），这里没有健康的灵魂，不是生活。中国人的灵魂在全世界中说起来，就是病态的灵魂，到了日本，日本比我们更病态。既是中国人，就更不应该来到日本留学。他们人民的生活，一点自由也没有，一天到晚，连一点声音也听不到，所有的住宅都像空着，而且没有住人的样子。一天到晚歌声是没有的，哭声笑声也都没有。夜里从窗子往外看去，家屋就都黑了，灯光也都被关在板窗里面。日本人民的生活，真是可怜，只有工作，工作得和鬼一样，所以他们的生活完全是阴森的。中国人有一种民族的病态，我们想改正它还来不及，再到这个地方和日本人学习，这是一种病态上再加上病态。我说的不是日本没有可学的，所差的只是它的不健康处也正是我们的不健康处，为着健康起见，好处也只得丢开了。

再说另一件事，明年春天，你可以自己再到自己所愿的地方去逍遥一趟。我就只逍遥在这里了。

礼拜六夜（即十二日），我是住在沈女士的住所的，早晨天还未明，就读到了报纸，这样的大变动使我们惊慌了一天，上海究竟怎么样，只有等着你的来信。

新年好。

荣子

十二月十五日

“日本东京麹町区”，只要如此写，不必加标点。

注 释

这又是一封长信，她的头，她的胃，她的肚子……总在折磨着她，精神矛盾也总在折磨着她……总括起来，这全是由于长期生活折磨，营养不良……种下的病根（贫血），再加上她先天的素质也不好（据说她母亲是肺病死的），而又不喜欢做体力运动，于是就成了恶性的循环。再加上神经质的过度敏感，这全是促成她早死的种种原因……

她自己已经如此，却还总要“干涉”我的生活上一些琐事，什么枕头硬啦，被子薄啦，吃东西多啦，多吃水果啦……其实我这个人，自幼出身于农村，又受过若干年严格的军事训练，从十多岁就开始练习各种武艺，……什么饥寒劳碌穷苦……可以自豪地说：全经见过，它们是压不倒我的，我从来就蔑视它们，在这方面她怎能和我相“比”呢？

她由一个病态的国度，又到了另外一个病态的国度，而她又是病态的，……因此我也曾几次催她回来，不必“逞强”再呆在那里了，但她却总在矛盾着。

幸亏我是个皮粗肉糙、冷暖不拘的人，假如我和她“差不多”，就要生活不下去，为生活所压倒，早就“同归于尽”了。

“周先生的画片”这大概是一位日本画家画的那幅彩色鲁迅先生临终的画像。它曾刊载在《译文》上，后来又印成了几千张卡片，凡属《译文》的订户全附赠一张，有人来信索要时也可邮寄。

“十二日”就是一九三六年在西安的“双十二事变”，东北军、西北军联合起来，拒绝“剿共”，要蒋介石联合起全国各党派，团结起来共同抗日的“兵谏”。

一九七八年九月十一日于三里屯

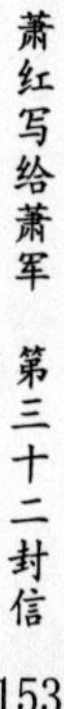

第二十三信，日本，上海

三郎：

今日东京大风而奇暖。

很有新年的气味了，在街上走走反倒不舒服起来，人家欢欢乐乐，但是与我无关，所谓趣味，则就必到，倚着无聊，那就一切无所谓了。

我想今天该有信了，可是还没有。失望失望。

学校只有四天课了，完了就要休息十天，所以真难说，或是另外寻先生，或是仍在那个学校读下去。

我很想写写剧和诗，但也不能因此就回来，也就算了。

一月里要出的刊物，这回怕是不能成功了吧？你们也一些什么？离着远了，而还要时时想着你们这方面，真是不舒服，莫如索性连问也不问，连听也不听。

三代这回可真得搬家了，闹闹玩笑的事情，这回可成了真的。

新年了，没有别的所要的，只是希望寄本小说来，不用挂号，丢不了。《复活》。新出的骑马而去的妇人还有别的我也想不出来，总之在这期中，那怕有多少书也要读完的。可惜要读的时候，书反而没有了。我不知道寄书有什么不方便处没有？若不便，那就不敢劳驾了。

祝好。

荣子 十二月十八日

夜。

奇的住址，是"巴里"，是什么里，她也记不清，

上一封信不知她接到不接到？就是寄到"巴里"的

三区十号
是给奇的

第三十三封信

东京——上海

（1936年12月18日发，12月25日复）

三郎：

今日东京大风而奇暖。

很有新年的气味了，在街上走走反倒不舒服起来，人家欢欢乐乐，但是与我无关，所谓趣味，则就必有我，倘若无我，那就一切无所谓了。

我想今天该有信了，可是还没有。失望失望。

学校只有四天课了，完了就要休息十天，而后再说，或是另外寻先生，或是仍在那个学校读下去。

我很想看看奇和珂，但也不能因此就回来，也就算了。

一月里要出的刊物，这回怕是不能成功了吧？你们忙一些什么？离着远了，而还要时时想着你们这方面，真是不舒服，莫如索性连问也不问，连听也不听。

三代这回可真得搬家了，开开玩笑的事情，这回可成了真的。

新年了，没有别的所要的，只是希望寄几本小说来，不用挂号，丢不了。《复活》，新出的《骑马而去的妇人》，还有别的我也想不出来，总之在这期中，哪怕有多少书也要读空的。可惜要读的时候，书反而没有了。我不知你寄书有什么不方便处没有？若不便，那就不敢劳驾了。

祝好。

荣子

十二月十八日夜

三匹小猫是给奇的。

奇的住址，是“巴里”，是什么里，她写得不清，上一封信，不知道她接到不接到，就是寄到“巴里”的。

注释

新年而度于异国，“每逢佳节倍思亲”，对于她这样一个多愁善感而又“举目无亲”的人，当然又是“别有一番滋味在心头”了。

回想和她结合的几年来，尽管生活如何艰难困苦，外来的风风雨雨如何恶劣，而“形影不离”这一点还是做得到的。我从来没把她作为“大人”或“妻子”那样看待和要求的，一直把她作为一个孩子——一个孤苦伶仃、瘦弱多病的孩子来对待的。尽管我是个性情暴烈的人，对于任何外来敢于侵犯我的尊严的人或事，常常是寸步不让，值不值就要以死相拼的。但对于弱者我是能够容忍的，甚至容忍到使自己流出眼泪，用残害、虐待自己的肢体——例如咬啮自己——来平息要爆发的激怒，这痛苦只有自己知道。有时也会不经意地伤害到她或他们，事后憎恨自己的那种痛苦也只有自己知道。

记得在上海有一次横过“霞飞路”，我因为怕她被车辆撞倒，就紧紧握住了她的一条手臂。事过后，在她的这条手臂上竟留下了五条黑指印！

还有一次在梦中不知和什么人争斗了，竟打出了一拳。想不到这一拳竟打在了她的脸上，第二天她就成了个“乌眼青”。于是人们就造谣说我殴打她了，这就是“证据”！

有一次我确是打过她两巴掌。这不知是为了什么我们争吵起来了，她口头上争我不过，气极了，竟扑过来要抓我——我这时正坐在床边——我闪开了身子，她扑空了，竟使自己趴在了床上，这时趁机会我就在她的大腿上狠狠地拍了两掌——这是我对她最大的一次人身虐待，也是我对她终生感到遗憾的一件事，除此再没有了。我们也常常把每次争执，事后作为笑料来谈论，彼此自我讽刺着……

夫妻或男女之间的事情，第三者是难于判清真正、实质……的是非的，所谓“清官难断家务事”倒是经验之谈。除非你别有用心，别有目的……才喜欢在别人夫妇之间表示偏袒某一方。一股夫妻的事情只有他们自己去解决，别人，最好“管住你自己的舌头”。

这确是不值一写的琐事，我以为一个人对于琐事也应该诚实坦率些！

一九七八年九月十一日于三里屯

萧红把最美好的印象留给她的读者　(1940年春 北碚)

军：

你亦人也，吾亦人也，你则健康，我则多病，常兴健牛与病驴之感，故每暗中惭愧。现在头亦不痛，脚亦不痛，勿劳念念耳。

专此

年禧。

莹　十二月末日

第三十四信—日本—上海

第三十四封信

东京——上海

（1936年12月末发，1937年1月10日复）

军：

你亦人也，吾亦人也，你则健康，我则多病，常兴健牛与病驴之感，故每暗中惭愧。

现在头亦不痛，脚亦不痛，勿劳念念耳。

专此

年禧。

莹

十二月末

注 释

健牛和病驴，如果是共同拉一辆车，在行程中和结果，总要有所牺牲的，不是拖垮了病驴，就是要累死健牛！很难两全的。若不然，就是牛走牛的路，驴走驴的路，……

我们应该是唯物主义者，不能够忽视物质的基础和客观的条件是能够决定一切发展行程的。一方面我们不能够超于现实，成为一个唯心的、主观的、精神第一、精神至上的观念论者；但另一面也不能够忘记自己是个“曾经为人的动物”，使自己堕落为“纯”物质、“纯”动物性的所谓卑俗的“唯物主义”者。人是创造工具的动物，同时又是营造社会生活具有伦理观念和情操、道德的动物，应该具有健全理智和美感情操的动物。如此才能充实于“人”的这一概念、名称的界说和内涵。

我和她之间，全是充分认识、理解到我们之间具有不可调和的诸种矛盾存在着的。后来的永远诀别，这几乎是必然的、宿命性的悲剧必须演出：共同的基础崩溃了，维系的条件失去了！……在我所余下的只是一些历史的怀念而已！在萧红或者连这点“怀念”也不愿或不敢再保存于自己的记忆中或表现于什么形式

上——她恐惧它们，憎恨它们，她要做一个超历史的，从而否认历史的，光荣独立的人！由于她那时现实的处境……这一忍隐的心情我是完全可以理解的。

一九七八年九月十一日于三里屯

第三十五信——日本东京——上海 三七 一月四日发 一月十二日到

军：

新年却没有什么要事可告，只是隣居着了一场大火。我却没有受惊，因在沈女士处过夜。

二号接到你的一封信，也接到珂的信。这是他寄给你[涂改]鉴赏。今寄上。

祝好。

荣子 一月四日

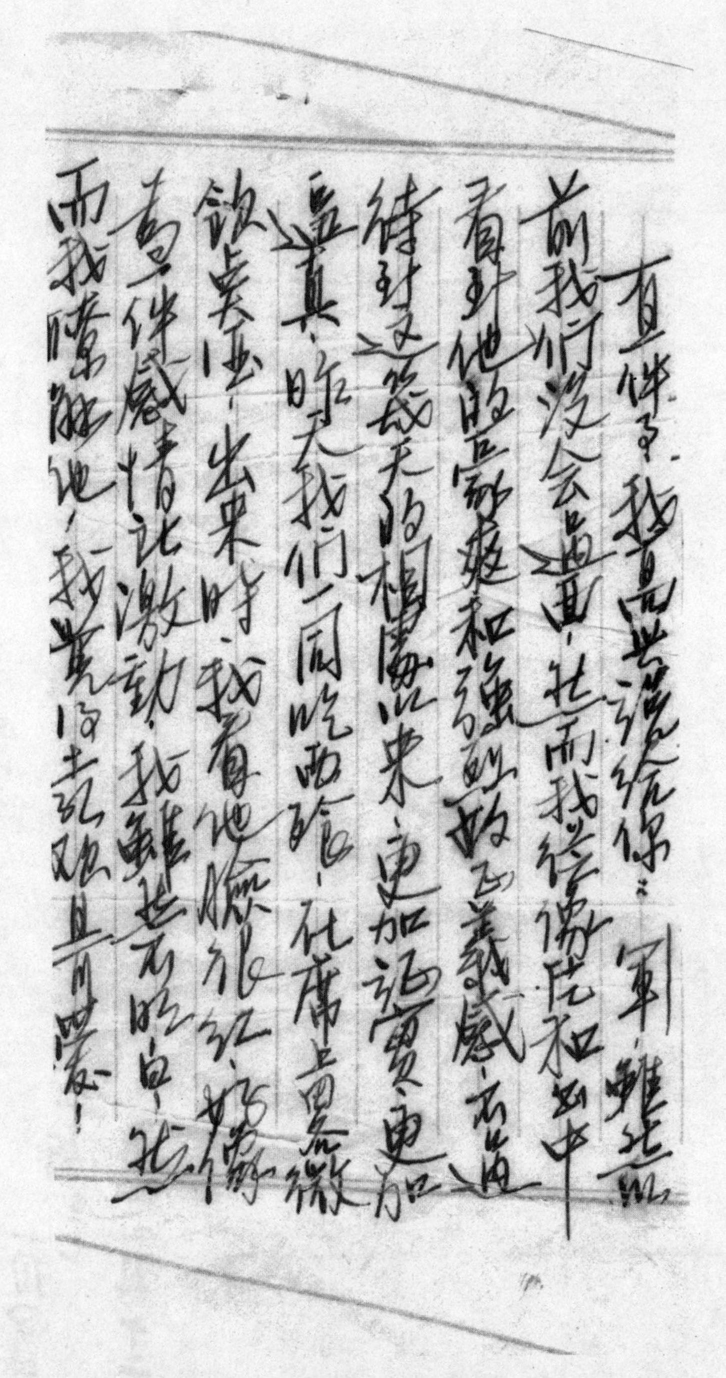
直伴了，我要说给你：军，虽然
前我们没会过面，然而我从伤痕和血中
看到他的爱家庭和强烈的正义感，不过
待到这几天的相处起来，更加认识更加
显真。昨天我们一同吃西餐，在席上[illegible]
饮点酒，出来时，我看他脸很红，好像
有一种感情的激动。我虽然不明白，然
而我了解他，我觉得幸福且有愉快！

“……也接到珂的信，这是他关于你（的）鉴赏。” ——萧红

第三十五封信

东京——上海

（1937年1月4日发，1月12日到）

军：

新年却没有什么乐事可告，只是邻居着了一场大火。我却没有受惊，因在沈女士处过夜。

二号接到你的一封信，也接到珂的信。这是他关于你（的）鉴赏。今寄上。

祝好。

荣子

一月四日

附：张秀珂给萧红关于萧军印象的信：

有一件事，我高兴说给你：

军，虽然以前我们没会过面，然而我从相片和书中看到他的豪爽和强烈的正义感，不过待到这几天的相处以来，更加证实、更加逼真。昨天我们一同吃西餐，在席上略微饮点酒，出来时，我看他脸很红，好像为一件感情所激动。我虽然不明白，然而我了解他，我觉得喜欢且可爱！

注 释

她的弟弟张秀珂终于到了上海，这是一个诚朴、谨慎而自重的青年。从素质来看有一些神经质，同时他谨慎得有点和他的年龄不相称，过于“成年人”气了，已经失却了一个青年人应有的活泼和奔放的特点了，这当然也是自幼没有爱，没有充分的阳光所造成的结果，以至后来“哈孟（姆）雷特”悲剧式地结束了自己的一生。我很敬重他，爱惜他，……并没因为我和萧红分开我们的友情有所损伤或冲淡！……

他到上海以后，我给他在我住所附近租了一间亭子间。吃饭，有时我们同吃，有时也各自分吃。我让他到上海各地方看一看，不必考虑别的问题。同时我也问了他的爱好，他很喜欢语言学，我介绍他去世界语学会去学习世界语，因为我也曾是世界语的学习者（和学习其他外国语言一样，也没学好）。世界语具有各种语言——特别是拉丁系语言——相通的共性，它对学习其他语言，可以作为经过的桥梁，是很有益的。

一九七八年九月十六日于海北楼

（　　）

軍：

現在是下午兩点，火車摇得很厲害，幾乎寫不成字。

火車已經過了黃河橋，但我的心好像仍然在懸空着。一路上看些被砍折的枯樹，白色的鴨鵝和一些從西面囤來的東北軍。馬匹就在鐵道旁邊吃草，也有的成排的站在運炮的車廂裏，馬的背脊成了一條線，好像魚的背脊一樣。而車廂上則寫着津浦。

我帶的蘋果吃了一個，纔只吃了三個兩裡。一

北第一信

一四十六封

切慾望好像都不怎樣大，只是繚亂煩燥，煩燥。

這是第三天的上午九時，車停在一個小站，這時候我坐在客室裡，窗外平地上尽是些墳墓，遠處並且飛着烏鴉和別的大鳥。從昨裡已經是來在了北方。今晨起得很早，因為天晴太陽好，貪看一些野景。

不知你正在思考一些什么？

方才經過了兩片梨樹地，很好看的，花朝霧裡透它的隱隱約約的發着白色。

東北軍從並行的一條鐵道上被運送去那么

20×10

許多，不僅是一兩輛車，我看見的就有三四次了。他們卻弄得和猴一樣，它們紅馬臉一樣在冒着火雨，它們的歡喜不知是從那裡得來，還閃着笑着。

車一開起來，字就寫不好了。

康官一帶的土地，還保持着土地原來的顏色。有的還在下種，有的黑牛或白馬在上面拉着犁杖。

這信本想昨天就寄，但沒有找到郵筒。寫着寄吧！

刚一到来，我就到了这[illegible]宫庙，不好。於是就到了中央饭店住下，一天两块钱。

立刻我就去找周的家，这真是怪事，那里有？雇车跑到室外，问了警察也说太平桥只在室内，室外另有个别的桥，究竟是个什么桥，我也不知道。於是就跑到室内的太平桥，二十三号是找到了，但没有姓周的，無论姓什么的也没有，只是一家摆架铺。於是就过了我的舊居，那已经改成一家公寓了。我又找了姓胡的舊同学，门房说是胡小姐已经不在，那意思大

请看背面

概是出嫁了。

北平的塵土幾乎是把我的眼睛迷住，使我真是憔悴，那種破廢的滋味立刻湧上心頭。

說是我跑到李燒之七年前他在那裡做事的學校去，真是七年相同一日，他仍在那裡做事，就是告訴我，他的家就住在學校的旁邊，當時實在使我難以相信。我跑到他家去，看到了兒女一大羣。總是又知道了李霽野，他也有一個小孩子，晚飯就吃在他家裡，他太太燒的面條。飯後談了一些時候，關于我的消息，知道繆[illegible]

少，有的是從文章上得來，有的是從傳言。九時許他送出胡同來，替我叫了洋車我自回來就寢。你算不錯，倒底有個熟人。明天他們替我看房子，旅館不能多住的，明天就有了決定。

並且我還要到宣外去找那個什麼橋，一定是你把地址弄錯，不然絕不會找不到的。

祝你飲食和起居一切平安。

榮子

四月廿五日夜一時。

奇同此

第三十六封信

北京——上海

（1937年4月25日发，4月29日到）

军：

现在是下午两点，火车摇得很厉害，几乎写不成字。

火车已经过了黄河桥，但我的心好像仍然在悬空着。一路上看些被砍折的秃树，白色的鸭鹅和一些从西安回来的东北军。马匹就在铁道旁吃草，也有的成排的站在运货的车厢里边，马的背脊成了一条线，好像鱼的背脊一样。而车厢上则写着津浦。

我带的苹果吃了一个，纸烟只吃了三两棵。一切欲望好像都不怎样大，只觉得厌烦，厌烦。

这是第三天的上午九时，车停在一个小站，这时候我坐在会客室里，窗外平地上尽是些坟墓，远处并且飞着乌鸦和别的大鸟。从昨夜已经是来在了北方。今晨起得很早，因为天晴太阳好，贪看一些野景。

不知你正在思索一些什么？

方才经过了两片梨树地，很好看的，在朝雾里边它们隐隐约约地发着白色。

东北军从并行的一条铁道上被运过去那么许多，不仅是一两趟车，我看见的就有三四次了。他们都弄得和泥猴一样，它们和马匹一样在冒着小雨，它们的欢喜不知是从哪里得来，还闹着笑着。

车一开起来，字就写不好了。

唐官一带的土地，还保持着土地原来的颜色。有的正在下种，有的黑牛或白马在上面拉着犁杖。

这信本想昨天就寄，但没找到邮筒，写着看吧！

刚一到来，我就到了迎贤公寓，不好。于是就到了中央饭店住下，一天两块钱。

立刻我就去找周的家，这真是怪事，哪里有？洋车跑到宣外，问了警

察，也说太平桥只在宣内，宣外另有个别的桥，究竟是个什么桥，我也不知道。于是就跑到宣内的太平桥，二十五号是找到了，但没有姓周的，无论姓什么的也没有，只是一家粮米铺。于是我游了我的旧居，那已经改成一家公寓了。我又找了姓胡的旧同学，门房说是胡小姐已经不在，那意思大概是出嫁了。

北平的尘土几乎是把我的眼睛迷住，使我真是恼丧，那种破落的滋味立刻浮上心头。

于是我跑到李镜之七年前他在那里做事的学校去，真是七年间相同一日，他仍在那里做事。听差告诉我，他的家就住在学校的旁边，当时实在使我难以相信。我跑到他家里去，看到了儿女一大群。于是又知道了李洁吾，他也有一个小孩了，晚饭就吃在他家里，他太太烧的面条。饭后谈了一些时候，关于我的消息，知道得不少，有的是从文章上得知，有的是从传言。九时许，他送出胡同来，替我叫了洋车，我自归来就寝。总算不错，到底有个熟人。

明天他们替我看房子，旅馆不能多住的，明天就有了决定。

并且我还要到宣外去找那个什么桥，一定是你把地址弄错，不然绝不会找不到的。

祝你饮食和起居一切平安。

珂同此。

荣子

四月廿五日夜一时

注 释

从日本寄回来的信件就只剩了以上的三十五封，究竟失落了多少，也无法考查了。

她是哪一天从日本回来的呢？也无从考查了。因为我那时期的《日记》早已失落了！而后来写的《日记》，“文化大革命”中被抄去（约有五十余册），至今还未归还给我。虽经我多次交涉，也写信给中央方面负责同志，也没能得到具体的回示。究竟为什么扣住我的《日记》延不发还？到今天还是一个“谜”！从法制、从政策……的原则出发来观照，我以为是应该归还给我的，特别是作为一个文艺工作者的《日记》，那是他们的“材料库”。——我只有虔诚地等待着，申请着，……一旦这些《日记》能够按数发还给我，也有可能在这批《日记》中找出一些线索来。……（补记：当这份“注释”完成之后，于一九七九年二月八日下午二

点二十五分，这批《日记》终于归还给我了！ —— 一九七九年三月廿一日 萧军）。

她这信中所提的人名，有的我也不知道，仅就所知道的略注一注：

“周”是我讲武堂时期的同学，名叫周香谷，那时他是住在他岳母家中，因为我前次来北京时去看望过他。他们夫妇还请我在前门外“岳阳楼”吃了一次烤肉。我记得他是住在宣外？或前门外？……名叫“三眼井”？或“四眼井”的地方？我要萧红去找他，他是“老北京”，对于她找房子之类可能会有所帮助，但却始终没找到。

周的岳母是有名京剧票友恩晓峰，她的女儿也是京剧演员……

“李镜之”我未见过面。

“李洁吾”是萧红在哈尔滨读书时的老朋友，我们虽未见过面，经过萧红介绍我们通过信，那时他在北京一处小学校教书。萧红过去曾常常提起过他，那时他可能还是一位中共地下党员，……

她为什么要去北京呢？据说她很怀念这地方，也想再住一住。我也同意陪她来北京住一住——尽管我对当时北京第一次给我的印象不算太好——也许较长时间住一住，也许可能就会发生“感情”了。她是作为“先遣部队”先来北京的。

一九七八年九月十七日于海北楼

萧红友人李洁吾　（1933年 北平）

第二十七信 北平 上海

均：

前天下午搬到洁吾家来住，我自己根据了一间房。二三日内就就搬到北辰宫去住下，这里一个人找房子很难，而且一时不容易，我到。北辰宫是个公寓，比较阔气，房租每月二十四也或者三十元，因为一间空房没有，所以暂且等待两天。前天为了房子的事，就很着急。思索了半天才下了决心，住吧！或者能够多做点事，有点代价就什么都有了。

现在他们夫妇都出去了，在院心我替他们看

管孩子。院心種着的棠梨樹，正開着白花。公園或是北海，我還沒有去過，坐在家裡和他們閑談了兩天，知道他們夫婦彼此各有痛苦。我真奇怪，誰家都是這樣，這真是發瘋的社會。可笑的是我竟成了老大哥一樣給他們說着道理。

滋寄這兩天來沒有來？你的精神怎樣？調的事情決定了沒有？我本想寄航空信給你，但郵政總局離得太遠，你一定等信等得很急。

八月和生這地方老早就買不到了，不知是什么原因，至於翻版更不容易見。請繁寄兩本來，送送朋友。關于你們的生活[illegible]文字上能道的。至于交我們的文章他全讀過，就連大道丸他也讀過，他常常想着你的長樣如何，等着到了晚，像看了好多时候。他說你是很厲害的人物，並且有眼力。我聽之很替你高兴。他說從第三代上就能看得出來。

要他来到了四五天，还很有安心，等搬了一定的住处就好了。

你喝酒多少？

我很想念我的小屋，花盆滿了沒有？

昨天夜裡就搬到北辰宮來，房間不算好，每月廿四元。

住着看，也許住上五天六天的，在這期間我自己出去觀看民房。

到今天已是一個禮拜了，還是安不下心來，人這動物，真不是好動物。

周家我暫時不去了，等你來信再說。

寫信請寄到北平東城北池子頭條七號李家即可。

你的那篇東西做出去沒有？

祝好

榮子

四月廿七日

20×10

第三十七封信

北京——上海

（1937年4月27日发，5月2日到）

均：

前天下午搬到洁吾家来住，我自己占据了一间房。二、三日内我就搬到北辰宫去住下，这里一个人找房子很难，而且一时不容易找到。北辰宫是个公寓，比较阔气，房租每月二十四也或者三十元，因为一间空房没有，所以暂且等待两天。前天为了房子的事，我很着急。思索了半天才下了决心，住吧！或者能够多做点事，有点代价就什么都有了。

现在他们夫妇都出去了，在院心我替他们看管孩子。院心种着两棵梨树，正开着白花，公园或者北海，我还没有去过，坐在家里和他们闲谈了两天，知道他们夫妇彼此各有痛苦。我真奇怪，谁家都是这样，这真是发疯的社会。可笑的是我竟成了老大哥一样给他们说着道理。

淑奇这两天来没有来？你的精神怎么样？珂的事情决定了没有？我本想寄航空信给你，但邮政总局离得太远，你一定等信等得很急。

“八月”和“生”这地方老早就已买不到了，不知是什么原因，至于翻版更不得见。请各寄两本来，送送朋友。洁吾关于我们的生活从文字上知道的。差不多我们的文章他全读过，就连“大连丸”他也读过，他常常想着你的长相如何？等看到了照相看了好多时候。他说你是很厉害的人物，并且有魄力。我听了很替你高兴。他说从《第三代》上就能看得出来。

虽然来到了四、五天，还没有安心，等搬了一定的住处就好了。

你喝酒多少？

我很想念我的小屋，花盆浇水了没有？

昨天夜里就搬到北辰宫来，房间不算好，每月二十四元。

住着看，也许住上五天六天的，在这期间我自己出去观看民房。

到今天已是一个礼拜了，还是安不下心来，人这动物，真不是好动物。

周家我暂时不去了，等你来信再说。

写信请寄到北平东城北池子头条七号李家即可。

你的那篇东西做出去没有？

祝好。

荣子

四月廿七日

注 释

从她来信中，她的老朋友李洁吾夫妇，也是各有各的痛苦！我们也是各有各的痛苦！……在现实的痛苦的世界上，有谁没有痛苦呢？只是痛苦的性质和内容各有各的不同，正如鲁迅先生曾说过的，北京拾煤渣的老婆婆是不会有美国资本家蚀本、破产……那样“痛苦”的；相反，资本家也不会有老婆婆那样痛苦的。即使在“痛苦”这一普遍概念中，所谓“阶级性”也还是要存在的。

记得托尔斯泰在他的《安娜•卡列尼娜》首页上曾写过这样两句话：“幸福的家庭是相同的，不幸的家庭各有各的不幸！”

在一般朋友眼中认为我们“夫妻”之间，是“天造地设”的一对，除开贫穷以外，是幸福的。我们也承认，在比较起一般的夫妇之间来，我们确是幸福的，但也还是各有各的痛苦！

“八月”是《八月的乡村》，“生”是《生死场》。

《大连丸上》是我写的一篇短文，记录我们由东北出走，路经大连，在日本轮船上被日本水上警察和“刑事”盘查经过的情况，以及望到青岛，踏到祖国海岸激动和喜悦的心情！……

她的朋友看了我的照片，断定我是“很厉害的人物，并且很有派（魄）力。……”她替我很高兴！但我知道她不真正欣赏我这个“厉害”而“很有魄力”的人物；而我也并不喜欢她那样多愁善感，心高气傲，孤芳自赏，力薄体弱，……的人，这是历史的错误！历史也做了见证，终于各走各的路，各自去寻找他和她所要寻找的人！……

我爱的是史湘云或尤三姐那样的人，不爱林黛玉、妙玉或薛宝钗……

我当时可能正为一个日本刊物写一篇什么文章，名称忘记了。

一九七八年九月十八日于海北楼

第三十八信—北京—上海

軍：

昨天看的電影：茶花女。還好。今天到東安市场吃完飯回来，睡了一觉，現在是下午六点，在我未開筆寫這信的之前，是在讀海上述林。很好，讀得很有趣味。

但心情又和在日本差不多，谁也有两個熟人，也還是差不多。

我一定在這工作的，工作起来，就一切充实了。

你不要喝酒了，听人說，酒能够伤肝，若有

了肝病，那是不好治的。就所謂肝氣病。

北平雖然吃的好，但一個人吃起來不是滋味。

總是也就馬馬虎虎了。

我想你應該有信來了，不見你的信，好像總

有一件事，我希望快來信！

珂好！

奇好！

你也好！

榮子

五月二六

遞交北平 東城北池子頭條七號李家轉

20×10

第三十八封信

北京——上海

（1937年5月3日发，5月6日即复）

军：

昨天看的电影《茶花女》，还好。今天到东安市场吃完饭回来，睡了一觉。现在是下午六点，在我未开笔写这信的之前，是在读《海上述林》，很好，读得很有趣味。

但心情又和在日本差不多，虽然有两个熟人，也还是差不多。

我一定应该工作的，工作起来，就一切充实了。

你不要喝酒了，听人说，酒能够伤肝，若有了肝病，那是不好治的。就（是）所谓肝气病。

北平虽然吃得好，但一个人吃起来不是滋味。于是也就马马虎虎了。

我想你应该有信来了，不见你的信，好像总有一件事，我希望快来信！

珂好！

奇好！

你也好！

荣子

五月三日

通讯：北平东城北池子头条七号李家转。

注 释

《茶花女》是根据法国小说家小仲马同名小说改编的。

《海上述林》是瞿秋白的遗作，由鲁迅先生承担校印而出版的。

一九七八年九月十八日于海北楼

幼时的萧红与她的亲生母亲　（约1916年 呼兰）

肖红的信

第三十九信 七年 上海

No.

軍：

昨天又寄一信，我總覺我的信寄得那么慢，不知為什么已經这些天了還没能知道一点你的消息，？其實是我個人性急而不推想一下郵便所必須費去的日子。

連這封信，是第四封了。我想那時信或是為别個翻亂了，又為什么寫錯了一個號數，的話，連昨天寄的這信，也寫的是那個錯的號數，不知可能不丢么？

到題寫信並不寫什么，扁着的字眼，總信也盡

“肖红的信”四个字暴露了“专案组”偷窥私人信件的“隐私”。

No.

是薇娅的话语，但我的心就像被缠在着[illegible]计程那么黑暗，变得久了，或者我的心会被琉死的。我知道这是不对，我暗么在批判着自己，但这是情感，我批判不了，我知道炎暑是並不长久的，过了炎暑大概就可以来了秋凉。但明天是知道，明天总作不到。正在白天的那一刹，觉得口渴的那个真理，就是世界上顶高的真理。

既然那样，我意倒这是搬到家的好。

关于这，我主张既然能够去江西，还是去江西的好，我们的生活没有一定，他也跟着她

10×20

来跑去，這不如讓他去安定一個時期，或者
上冬，我們有一定了，再讓他来，年青人吃些
苦好，總比有苦留着後来吃強。
昨天我又去找周家一次，這次是宣武門外的那
個橋，達智橋，二十里路也找到了，巧得很，
也是個糧米店，並沒有任何住戶。
這幾天我又恢復了夜裡害怕的毛病，並且在
夢中常常生起死的那個想念。
痛苦的人生啊！腐臭的人生啊！
我常常懷疑自己或者我怕是忍耐不住了吧？

我的神经或者比丝缕还细了吧？我是多么替自己避免着这种想头，但还有比正在经验着的还要真切的吗？我现在就正在经验着。

我哭，我也是不能哭。不允许我哭，失掉了哭的自由了。我不知为什么把自己弄得这样，连精神都给自己上了枷锁了。

这回的心情还不比去日本的心情，什么能救了我呀！上帝！什么能救了我呀！我一定要用那只曾经把我建设起来的那只手把自己来打碎吗？

祝好！

所有我们的书，

若有精装请各寄一本来。

荣子 四月廿四日晚。

第三十九封信

北京——上海

（1937年5月4日发）

军：

昨天又寄一信，我总觉（得）我的信都寄得那么慢，不然为什么已经这些天了还没能知道一点你的消息？其实是我个人性急而不推想一下邮便所必须费去的日子。

连这封信，是第四封了。我想那时候我真是为别离所慌乱了，不然又为什么写错了一个号数？就连昨天寄的这信，也写的是那个错的号数，不知可能不丢么？

我虽写信并不写什么痛苦的字眼，说话也尽是欢快的话语，但我的心就像被浸在毒汁里那么黑暗，浸得久了，或者我的心会被淹死的。我知道这是不对，我时时在批判着自己，但这是情感，我批判不了。我知道炎暑是并不长久的，过了炎暑大概就可以来了秋凉。但明明是知道，明明又做不到。正在口渴的那一刻，觉得口渴那个真理，就是世界上顶高的真理。

既然那样我看你还是搬个家的好。

关于珂，我主张既然能够去江西，还是去江西的好。我们的生活还没有一定，他也跟着跑来跑去，还不如让他去安定一个时期，或者上冬，我们有一定了，再让他来。年轻人吃点苦好，总比有苦留着后来吃强。

昨天我又去找周家一次，这次是宣武门外的那个桥，达智桥，二十五号也找到了，巧得很，也是个粮米店，并没有任何住户。

这几天我又恢复了夜里害怕的毛病，并且在梦中常常生起死的那个观念。

痛苦的人生啊！服毒的人生啊！

我常常怀疑自己或者我怕是忍耐不住了吧？我的神经或者比丝线还细了吧？

我是多么替自己避免着这种想头，但还有比正在经验着的还更真切的

吗？我现在就正在经验着。

我哭，我也是不能哭。不允许我哭，失掉了哭的自由了。我不知为什么把自己弄得这样，连精神都给自己上了枷锁了。

这回的心情还不比去日本的心情，什么能救了我呀！上帝！什么能救了我呀！我一定要用那只曾经把我建设起来的那只手把自己来打碎吗？

祝好！

荣子

五月四日

所有我们的书，若有精装，请各寄一本来。

注 释

她又陷在了深沉的，几乎是难于自拔的痛苦的泥沼中了！我知道这一次痛苦主要是我给予她的。当然这一时期我的痛苦也并不减于她，而我却是可以经受得起的，这由于我是经常在或大、或小、或轻、或重、或断、或续、或浅、或深……的所谓“痛苦的毒汁”中浸泡得比她更要长久些，多样些！……在神经上已经近于麻痹了！何况这一次“痛苦”的形成是我自作自受，我无可责备于任何人，也无须寻找任何客观条件或“理论”为根据，对于自己错误的行为进行辩解或掩饰！这是孱头，懦夫……的行为。

对于已死者，别有用心，别有目的，用了虚伪、狡诈……施行无耻的谀词和谄媚，这固然是卑鄙、下贱……恶毒的行径；相反的，对于已死者，认为“死人口中无对证”，就可以推脱自己应负的责任，把责任全加给已死者，甚而进行污辱或诬陷……这也是怯懦者，无赖者，软体动物可怜虫的卑鄙、下贱……的可怜而恶毒的行为。即使“人不知，鬼不觉”，你自己如果还有一点“良知”，你自己总会知道自己是个什么“人”，尽干了些什么“事”？当你生命终结的一天，要咽下最后一口空气或吐出最后一口空气时，你的“良心”总还要追捕着你的！……

一九四六年一月二十日在重庆，聂绀弩兄写的一篇《在西安》的散文里，曾记录他和萧红在西安大街上散步时一段谈话：

“我爱萧军，今天还爱，他是个优秀的小说家，在思想上是同志，又一同在患难中挣扎过来的！可是做他的妻子却太痛苦了！我不知道你们男子为什么那样大的脾气，为什么要拿自己的妻子做出气包，为什么要对妻子不忠实！忍受屈辱，已经太久了！……”

在同一篇文章里，也记录了我和作者在山西临汾车站上分手时几节谈话，我向作者说：

“‘哦，萧红和你最好，你要照顾她，她在处世方面，简直什么也不懂，很容易吃亏上当的。’

‘以后你们，……’

‘她单纯、淳厚、倔强、有才能、我爱她。但她不是妻子，尤其不是我的！’

‘怎么，你们要，……’

‘别大惊小怪！我说过，我爱她，就是说我可以迁就。不过这是痛苦的，她也会痛苦，但是如果她不先说和我分手，我们还永远是夫妇，我决不先抛弃她！’”

我在这里所以要引证这段谈话记录：第一，是证明我“脾气大”以她为“出气包”了；第二，是证明我在夫妻“爱情”上对她不忠实了，使她“忍受屈辱，已经太久了！……”

关于第一，我承认我的脾气不算小，但是自认为对于她还是克制到我能够克制到的限度，我还不至于到达用老婆做“出气包”那样的下流地步，我的脾气总是发在外人身上的。

第二，在爱情上曾经对她有过一次“不忠实”的事，——在我们相爱期间，我承认她没有过这不忠的行为的——这是事实。那是她在日本期间，由于某种偶然的际遇，我曾经和某君有过一段短时期感情上的纠葛——所谓“恋爱”——但是我和对方全清楚意识到为了道义上的考虑彼此没有结合的可能。为了要结束这种“无结果的恋爱”，我们彼此同意促使萧红由日本马上回来。这种“结束”也并不能说彼此没有痛苦的！

第三，引出我和聂绀弩那段谈话，是表明在临汾时我和萧红就决定在基本上各自分开了，当时还尽管未和朋友们公开申明。

如果说对于萧红我引为终身遗憾的话，应该就是这一次“无结果的恋爱”，这可能深深刺伤了她，以致引起她对我深深的、难于和解的愤恨！她是应该如此的。除此以外，我对于她再没有什么可遗憾的地方：——对于她凡属我能尽心尽力的全尽过所有的心和力了！

一九七八年九月十九日于海北楼

憧憬在幸福中的萧红，打扮得已经与众不同了。 （1938年3月 西安）

第四十信 一九六一 上海 一三七

五月十二日到

軍：

我今天接到你的信就跑回来寫信的，但没有寫心情不好，我想你讀了也不好，因為我是哭着寫的，接你兩封信，哭了兩回。

这幾天也还是天天到李家去，不过待不多久。

我在東安市場吃飯，每頓不到兩毛，味極佳。羊肉面一毛六一碗。再加兩個花捲，或者再来個炒素菜。一共才是兩角。可惜我对着这樣的好飯菜，没能喝上一盅，掃興。

No.

六號那天也是寫了一信，也是平寄。你的飲食我想還是照舊，餅乾買了沒有？多吃点水菓。

你來信說每天看天一小時会變成美人，這個是办不到的，說起來傷心，我自幼就喜歡看天，一直到現在還是喜歡看，但我並沒變成美人，若是真是，我又何能東西奔波呢？可見美人自有美人在。（這個請勿玩笑也。）

寄是不可靠的，黑人來李家找我。這是她之所嘱。和李太太，我，三個人逛了北海。我

10×20

No. ________

已經是離開上海半月多了，心緒仍是亂紛紛，我想到這是走的敗路。但我不願意多說。

海上述林讀畢，並請把安娜可林娜寄來一讀。還有冰島漁夫，還有獵人日記。這書寄來給黑吾讀。不必掛號。看有什么可讀的書，就請隨擲來，存在李家不會丟失，等離上海時也方便。

我的長篇並沒有計畫，但此時我並不過於自責，如你所說，為了戀愛，而忘掉了人民，女人的性格啊！自私啊！從前，我也這樣想，可是现在我不了，因为我看见男子为了革命意值得爱的女子，我不但忘了人民，而且忘掉了性命。何况我还没有忘了性命，就是忘了性命也是值得呀！在人生的路上，总算有一個時期在的脚跡旁边，也跟着他的脚跡。這一句似乎有点特别高擎，收掉去。

筆墨都買了，要写大字。但房子有是有，和人家住一個院不方便。並且立合同，等你来時再說吧！

祝好你！上帝給你健康！

荣子

[illegible]九日

第四十封信

北京——上海

（1937年5月9日发，5月12日到）

军：

我今天接到你的信就跑回来写信的，但没有寄，心情不好，我想你读了也不好，因为我是哭着写的，接你两封信，哭了两回。

这几天也还是天天到李家去，不过待不多久。

我在东安市场吃饭，每顿不到两毛，味极佳。羊肉面一毛钱一碗。再加两个花卷，或者再来个炒素菜。一共才是两角。可惜我对着这样的好饭菜，没能喝上一盅，抱歉。

六号那天也是写了一信，也是没寄。你的饮食我想还是照旧，饼干买了没有？多吃点水果。

你来信说每天看天一小时会变成美人，这个是办不到的。说起来很伤心，我自幼就喜欢看天，一直看到现在还是喜欢看，但我并没变成美人。若是真是，我又何能东西奔波呢？可见美人自有美人在。（这个话开玩笑也。）

奇是不可靠的，黑人来李家找我。这是她之所嘱。和李太太、我，三个人逛了北海。我已经是离开上海半月多了，心绪仍是乱绞，我想我这是走的败路。但我不愿意多说。

《海上述林》读毕，并请把《安娜可林娜》寄来一读。还有《冰岛渔夫》，还有《猎人日记》。这（些）书寄来给洁吾读。不必挂号。若有什么可读的书，就请随（时）掷来，存在李家不会丢失，等离上海时也方便。

我的长篇并没有计划，但此时我并不过于自责，如你所说：“为了恋爱，而忘掉了人民，女人的性格啊！自私啊！”从前，我也这样想，可是现在我不了，因为我看见男子为了并不怎值得爱的女子，不但忘了人民，而且忘了性命。何况我还没有忘了性命，就是忘了性命也是值得呀！在人生的路上，总算有一个时期在我的脚迹旁边，也踏着他的脚迹。总算两个灵魂和两

根琴弦似的互相调谐过。**（这几句话在原信上写了又用笔划了，但还看得出来，所以我仍把它照录在这里 ——萧军附注 一九七八年九月十七日）**这一句似乎有点特别高攀，故涂去。**（这是萧红原来的附注 ——萧军）**

笔墨都买了，要写大字。但房子有是有，和人家住一个院不方便。至于立合同，等你来时再说吧！

祝好你！

上帝给你健康！

荣子

五月九日

注 释

“黑人”名李村哲，即舒群，为哈尔滨时期的朋友。

《冰岛渔夫》为法国作家绿蒂作品，黎烈文译，生活书店出版。

《猎人日记》俄国屠格涅夫作。

从她这封信中，可以看出她的思想越来越烦乱，感情越来越凄楚，在这种情况下，她又怎能安下心来写作呢？一个人扎下根来生活呢？同样，当时我的思想、感情、心境……并不比她更好些，因此她接到我两封信，哭了两回，又是哭着写的！……我的信中究竟写了些什么话呢？是刺伤了她吗？还是引起了她的什么可以伤心的回忆？还是？……无法记忆了。

相识之初，虽然没说过什么“山盟海誓”，但也从来没想过——至少是我自己——我们会有诀别的一天，这除非是“死亡”的到来，否则的话这是不可想象的。我们感到，从生理上来看几乎成了一体，是不能够彼此离弃或分开的——那时也决不能、不应分开——尽管在生活的经路上，我们经受了任何风风雨雨，在爱情的考验上——只是限于我自己——也曾经排除过不算少的障碍和干扰，终于还是毅然地和她一道走过来，……并未“怀有二心”。那时她对我也似乎并未“怀有二心”。

只是人也终归是历史范畴，社会基础，现实条件……的产物，它要受约制，受影响，受干扰，受引诱……始终不变的人和事是很困难的，几乎是不可能的。有的可以继续并肩前进，有的要中途分手，有的离而复合，有的合而复离，……有的还可化友为敌，也可化敌为友……谁服从谁？什么服从什么呢？……这将是永恒矛盾过程！

痛苦和幸福，一般来说这是属于主观范畴方面的东西，也多是在别人眼里想当然的东西，它们常常是和实际情况并不相符的啊！

从这信中也可看出对于我的尖刻挖苦和讽刺，我并不生气，这并非表示我的有“涵养”或大量，而是我认为她是应该如此的，她受了“侮辱和损害”！假如她用拳头敲我，我也可以任她敲去：第一，她的拳头是敲不疼也敲不坏我的；第二，她也不会认真敲我的。在敲着我的过程中她会哭起来，接着也许就会笑起来！……因为我理解她！……

一九七八年九月十九日于海北楼

备受鲁迅先生关注的东北籍夫妻作家——萧军与萧红初闯上海文坛　(1935年 上海)

第四十一信　東京—上海　二月十六

軍：

今晨寫了一信，又未寄。

精神不甚好，寫了一張大字，寫得亦不好，

等寫好時寄給你一張當做字画。

盧騷的懺悔錄快讀完了，盡是些戀女人的故事。

璞吾字我亦不願多唑，那是個沉悶的家庭。

我現在的方子太貴，想租民房，又討厭麻煩。

No.

我看你還是搬一搬家好，常住一個很熱的地方不大好。

昨天下午，無聊之甚，跑到北海去坐了兩個鐘頭，女人真是倒楣，就是逛公園也要讓人家左一眼又一眼的看來看去，看得不自在。

今天很熱，睡了一覺。

這飯館子出來幾乎沒有跌倒，不知為什么像是腿軟那么個滋味。睡了一覺好了。

你要是吃丸藥，因為藥數一定吃得很少。

祝好！

榮子

五月十五

10×20

高島屋特撰

第四十一封信

北京——上海

（1937年5月11日发）

军：

今晨写了一信，又未寄。

精神不甚好，写了一张大字，写得也不好，等写好时寄给你一张当作字画。

卢骚的《忏悔录》快读完了，尽是些与女人的故事。

洁吾家我亦不愿多坐，那是个沉闷的家庭。

我现在的房子太贵，想租民房，又讨厌麻烦。

我看你还是搬一搬家好，常住一个很熟的地方不大好。

昨天下午，无聊之甚，跑到北海去坐了两个钟头。女人真是倒霉，即使逛逛公园也要让人家左一眼右一眼地看来看去，看得不自在。

今天很热，睡了一觉。

从饭馆子出来几乎没有跌倒，不知为什么像是服毒那么个滋味。睡了一觉好了。

你要多吃水果，因为菜类一定吃得很少。

祝好！

荣子

五月十一日

注 释

《忏悔录》是十八世纪法国大思想家卢骚（梭）作的。

既然我一时不能到北京去，就决定要她回上海了。在那里像一颗飘飘荡荡的“游魂”似的，结果是不会好的。

我很理解她好逞刚强的性格，主动是不愿回来的，只有我“请”或“命令”以至“骗”才能回来。

一九七八年九月十九日于海北楼

第四十二信　北京－上海　三七
五月十三日
五月十五日

軍：

前天去逛了長城，是同黑人一塊去的。真偉大，那些山比海洋更能震驚人的靈魂。到日暮的時候，起了大風，那風聲好像海聲一樣，弔古戰場文上所說：風悲日曛。群山糾紛。這就正是這種景況。

夜十一時回來，疲乏得很，因為去長城的前夜，和黑人一同去看戲，因為他的公寓關門太早的緣故，就住在我的地板上，因為過慣了有紀律的生活，覺得很累，所以通夜失眠。

No. ....

你寄来的書，昨天接到了，前後接到兩次，第一次四本，第二次六本。你来的信也都接到的，最後這個規勸的信也接到的。

祝好！

我很贊成，你説的是道理，我应该去照做。

棠之 五月十五日

長文易寫了，這裡有在長城上得到的小花，請你分給她幾棵。

10×20

高島屋特撰

第四十二封信

北京——上海

（1937年5月15日发，5月17日到）

军：

前天去逛了长城，是同黑人一块去的。真伟大，那些山比海洋更能震惊人的灵魂。到日暮的时候，起了大风，那风声好像海声一样，《吊古战场文》上所说：风悲日曛。群山纠纷。这就正是这种景况。

夜十一时归来，疲乏得很，因为去长城的前夜，和黑人一同去看戏，因为他的公寓关门太早的缘故，就住在我的地板上，因为过惯了有纪律的生活，觉得很窘，所以通夜失眠。

你寄来的书，昨天接到了。前后接到两次，第一次四本，第二次六本。

你来的信也都接到的，最后这回规劝的信也接到的。

我很赞成，你说的是道理，我应该去照做。

祝好！

荣子

五月十五日

奇不另写了，这里有在长城上得到的小花，请你分给她几棵。

注 释

这是她从北京寄上海最后一封信了，不久她也就回到了上海。

《吊古战场文》是唐代作家李华写的。

寄的书大约为《八月的乡村》和《生死场》，她要送朋友。

对于我“规劝”她的信，她说她很赞成，承认我说的是“道理”，这是“反话”，她不会“照做”的，认为我这是“唱高调”。

一九七八年九月十九日于海北楼注讫

海外的悲悼

《海外的悲悼》，这原也是萧红由日本寄回来的书简之一。由于鲁迅先生逝世以后，因为她说她一时写不出悼念的文章来，我就把这封信交给了当时《中流》编者黎烈文先生，就权作一篇悼念的文章刊载在《中流》的纪念特辑里，信后面还由编者加了按语。

在我注释这批书简中并没有这一封原文，也许当时把原信就交给了《中流》编者，事后也没取回来，因此失落了。这信是从《鲁迅纪念集》转抄出来的。

综计以上的四十二封，再加上这补入的一封，共为四十三封。从这批书简的一枝一叶里，也可以大致理解一些这位短命作家基本思想和感情的特点，精神、肉体、生活……上所遭受的种种痛苦与折磨到了如何境地。至于那些已失却的书简，就只好随它失却了吧！

萧军

一九七八年九月二十五日于银锭桥西海北楼寓所

第四十三封信

东京——上海

（1936年10月24日发）

军：

关于周先生的死，二十一日的报上，我就渺渺茫茫知道一点，但我不相信自己是对的，我跑去问了那唯一的熟人，她说："你是不懂日本文的，你看错了。"我很希望我是看错，所以很安心地回来了，虽然去的时候是流着眼泪。

昨夜，我是不能不哭了。我看到一张中国报上清清楚楚登着他的照片，而且是那么痛苦的一刻。可惜我的哭声不能和你们的哭声混在一道。

现在他已经是离开我们五天了，不知现在他睡到哪里去了？虽然在三个月前向他告别的时候，他是坐在藤椅上，而且说："每到码头，就有验病的上来，不要怕，中国人就专会吓唬中国人，茶房就会说：验病的来啦！来啦！……"

我等着你的信来。

可怕的是许女士的悲痛，想个法子，好好安慰着她，最好是使她不要静下来，多多地和她来往。过了这一个最难忍的痛苦的初期，以后总是比开头容易平伏下来。还有那孩子，我真不能够想象了。我想一步踏了回来，这想象的时间，在一个完全孤独了的人是多么可怕！

最后你替我去送一个花圈或是什么。

告诉许女士：看在孩子的面上，不要太多哭。

红

十月二十四日

注 释

《中流》编者的按语是如此写的：

“编者按：

这是萧红女士在日本得到鲁迅先生逝世的消息后，写给她的恋人田军的信。因为路远，我们来不及叫她给《中流》专号写稿，便将这信发表了，好让她的哭声和我们的哭声混在一道。”

这封信原载于《中流》，后收入于《鲁迅纪念集》第四辑悼文中。此文是从《鲁迅纪念集》于一九七五年九月三日由二女儿萧耘抄出的。

我查了一下她由日本十月份寄来的书简日期，在此信以前只有十月二十一日，从这封信中来看，她似乎还“一无所知”；在此信以后发来的信是十月二十九日，当然她已经完全知道这一可悲的消息了。

当鲁迅先生逝世以后，我一方面在忙着丧事，夜间要守灵；日间要迎接、招待瞻仰遗容者，加上其他一些事务，确是连写信的时间和心情全是没有的，同时我也没勇气把这消息直接告知她！……

“许”是广平先生；“孩子”是海婴。

她在报上所看到的照片，可能就是仰卧在床上的那张逝世后的照片，因此她说：“而且是那么痛苦的一刻。……”

当她信中问到：“不知现在他睡到哪里去了？”这时鲁迅先生已经落葬了。这句天真的，孩子气式的问话，不知道它是多么使人伤痛啊！这犹如一个天真无知的孩子死了妈妈，她还以为妈妈会再回来呢！

一九七八年九月廿五日于海北楼

萧军写给萧红

这是我从上海寄往北京给她的四封信，也是仅余的四封信。这可能是她由北京回到上海时带交给我的。把它们存在这里，以作为读她从北京寄回来的书简参看之用，我以为是需要的，也比较合适些。

此外使我忽然想到，关心我的亲人要我慎重地考虑一下，这些书简——包括我自己的四封也在内——是否有必要全部发表？有些『注释』是否一定要写得如此这般真实具体？鲁迅先生在《三月的租界》一文中曾说过：我们之中要有『他们』，……

萧军油画像 作者 汤传杰

确是的，过去和民族敌人、阶级敌人……斗争时不能忘了『敌情观念』，我们以外有『他们』，以至我们之中也有『他们』……在今天我们以外仍然有『他们』，而我们之中是否还有『他们』呢？大概还是可能要有的，不过在包装和商标上……可能是换上『我们牌』了。

我这人一向最大缺点就是有一点『轻敌』，和《三国演义》里的许褚差不多，也常常喜欢赤膊上阵，因此就被弄得遍体箭伤了！正如金圣叹所批：『活该！』我也承认自己『活该』。尽管如此，过去对于我们以外的『他们』以及我们之中的『他们』是『轻』的，今天也还是『轻』的，因为他们算不得一类值得『尊敬的敌人』。

再巧妙构成的虚伪的东西，终归是虚伪的东西，再可怕的真实的东西，也还是真实的东西。只有在本质上是真实的东西，才能够一往无前，对于虚伪的东西是战无不胜的，攻无不克的。

一个真正的唯物主义者不是无所畏惧的么？因此，我要把全部书简——包括我自己的——全部发表在这里；要『注释』的也就如此注释了。要『借箭』的也尽可以挑选自己所需要的『借』了去，然后再『射』回来就是。

萧军

一九七八年九月二十五日于银锭桥西海北楼寓所

No. 1.

第一信

小說等過兩天再寄

玲：

前給兩信均收到了。你把斉堂的號碼寫錯了，那是二五六，而你却寫了二五七。雖然錯了也收到。

今晨震地夫婦來過，等了我們校正文章。那篇文章我已寫好，約有六千字的樣子，昨夜他翻好四分之三的樣子，明晨我到他們那裡去（他們已搬到環龍路來）再校一次，就可以寄出了。其中關於女作者方面，我祇提到您和白薇。

青珂很好，他每天到我這裡來一次，坐的工

先也不小，他对什麽全感到很濃厚的兴趣，还現象很好。江西，我已经不想要他去了，将来他也许仍留上海或去北平。剛来过一次，你的第一封信他已看过了。今天在電車上碰到了他，明，还有老太太，他们一同去北平公园了，因为老太太幾天要去漢口。

三十日的晚饭是吃在虹他们家裡，有老舍，奎，白薇她最近也要来北平治病了，问你的地址，我说我还不知道。吃的春餅。在我進門的時候，虹緊緊握了我的手，大约这就是表示和解！

开明B20×20

No. 2、

直到十二時，我才出来。踏着和福履路並行的北面那條路，我唱着走回来。天微落着雨。

那但，我是唱着出来，——踽孤独地踏着小雨的大街。一遍，一遍，又一遍……全是那一個曲調：

“我心残缺……”

我是要哭的……可是但强了，怕驚擾了别人。

所以还是唱着归来：

"我心残缺……"

我不怨爱过我的人儿薄倖，

却自怨自己的痴情！

哈，这是我作的诗，你只当"诗"看好了，不要生气，也不要动情。

在送你归来的夜间，途中我们还吃了一桌挑

背面。回来在日记册上我写了下面几句话：

"這"是夜間的一時十分。

她走了，送她回來，我看看那空蕩的床，我愛哭，但是沒有眼淚，我知道，世界上祇有她才是真正愛我的人。但是她走了……

唉，你接到這封信，不要惦記我，此時我已經安靜多了。不過過去這幾天是艱難地忍受過來了！於今我已經學懂得了接受痛苦，處理它，消滅它……酒不再喝了，胃有些不好，鼻子燒破了，還在我的小床邊擺些排着一列小酒瓶，其中兩個瓶裡還有酒，但是我已不再動它們。我為什應要毀滅我自己呢？我用这一点对抗抑郁的誘惑！啊，这两次要不是——一個少女，一個少婦——她們給我的創痛，我早毀滅了我呀！我真有点戰慄着將來……关於黄，我已經不想寫向他們了。祇是去过一封信，教他把经手的事務提走清楚。大約过些時日，他們会有信来。偶尔我也吃一兩枝香烟。

周意既找不到，就不必找了。既是有理智，他總会幫助你一切的，这使我更安心些。好好安心創作吧，不要性急。我必須要握着我預定

No. 4.

的時日看甫上海的。因為我一走，頭更顯着孤單了。你走後的第二天早晨，就有一個日本女世界語同志來尋你，還有一個男人（由日本歸國來的，東北人）係由鹿地帶來的介紹信，地址是我們樓下姓段的說的。現在知道我地址的人，大約不少了，但是也由它去罷。

日本評論（五月號）載有評我的一段文章，你可以到日本書店翻看看（小田嶽夫作）

花盆你走後是每天澆水的，可是最近忘了兩天，它就憔悴了，今天我又澆了它，現在是被在门边的小櫃上晒太陽。小屋是沒什麼好想的，不過，人一喧鬧，就覺得什麼全珍貴了。我有時也到鹿地亙家坐坐，許那裡也去坐坐，也看看電影，再過兩天，我將計畫工作了。夏天我們還是到青島過去。

有空也給奇和珂寫了信，省得他們失望。今天是星期日，好容易雨不落了，出來曬太陽。你要想知道的全寫出來了。這封信原想用航空寄出，~~下一次絕對決不再用航空了。~~

因為今天是星期，還是平寄吧。

祝你

獲得美麗的快樂！

你的小狗熊

五月二日

第一封信

上海——北京

（1937年5月2日发）

吟：

前后两信均收到了。你把弄堂的号码写错了，那是二五六，而你却写了二五七。虽然错了也收到。

今晨鹿地夫妇来过，为了我们校正文章。那篇文章我已写好，约有六千字的样子，昨夜他翻好四分之三的样子，明晨我到他们那里去（他们已搬到环龙路来）再校一次，就可以寄出了。其中关于女作者方面，我只提到您和白朗。

秀珂很好，他每天到我这里来一次，坐的工夫也不小，他对什么全感到很浓重的兴趣，这现象很好。江西，我已经不想要他去了，将来他也许仍留上海或去北平。奇来过一次，你的第一封信她已看过了。今天在电车上碰到了她、明，还有老太太，她们一同去兆丰公园了，因为老太太（过）几天要去汉口。

三十日的晚饭是吃在虹他们家里，有老唐、金、白薇（她最近也要来北平治病了，问你的地址，我说我还不知道）。吃的春饼。在我进门的时候，虹紧紧握了我的手，大约这就是表示和解！直到十二时，我才归来。

踏着和福履路并行的北面那条路，我唱着走回来。天微落着雨。

昨夜，我是唱着归来，

——孤独地踏着小雨的大街。

一遍，一遍，又一遍……

全是那一个曲调：

“我心残缺……”

我是要哭的！……

可是夜深了，怕惊扰了别人，

所以还是唱着归来：

“我心残缺！……”

我不怨爱过我的人儿薄幸，
却自怨自己的痴情！

吟，这是我作的诗，你只当“诗”看好了，不要生气，也不要动情。

在送你归来的夜间，途中和珂还吃了一点排骨面。回来在日记册上我写了下面几句话：

“这是夜间的一时十分。

她走了！送她回来，我看着那空旷的床，我要哭，但是没有泪，我知道，世界上只有她才是真正爱我的人。但是她走了！……”

吟，你接到这封信，不要惦记我，此时我已经安宁多了。不过，过去这几天是艰难地忍受过来了！于今我已经懂得了接受痛苦，处理它，消灭它，……酒不再喝了（胃有点不好，鼻子烧破了）。在我的小床边虽然排着一列小酒瓶，其中两个瓶里还有酒，但是我已不再动它们。我为什么要毁灭我自己呢？我用这一点对抗那酒的诱惑！

吟，我这有过去两次恋爱——一个少女，一个少妇——她们给我的创痛，亲手毁灭了我呀！我真有点战栗着将来……关于黄，我已经不想闻问他们了，只是去过一封信，教他把经手的事务赶快结清。大约过些时日，他们会有信来。

偶尔我也吸一两支香烟。

周处既找不到，就不必找了。既然有洁吾，他总会帮助你一切的，这使我更安心些。好好安心创作吧，不要焦急。我必须按着我预定的时日离开上海的。因为我一走，珂更显着孤单了。你走后的第二天早晨，就有一个日本女世界语同志来寻你，还有一个男人（由日本新回来的，东北人），系由乐写来的介绍信，地址是我们楼下姓段的说的。现在知道我地址的人，大约不少了，但是也由它去吧。

《日本评论》（五月号）载有关于我的一段文章，你可以到日本书局翻看翻看（小田岳夫作）。

花盆你走后是每天浇水的，可是最近忘了两天，它就憔悴了，今天我又浇了它，现在是放在门边的小柜上晒太阳。小屋是没什么好想的，不过，人一离开，就觉得什么全珍贵了。

我有时也到鹿地处坐坐，许那里也去坐坐，也看看电影。再过两天，我将计划工作了。

夏天我们还是到青岛过去。

有工夫也给奇和珂写点信，省得他们失望。

今天是星期日，好容易雨不落了，出来太阳。

你要想知道的全写出来了。这封信原拟用航空寄出，因为今天星期，还是平寄吧。

祝你

获得点新的快乐！

你的小狗熊

五月二日

注 释

由上海寄北京给萧红的信，我手边还存有四封，附在这里的目的，是可以对照她寄来的信所提的问题是些什么？我是怎样回答的。

这期间我正住在法租界吕班路二百五十六弄。

“鹿地”夫妇是日本作家鹿地亘和他的妻子池田幸子。鹿地这时正介绍我给日本杂志《文艺》写一篇稿，介绍中国文艺界一些情况。

“虹”是罗烽，我们在哈尔滨时期的朋友。到上海后因有些见解分歧，一度曾陷于“断交”的境地，这次和另外一些朋友共同在他家吃晚饭，这意味着“和解”。“老太太”是罗烽的母亲。

“老唐”名唐豪，字范生，当时的职业是律师，我的一位朋友。（已故去）

“金”系金人，哈尔滨时期的朋友，这时在上海从事俄文翻译工作。（已故去）

“白薇”，女作家。

“乐”系“枭家暄”，当时上海“世界语者协会”负责人。（已故去）

《日本评论》写我的什么文章，记不得了。

“许”是许广平先生。（已故去）

当时一般从事左翼文化工作者，他们的住址是不公开的，以防国民党特务跟踪……

一九七八年九月二十日于海北楼

志同道合的友人们　（1933年夏 哈尔滨）
左起：萧红、萧军、金人、舒群、黄田、裴馨园（老斐）、樵夫

第二信

玲：

我想到今天会有你的信来，果然在我一进门，在那门旁的镜台上站着一封信，那是我的。

箴早成了习惯，在我一回来或是一出去，总要掀一掀门上的信柜盖，也明知道有信是不被放在那里的，或者是信手丢来信的时候……但是总要掀……甚至对于明知不是自己的信，也要拿起看一看。

现在是夜半点二十五分。我将从许那里出来。

好容易熬了两天，今天又落起雨来，因为怕总了这僅有的一双鞋子和新衣服，便坐了一次車。後搬到这裡，这还是第一次坐車出家呢。

许有三册書，由我介绍到一家印刷局付印，我担任校一次校樣。还有一点抄录的工作，今天我把河介绍去了，他正在那裡抄录。

河的世界语算告一段落了，那個报館说还有一线希望，不过我的意思如果他不学意在上海住下去，那就去北平。九江，我想那是用不着去的，那對於他不相宜。现在还没决定。

刻他们很好，民已加入了一個剧团，他已有了角色（欽差大臣中的商会会長）看樣子他很講究。

劉已搬到了他們一起，住在黑住過的那間房子。那天晚飯，我在那裡吃的麵條；老太太當晚去漢口，剩的我業辭了。黑也去北平了。

自從前封信說給你，我不再喝酒了，現在還是沒喝。那剩餘的酒還是擺在那裡，我討厭它們不再感到興味。現在卻偶爾也抽一枝煙，竟得抽煙的時候情緒很安寧。

心情已不像從前我是那樣煩亂！我是來渝後有工作什麼，卻有一種要工作的慾望，時時刻刻在激動着我，但是我要保留着它們到這篇，現在還不想做什麼。

幾日來我把整部的精神沉浸在讀書裡。不在讀托爾斯泰的安娜，卡列尼娜！這真是一部好書，它簡直迷惑了我！那裡面的弗倫斯基，好像是在罵我，並且我沒有他那樣聰明。

如今我已經有了一個治理自己的方法：早晨起一睜眼（這時候是一切荒亂的開端，它會擾亂了整日的安寧！）我就說：我要健康，我要快樂，我要安寧，我要生活，我要作下去……，接着毫不拖延的就爬起來，恢復我原先不曾間斷過的室外運動。完了就去洗臉，而後去公園也許八點或八點半鐘那裡也池邊就開了一個茶館[?]，要一盃紅茶，也許吃一小包葡萄乾，就開始讀書或寫點筆記了。也有時看跳呼着的孩子們……，這樣繼續到十二點去吃午飯。飯後也許回來睡了，也許去辦辦事務。臨睡之前洗一個溫水澡，而後再讀書到十二點，也是說着：

「我要健康，我要快樂，我要安享！我要生活——」就入睡了。當然有時也想到你……這是很[illegible]

要的想法！」有時也彈彈那隻琴。彈彈唱唱自己所會的歌。彈琴我已不用那個老法了（用一塊鍵，像聾子似的摸着，現在我已能試驗着手指按法了。

這樣我一天便沒了什麼波動……。若是我要想什麼我還是儘量想，甚至我的想像力全不願想了，我還是繼續地想……直到它在無意中停止。我知道這不應該壓制，壓制是有害的。比方一隻手她要跪，我任她跪好了，到力盡的時候，自然地會停止了。我現在的感情還是很不好，但

No.

是我们通过珍惜它们，这是给与我们得了艺术的人很宝贵的贡献。通过这里我们会理解人类心理变化真正的过程！我希望你也要在这时机好好分析它，获得它的结果，或是把它们逐日逐时地记录下来。这是有用的。

大约在几月十日以前我是可以离开此地的。还不是几月，我们又可以再见了。这次，现在安下心好好工作罢，那时我要看您的成绩咧。

在这几月中，我要帮同许把纪念册及那些本书弄完，再读点书，恐怕就没有什么成绩可出了。

有時我也就靜靜的躺在大床上（我孩子在小床上睡了），從玻璃看着窗外的天和黃楊樹，那只要有一陣風就吹動不完的葉子和，心裡很安寧。最近報上有人說，女人每天看天一小時，一個星期會變得溫婉的美麗！我並不是想美貌，祇是爲得心很安寧，甜靜！你也可以這樣試試看。也試試每天早晚我所說的那樣讀，這是心理治療法，不是迷信或批養。

一封信竟寫了近乎五大稿紙了，這些果要當

文學獎，是可以賣到六元錢呢！

信紙還沒有，但我卻不尔意用元，喜歡用稿紙寫。這是習慣。

你可以計畫你的長篇或印象記了。每月之中總可以寫一點的。如果你有機會，找一個地方每天運動一兩小時，打網球或是行走。運動總是可以治療寂寞。

這封信是坐在床邊小圓桌上寫的，因為這裡的一扇窗子被我開了，比較外面要涼爽。

本星租一間比較好的房子，自己住一個亮婷

子，这样比较好些，仍守寡是不好的。如果另

子比较好，可与他们订合同，租一年或半年。另

租两个没什么，今天我们是建筑在平等的。

那几天因为你喝酒，肝和手有点不大好，鼻

子也烧坏了，现在已经好了。

最後告诉你一件事，我在学踏舞了，就是

脚下带响动的那种舞。每月学费，共十五元钱。

学好了，将来好教你。

上海你要买什么吗？

就写在这里了。

你的小狗熊

五月二日

下午三时写

第二封信

上海——北京

（1937年5月6日发）

吟：

我想到今天会有你的信来，果然在我一进门，在那门旁的镜台边站着一封信，那是我的。

几乎成了习惯，在我一回来或是一出去，总要掀一掀门上的信柜盖，也明知道有信是不放在那里的，或者已经过了来信的时候……但是总要掀……甚至对于明知不是自己的信，也要拿起看一看。

现在是下午两点三十五分。我将从许那里归来。好容易晴了两天，今天又落起雨来，因为怕湿了这仅有的一双鞋子和新衣服，便坐了一次车。从搬到这里，这还是第一次坐车回家呢。

许有三册书，由我介绍到一家印刷局付印，我担任校一次校样，还有一点抄录的工作。今天我把珂介绍去了，他正在那里抄录。

珂的世界语算告一段落了，那个报馆据说还有一线希望，不过我的意思如果他不乐意在上海住下去，那就去北平。九江，我想那是用不着去的，那对于他不相宜。现在还没决定。

奇他们很好，民已加入了一个剧团，他已有了角色（《钦差大臣》中的商会会长），看样子他很满意。金已搬到了他们一起，住在黑（人）住过的那间房子。昨天晚饭我在那里吃的面条。老太太当晚去汉口，莉的职业辞了。黑也去北平了。

自从前封信说给你，我不再喝酒了，现在还是没喝。那剩余的酒还是摆在那里，我对于它们不再感到兴味。现在却偶尔也抽一支烟，觉得抽烟的时候情绪很安宁。

心情已不像前几天那样烦乱！几天来虽没有工作什么，却有一种要工作的欲望，时时刻刻在激动着我，但是我要保留着它们到青岛，现在还不想做什么。

几日来我把整部的精神沉浸在读书里，正在读托尔斯泰的《安娜·卡列尼娜》，这真是一部好书，它简直迷惑了我！那里面的渥伦斯基，好像是在写我，虽然我没有他那样漂亮。

如今我已经有了一个治理自己的方法：早晨一睁眼（这时候是一切意念的开端，它会扰乱了整日的安宁！）我就说："我要健康，我要快乐，我要安宁，我要生活，我要工作下去……"，接着毫不拖延地就爬起来，恢复我原先不曾间断过的室内运动。完了就去洗脸，而后去公园（也许八点或八点半钟）。那里水池边新开了一个茶馆，要一杯红茶，也许吃一小包葡萄干，就开始读书或写点笔记了。也有时看跑叫着的孩子们……这样继续到十二点去吃午饭。饭后也许回来睡睡，也许去办办事务。临睡之前洗一个冷水澡，而后再读书到十二点，也是说着：

"我要健康，我要快乐，我要安宁，我要生活……"，就入睡了。当然有时也想到你……（这是很邪恶的想法！）有时也弹弹那只琴。轻轻唱唱自己所会的歌。弹琴我已不用那个老法了（用一块铁，像瞎子似的摸着），现在我能已试验着手指按弦了。

这样我一天便没了什么波动……当然，我要想什么，我还是尽量想，甚至我的想象力全不愿想了，我还是催迫它想……直到它实在乏疲为止。我知道这不应该压制，压制是有害的。比方一匹马它要跑，就任它跑好了，到力尽的时候，自然它要停止了。我现在的感情虽然很不好，但是我们正应该珍惜它们，这是给予我们从事艺术的人很宝贵的贡献。从这里我们会理解人类心理变化真正的过程！我希望你也要在这时机好好分析它，承受它，获得它的给予，或是把它们逐日逐时地记录下来。这是有用的。

大约在七月十日以前，我是可以离开此地的。还不足两月，我们又可以再见了。注意，现在安下心好好工作吧，那时我要看您的成绩咧。

在这两月中，我要帮同许把纪念册及那三本书弄完，再读点书，恐怕就没有什么成绩可出了。

有时我也要静静地躺在大床上（我已不在小床上睡了）。从玻璃看看窗外的天和黄杨树，那只要有一点风就闪颤不定的叶子们，心里很安宁。最近报上有人说，女人每天"看天"一小时，一个星期会变得婴儿似的美丽！我并不是想美丽，只是觉得心很安宁、恬静！你也可以这样试试看。也试试每天早晚我所说的那样话，这是心理治疗法，不是迷信或扯蛋。

一封信竟写了近乎五页稿纸了，这如果要当文章卖，是可以卖到六元钱呢！

信纸虽然有，但我却不乐意用它，喜欢用稿纸写。这是习惯。

你可以计划你的长篇或“印象记”了。两月之中总可以写一点的。如果你有机会，找一个地方每天运动一两小时，打网球或是什么。运动确是可以治疗寂寞。

这封信是坐在床边小圆桌上写的。因为这里的一扇窗子被我开开了，比较外屋要凉爽。

还是租一间比较好的房子，自己雇一个老妈子，这样比较好些，住公寓是不好的。如果房子比较好，可和他们订合同租一年或半年。多租两间没什么，冬天我们是准备在北平度的。

那几天因为尽喝酒，肝似乎有点不大好，鼻子也烧破了，现在已全好了。

最后告诉你一件事，我在学“足声舞”了，就是脚下带响动的那种舞。两月毕业，共十五元钱。学好了，将来好教你。

上海你要买什么吗?

就写在这里了。

你的小狗熊

五月六日下午三时四十五分

注 释

“小狗熊”这是她给我起的绰号，因为我笨而壮健，没有她灵巧，我就叫她“小麻雀”，因为她腿细，走起路来一跳一跳的……

“许有三册书”是指的鲁迅先生遗著《且介亭》杂文一、二、三集。“纪念册”就是后来由“鲁迅纪念委员会”名义编辑，由文化生活出版社出版的那本约五十几万字的《鲁迅纪念集》。

一九七八年九月二十日于海北楼

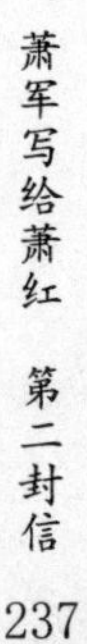

上海拉都路住所——鲁迅先生一家曾来访过这里　(1935年夏)

No. 1.

第三信

孩子：

接到你的信，就想写回信，客人来，就搁下了。你的第三封信也收到了，我给你的信第二封今天也该收到了吧？收到这封信，我想你的情绪一定会好一些。

前两天寄去的四本书，不知收到没有？今天你要的书，明后天我就寄给你。

我正在校十月五日的校样，今后不过可校完。吃过晚饭以后，我预备去看无国籍电影。

你不要永在批判自己，这是没有用的，经完

自然適着去就是，如你所說：炎熱過了，就是秋涼。我現在已近於秋涼快體了，但是我卻怕要再飛冬天，要在冬天頭又是要再……！。

家，我是不想搬的，住在這裡覺得舒服些。實在，大约許果搬開了，那就不是我了。

臨睡之前洗洗冷水浴，想法運動運動，這一定能減少你的驚怕和不安。

对無論什麼痛苦，你總應該踌踌向它說：來吧！無論怎樣多和苦，我總要一肩担起任來。你應該做一個決斷的男士似的对待你的痛苦，不要畏懼它，不要在它面前軟弱了自己，這是羞恥！人生最大的關頭，就是死，一死便什麼全解決了。可是我們要拿這死的精神結下去！便什麼全要得平凡無奇了。只要你回頭一想2，多少艱難波濤全被我們衝過來了，同樣，這眼前無論什麼樣的艱苦的波濤，也一樣會衝過去，將來我們也是一樣的帶着輕蔑和誇耀的微笑，回頭看着它們。

現在就是需要忍耐。要退一步想，假設現在把你關進監牢裡，還2長這，連呼吸全沒了自由，那時你會怎樣呢？是

No.

敢呢？正是話下來？。可是我見過多少人，他們從黑髮特訓白髮，從早苦耐地話下來……。因為我不想在這裡說我的道理，那樣你又要說我不了解你，教訓你，你是自尊心很強烈的人。你又說說你的苦痛，全是我的錯誤……現在又來教訓你了……但是我的痛苦，我又怎來解釋呢？我只好說這是我自做自受，自找麻煩罪自找的……我不想再推究這些原因。

前信我曾說過，你是這世界上真正認識我和真正愛我的人！也正為了這樣，也是我自己痛苦

開明B20×20

的源泉。也是你的痛苦的源泉。可是我們不能夠允許痛苦永遠咬着我們，所以要尋求、試驗各種解決的法子。就在這尋求和解決的過程中那是需要高度的忍耐，才能夠獲得一個補救的結果。否則，那一切全得破滅！你也許會說破滅倒比忍受強些，不過我是不這樣想的，凡了總之從尋求一個解決的辦法，這才是人的責任，所謂理性的動物。否則閉起眼睛想要不看一切，逃避一切……結果是被一切所征服，而把自己毀滅了。凡是不能用詩人的浪漫的感情來處理，這是一種低能的，軟弱的表現！自尊心強烈的人是不這樣的。

我是用諸種方法來試驗着試驗我的痛苦，現在很成功了。我希望你不要束手無策，要作一個能操縱，解決，把握自己一切的人。不要無能力！要靠我，要耐心的尋找力的源泉。神經過度興奮與輕躁，那是支持不下去的，要訓練自己的感情，準備對一切應戰！

我的感情比你要危險得多，但是我總是想法處理它，並且一時總是受，可是慢慢我總要把它的放入軌道前進。

我在人生的歷程上所遭遇到的厄害，說要比你多些，可是我是樂觀的，隨處利用各種環境，增加我的力量，補充我自己的聰明。就是說：我有勇氣和力量殺得進，也殺得出，這樣，人生的環境所以終也屈服了我。你有時也要笑我的愚笨，不合理；可因為這樣，所以我才能頑強的生活着。

人常常檢點自己的缺點是必要的，發展自己的長處也是必要的。人有缺點，我是變成補充完，如果這個缺點，不真正就是那個人的表現的話。

一個醫生假說安慰話，對於一個病人是沒有多大用的，至少他應該指出病人之說給予和導進步的具體的方法。最末我說一句，不要使自尊心病變化了，而對我所說的話引起了反感！

懶主見知，我不再寫信了。請你轉告他，練到完美或缺點，我們會見到的。

李兆祝

好！

你的小狗熊

五月八日下午

五時五十分

第三封信

上海——北京

（1937年5月8日发）

孩子：

接到你的信，就想写回信，金人来，耽误下了。你的第三封信也收到了，我给你的信（第二封），今天也该收到了吧？收到这封信，我想你的情绪一定会好一些。

前两天寄去的四本书，不知收到没有？今天你要的书，明后天我就寄给你。

我正在校《十月十五日》的校样，今夜大约可校完。吃过晚饭以后，我预备去看《无国游民》影片。

你不必永在批判自己，这是没有用的，任它自然淹着去就是。如你所说：炎热过了，就是秋凉。我现在已近于秋凉状态了，但是我却怕要变成冬天，虽然冬天后头又是春天……

家，我是不想搬的，住在这里觉得舒服些。

周家，大约许是搬开了，那就不必找了。

临睡之前洗洗冷水浴，想法运动运动，这一定能减少你的骇怕和不安。

对无论什么痛苦，你总应该时时向它说："来吧！无论怎样多和重，我总要肩担起你来。"你应该像一个决斗的勇士似的对待你的痛苦，不要畏惧它，不要在它面前软弱了自己，这是羞耻！人生最大的关头，就是死，一死便什么全解决了。可是我们要拿这"死的精神"活下去！便什么全变得平凡和泰然。只要你回头一想想，多少波涛全被我们冲过来了。同样，这眼前无论什么样的艰苦的波涛，也一样会冲过去，将来我们也是一样地带着轻蔑和夸耀的微笑，回头看着它们。——现在就是需要忍耐。要退一步想，假设现在把你关进监牢里，漫漫长夜，连呼吸全没了自由，那时你将怎样？是死呢？还是活下来？可是我见过多少人，他们从黑发转到白发，总是忍耐地活下来……

因为我不想在这里说我的道理，那样你又要说我不了解你，教训你，你是自尊心很强烈的人。你又该说你的苦痛，全是我的赠与等，……现在反来教训你，等等……但是我的痛苦，我又怎来解释呢？我只好说这是我“自作自受”，自家酿酒自家吃……我不想再推究这些原因。

前信我曾说过，你是这世界上真正认识我和真正爱我的人！也正为了这样，也是我自己痛苦的源泉。也是你的痛苦的源泉。可是我们不能够允许痛苦永久啮咬着我们，所以要寻求、试验各种解决的法子。就在这寻求和解决的途程中那是需要高度的忍耐，才能够获得一个补救的结果。否则，那一切全得破灭！你也许会说破灭倒比忍受强些，不过我是不这样想的，凡事总应该寻求一个解决的办法，这才是人的责任，所谓理性的动物。否则闭起眼睛想要不看一切，逃避一切……结果是被一切所征服，而把自己毁灭了。凡事不能用诗人的浪漫的感情来处理，这是一种低能的、软弱的表现！自尊心强烈的人是不这样的。

我是用诸种方法来试验着减轻我的痛苦，现在很成功了。我希望你不要“束手无策”，要做一个能操纵、解决、把捉自己一切的人。不要无力！要寻找，忍耐地寻找力的源泉。神经过度兴奋与轻躁，那是生活不下去的，要沉潜下自己的感情，准备对一切应战！

我的感情比你要危险得多，但是我总是想法处理它，虽然一时难忍受，可是慢慢我总要把它们纳入轨道前进。

我在人生的历程上所遭到的危害，总要比你多些，可是我是乐观的，随处利用各种环境，增加我的力量，补充我自己的聪明。就是说：我有勇气和力量杀得进，也杀得出，这样，人生的环境所以总也屈服不了我。你有时也要笑我的愚笨，不合理，……正因为这样，所以我才能顽强地生活着。

人常常检点自己的缺点是必要的，发展自己的长处也是必要的。人有缺点，我是赞成补充它，如果这个缺点，不真正就是那个人的长处的话。

一个医生尽说安慰话，对于一个病人是没有多大用的，至少他应该指示出病人应该治疗和遵守的具体的方法。最末我说一句，不要使自尊心病态化了，而对我所说的话引起了反感！

洁吾兄处，我不另写信了。请你转告他，待到冬天或秋天，我们会见到的。

专此祝

好！

你的小狗熊

五月八日下午五时三十分

注 释

《十月十五日》是我的一部散文、小说集，上海文化生活出版社出版。

《无国游民》可能是反映“吉卜赛”这个民族生活的影片，内容和故事记不得了。

这封信可能就是被她讽刺为“讲道理”的信吧。

一九七八年九月二十日于海北楼

苹的信

昀：

來信收到。我近幾夜睡眠又不甚好，恐又要舊病復發。如你願意，即請見信後，束裝來滬。待至六月底，我們再共同去青島。即祝

近好。

本欲拍電給你，怕你吃驚，故仍寫信。

軍上

五月十二夜

不必要書物，可暫寄[illegible]處。

第四封信

上海——北京

（1937年5月12日发）

吟：

来信收到。我近几夜睡眠又不甚好，恐又要旧病复发。如你愿意，即请见信后，束装来沪。待至六月底，我们再共同去青岛。

即祝

近好。

本欲拍电给你，怕你吃惊，故仍写信。

军上

五月十二日夜

不必要书物，可暂寄洁吾处。

注 释

这是我给她的最后一封信。接到信她就可能回上海了。她究竟哪天回到上海的，已经记不得了。

一九七八年九月二十日于海北楼

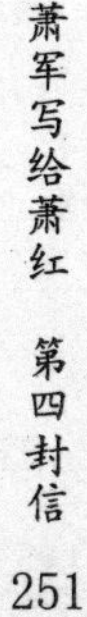

侧面

第一章 我留在临汾

（节选）

一 因为我强壮！

就这样决定了：让他们去运城，我留在临汾，一定要看个水落石出才能甘心，——我比他们强壮。

“你总是这样不听别人的劝告，该固执的你固执；不该固执的你也固执……这简直是‘英雄主义’，‘逞强主义’……你去打游击吗？那不会比一个真正的游击队员更价值大一些，万一……牺牲了，以你的年龄，你的生活经验，文学上的才能……这损失，并不仅是你自己的呢。我也并不仅是为了‘爱人’的关系才这样劝阻你，以致引起你的憎恶与卑视……这是想到了我们的文学事业。”

“人总是一样的。生命的价值也是一样的。战线上死了的人不一定全是愚蠢的……为了争取解放共同奴隶的命运，谁是应该等待着发展他们的‘天才’，谁又该去死呢？”

“你简直……忘了‘各尽所能’这宝贵的言语；也忘了自己的岗位，简直是胡来！……”

“我什么全没忘。我们还是各自走自己要走的路吧，万一我死不了——我想我不会死的——我们再见，那时候也还是乐意在一起就在一起，不然就永远地分开……”

“好的。”

注 释

自从一九三八年我们最后宣布“诀别”以后，凡属遇到的故人、老友……他们首先要问及我和萧红为什么要分开？在他们意念中，我们的“结合”是不平凡的，经过的贫困艰难也是不平凡的，又有相同的文学事业为基础，无论从某一角度来观照，似乎全没有可以分离的理由和条件。事实上，在我们结合以后，彼此也没想到会有中途分手的一天，默默中也全是以“白头偕老”这一“默契”作为人生行程最后归宿为目标的。

除开故人、老友的关心和惋惜以外，也还有若干具有善意的读者们，也提出了这一问题，……这使我如何和怎样回答呢？

在我们经行的生活历程上，也并非尽属康庄大道，或者是“水波不兴”。正如一般青年男女一样，彼此之间也发生过猜疑，发生过误解，发生过“外力”的干扰。……但是经过彼此真诚坦率的说明，所谓：猜疑和误解最终总是能够烟消雾散，冰释云分；而所谓“外力”的“干扰”，经过彼此同心坚决的排除，……最后也还要以胜利而告终结。原来的两颗赤诚的心，坚贞的心，彼此爱怜的心，仍然是血肉无间地结合起来共同跳动着！呼吸着！……

但是人间的事情终归是人间的事情，总要有所变化。一旦主观、客观条件有所变化，时间、空间有所变化，共同基础有所变化，相应的人的思想、感情、理想……也必然要导致于变化。由思想到行动，如果再遇到相应的偶然的契机，由渐变也就可能导致于突变的。如果我们能够明白这一简单的道理，任何事物的发生、发展……总是有它的一定规律可寻的，因此对于我们之间的“诀别”，也就无足稀奇了。

在我的主导思想是喜爱“恃强”；她的主导思想是过度“自尊”。

因此，在我是不能具有像托尔斯泰那样“基督教”式的谦卑，说“一切都是我不好”；我也不能责备或诬枉已死者，说“一切都是她不好”，这是有悖于一个作为人的动物起码品质和道德的。

因此对于这一问题，不管是对于故人、老友以至于善意的读者们，我只能采取外交官们的通行例语：“无可奉告”。这倒并非是我有什么“内怀愧怍”，不敢暴露自己的恶德；也并非“存心忠厚”，对于已死者“葆其令名”，真正的原因只有以下两条：

一、回忆、复述、分析、综括……这类事，对于我来说并不是一件愉快的事，它并不比唱一支愉快、美丽的歌那样会使你感到一种愉快的、美的享受！每谈一次这类问题，就相同虐待自己一次，我是不愿意虐待自己……而满足于别人的“好奇心”或可感谢的“同情心”的。至于某些居心不良，别有目的的人，想

从我们个人生活中间寻找一个罅洞，敲开一道缺口，……搜集一点“材料”，利用这点可怜的“材料”，对于已死者可以假冒为善表示狐狸式的仁慈；对于尚存在者，可以施行豺狼式的袭击，……我没兴趣，也没有义务来满足它们这颗下贱的、贪婪的心！

二、不算历史人口，仅就今天世界现存的四十亿人口来观照，人与人之间的离合聚散……的事件，不独每天要发生，恐怕每一个小时、每分钟……全会发生的。我们也仅是这四十亿中的一分子，应属无足稀奇。同时我以为凡属个人私生活中的任何事件，如果它不是牵涉到广大人民的利害，不是有损于广大人民的利益，……是可以不必过多注意、关心它们的。可能由于我和萧红全是从事文学写作的人，发表过文章，出过书，……所谓“名人”。人对于有些“名气”人们私生活方面的琐事常是怀有一种近于天真的“好奇心”，这也是可以理解的。记得鲁迅先生曾经说过类似这样的话：任何伟大的人，如果就其吃喝拉撒睡，……的方面来观察，……他和普通人并无不同的……（大意如此）

最近在东北，似乎兴起了一阵研究萧红的热潮，其中也有我的老朋友。他们向我这里来征集材料，听取意见，……我给他们的建议是这样：

“对于这样一位作家，仅仅从事文学生涯只有十年间的历史，为我国文学事业——无论质或量，社会意义，艺术造诣——留下了不能抹煞，不可磨灭的业绩，我们是应该进行一次严肃的认真的研究和探讨的工作，我是赞成的。但是对一个作家的评价是应该从他或她的具体作品效果和意义而衡量、而产生的，而不是别的什么‘属性’。因此，我建议你们对她的作品本身多作具体的突入，全面的分析，全面的综合……而获得一个相应的结论，来启示读者，教育读者，……对于她生活方面的一些琐事，不必过多注意，过多探求……否则将会遇到一些难于通过的‘死角’，这是无益而浪费精力的事，……”

一九四六年秋，我又回到了我认为是“第二故乡”的哈尔滨。从一九三四年夏初我同萧红离开哈尔滨出走到青岛，后来到上海，而后又辗转飘流到各地，……到一九四六年秋，大致时经约十二年。当时我曾写下过一首诗：

金风急故垒，游子赋还乡。
景物依稀是；亲朋半死亡！
白云红叶暮；秋水远山苍。
十二年如昨，杯酒热衷肠！

这是写出了我当时真实的一种怆恻的心境！

在哈尔滨我曾做过群众巡回性的五十天左右的讲演。大约到场了百次上下，解答了约为千数个各项问题。

其中有一项问题，每到一个场合总要遇到的，这就是：

“你和萧红为什么，和怎样分开的？”我当时只能回避开，也只能用“无可奉告”这句话来回答那些热情的、善意的听众。因为哈尔滨和整个东北当时正在被国民党分路进攻的政治、军事紧迫的情况下，我更不宜于谈论这类属于个人性质的问题的，因此就一概加以回避和拒绝了。这倒并非我“态度骄傲”或“故作神秘”，凡事我们总应该先分清主要、次要，按缓、急、轻、重，……来对待的。

在今天，在这里，我以为简括地把这“诀别”的问题略谈一下可能是适宜的。

一九三二年夏季间，这时我正流浪在哈尔滨，为一家私人经营的报纸——《国际协报》——撰写一些零星小稿，借以维持起码的生活。同时也辅助该报副刊主编老斐——裴馨园——编一些儿童特刊之类。

一天，老斐收到一位女性读者来信，请求他给以帮助，能够为她寄去几本文艺读物，因为她是被旅馆所幽禁的人，没有外出的自由……信是写得很凄切动人的。

老斐和我商量一下，要我去看看情况是否属实？我同意了。由他写了一封介绍信，附上了几本书，在一个快近黄昏的时候，我到了哈尔滨道外正阳十六道街东兴顺旅馆。

由于我是以报馆编辑名义前来的，旅馆对于那时的报馆还是存有一定“戒心”的，不能不让我去见她。

旅馆人员一直领我走到长长甬路尽头一间屋子前面，对我说：

“她就住在这间屋子里，你自己去敲门吧。”这人就走了。

我敲了两下门，没有动静，稍待片刻我又敲了两下，这时门扇忽然打开了，一个模糊的人影在门口中间直直地出现了。由于甬路上的灯光是昏暗的，屋内并没有灯光，因此我只能看到一个女人似的轮廓出现在我的眼前，半长的头发散散地披挂在肩头前后，一张近于圆形的苍白色的脸幅嵌在头发的中间，有一双特大的闪亮眼睛直直地盯视着我，声音显得受了惊愕似的微微有些颤抖地问着：

“您找谁？”

“张乃莹。”

“唔！……”

我不等待邀请就走进了这个一股霉气冲鼻的昏暗的房间，——这时她拉开了灯，灯光也是昏黄的。

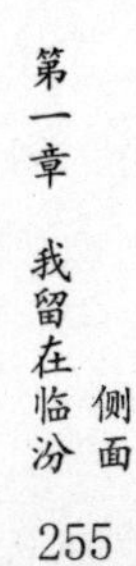

寻了靠窗的一只椅子我坐下来，把带去的书放在椅边一张桌子上，同时把老斐的介绍信递给了她，什么话也没说。在她看信的过程中我把这整个的房间扫描了一下，由诸种征候来看，可以断定这是一间不久以前曾做过储藏室一类的地方，那股冲鼻的霉气就是由此而发的。

她双眼定定地似乎把那信不止看过一次。她站在地中央屋顶上灯光直射下来的地方，我发觉她那擎举着信纸的手指纤长蜡型似的双手有着明显的颤动，……

她整身只穿了一件原来是蓝色如今显得褪了色的单长衫，开气有一边已裂开到膝盖以上了，小腿和脚是光赤着的，拖了一双变了型的女鞋。使我惊讶的是，她的散发中间已经有了明显的白发，在灯光下闪闪发亮，再就是她那怀有身孕的体形，看来不久就可能到了临产期了。……

在她看信的过程中，我是沉默地观察着一切，研究一切，判断一切，……

“我原先以为您是我在北京朋友L君托来看我的，……原来您是报馆的，您就是三郎先生，我将将读过您的这篇文章，……可惜没能读完全。……”

她从一张空荡荡的双人床上，扯过一张旧报纸指点着：

“我读的就是这篇文章……”

我看了一下那报纸，上面正是连载我的一篇题名为《孤雏》的短篇小说中的一段。——原来在老斐信中他提过我的名字。

站起身来，我指一指桌子上那几本书说：

“这是老斐先生托我给您带来的，——我要走了。”我是准备要走了。

“我们谈一谈，……好吗？”

迟疑了一下，我终于又坐了下来，点了点头说，

“好。请您谈吧！”

她很坦率、流畅而快速地述说了她的过去人生历程以及目前的处境，……我静静地听取着。……

“由于我欠了他们六百几十元钱，还不上，他们不让我再在原来的房间里住下去了，竟把我挪来这间预备客房，作过贮藏室的屋子来住了，又阴暗，又霉气！真他妈！……”

在她述说过程中，无意间我把散落在床上的几张信纸顺手拿过来看了一下，因为那上面画有一些图案式的花纹和一些紫色铅笔写下的字迹，还有仿照魏碑《郑文公》字体勾下的几个“双钩”的较大的字，问着她：

“这是谁画的图案？”

“是我无聊时干的。……就是用这段铅笔头画的。……”她从床上寻到一段约有一寸长短的紫色铅笔头举给我看。……

“这些‘双钩’的字呢？”

“也是，……”

“你写过《郑文公》吗？”

“还是在学校学画时学的……”

接着我又指点那字迹写得很工整的几节短诗问着她：

“这些诗句呢？”

“也是！……”她似乎有些不好意思了，一抹淡红的血色竟浮上了她那苍白的双颊！……

这时候，我似乎感到世界在变了，季节在变了，人在变了，当时我认为我的思想和感情也在变了……出现在我面前的是我认识过的女性中最美丽的人！也可能是世界上最美丽的人！她初步给予我那一切形象和印象全不见了，全消泯了……在我面前的只剩有一颗晶明的、美丽的、可爱的、闪光的灵魂！……

我马上暗暗决定和向自己宣了誓：

我必须不惜一切牺牲和代价，——拯救她！拯救这颗美丽的灵魂！这是我的义务。……

这些诗句，我今天大致还在记忆着：

这边树叶绿了。
那边清溪唱着：……
——姑娘啊！
春天到了。……

去年在北平，
正是吃着青杏的时候；
今年我的命运，
比青杏还酸！
…………

她说：“当我读着您的文章时，我想这位作者决不会和我的命运相像的，一定是西装革履地快乐地生活在什么地方！想不到您竟也是这般落拓啊！”

事实上，我当时的生活处境也确是不比她强多少的，仅从衣着上来对比，我当时只是穿了一件褪了颜色的粗布蓝色的学生装，一条有了补丁的灰色裤子，一双开了绽口的破皮鞋，没有袜子，一头蓬乱短发……而已，她那“西服革履”的设想破灭了。

临行时我指着桌上用一片纸盖着的那半碗高粱米饭问着她：

“这就是您的饭食吗？”

她漠然地点了点头，一股森凉的酸楚的要流出来的泪水冲到我的眼睛里来了，我装作寻找衣袋里什么东西低下头来，……

终于我把衣袋中的五角钱放在了桌子上，勉强地说，

“留着买点什么吃吧！”就匆匆地向她道别了。

这仅有的五角钱，是我的车钱，这时我只有步行了约十里路的归程。

在临离开那家旅馆时，我到了账房了解一下她的具体情况。

据旅馆人员说，她和她的“丈夫”汪××在这旅馆已住了半年有余，除开房金以外还要供给他们的饮食，有时还要借钱使用，因此计算到现在已经欠了六百余元。一个月以前，汪某说回家去取钱，至今未回，信也没有，……我们只能把她作为“人质”，留在旅馆里，等待她丈夫回来还了钱，她就可以随便走了，……

旅馆并不知道他们还是“未婚”的关系，我也没必要向他们说明他们真正的关系，只是警告他们说：

“钱不会少了你们的，但是你们不能够存心不良，别有打算的！……我警告你们！”

“我们没什么‘存心不良’，只是要欠债还钱。谁把钱给了，谁就可以领她走，……”

我明知他们是“瞧我不起的”，但他们表面上还表示“客气”，因为他们知道我是吃“报饭”的，轻易是不愿得罪的。

那时期一些在大都市里开设旅馆或饭店的人，他们绝大部分是地痞、恶棍一流，和官府、流氓……全有勾结，有的就是“一家人”。后来从侧面听说，他们待一个时期汪某再不回来，就要把她卖进“圈儿楼”（当时哈尔滨道外妓馆区），而且说她是自愿“押身还债”的，这就是她的当时可怕的处境。

这就是我和她偶然相遇，偶然相知，偶然相结合在一起的“偶然姻缘”！

一九三二年终，报社要在新年出版一份“新年征文”的特刊，我和其他朋友们全鼓励她写一写，起始她是谦逊的、缺乏自信的。……好在，这特刊是由熟人所编，文章不会落选，于是她就写了《王阿嫂的死》这个短篇（可能是它），被刊载了，受到朋友们鼓励了……这就是她从事文学事业正式的开始。

一九三三年秋天，在经济上受到一些朋友们——特别是舒群——热心的资助，和当时承印的“五日画报社”王岐山社长的帮忙，把我们所发表过的短篇小说和短文，选成了一个集子，定名为《跋涉》，得以出版了。——我将永远感念

这些有助于我们的朋友们！

一九三八年初夏，在延安我计划要去“五台”，当时不能成行，就随同丁玲、聂绀弩一道到了西安“西北战地服务团”。这时萧红也正寄居在该团。

正当我洗涤着头脸上沾满的尘土，萧红在一边微笑着向我说：

“三郎——我们永远分开吧！”

“好。”我一面擦洗着头脸，一面平静地回答着她说。接着很快她就走出去了，……

这时屋子里，似乎另外还有几个什么人，但当时的气氛是很宁静的，没有谁说一句话。

我们的永远“诀别”就是这样平凡而了当地，并没任何废话和纠纷地确定下来了。

这一喜剧的“闭幕式”，在由延安到西安的路上我就准备了的。但还没想到会落得这样快！这“快”的原因，据我估计可能是萧红自己的决定，也可能是某人所主张，因为他们的“关系”既然已经确定了，就应该和我划清界线，采取主动先在我们之间筑起一道墙，他们就可完全公开而自由，免得会引起某种纠纷……其实她或他估计错了，我不会、也不屑……制造这类纠纷的。

早在从临汾和萧红分手的当时，我和她就说出了这一“约定”，我说：

“……我们分别以后，万一我不死，我们还有再见的一天，那时候你如果没有别人，我也没有别人，如果双方同意，我们还可以共同生活下去，……如果不是这样，那就各走各的路吧！”

尽管当时我也和聂绀弩说过这样的话：

“别大惊小怪！我说过，我爱她；就是说我可以迁就。不过这是痛苦的，她也会痛苦。但是如果她不先说和我分手，我们还永远是夫妇，我决不先抛弃她！”（见《在西安》）

既然有了原先的“约定”，她已经有了“别人”，而且又是她首先和我提出了“永远诀别”，这是既合乎“约定”的原则，也合乎事实发展的逻辑，我当然不会再有什么废话可说。

我对于两性之间的关系原则是这样：

如果我还爱着她，而对方不再爱我，或不需要我了，我一定请她爱她所要爱的去、需要她所需要的去，决不加以纠缠或阻拦；如果我不爱她了，不需要她了，她就可以去爱她所要爱的去。……不管她此后把自己的身体和灵魂交给“天使”或“魔鬼”，这完全是她自己的事情了……

对于夫妻、对于朋友……我是谨守着中国这句“君子绝交不出恶言”的古

老格言的。我现在还有着几十年历史的老朋友，也有中途“绝交”的，但我是尊重、珍惜……历史的，我不愿意它们被玷污，尽管我不是什么“君子”，但作为一个“人”，他们是应该有这一点尊严感的。

作为一个六年文学上的伙伴和战友，我怀念她；作为一个有才能、有成绩、有影响……的作家，不幸短命而死，我惋惜她；如果从“妻子”意义来衡量，她离开我，我并没什么“遗憾”之情！

鲁迅先生曾说过，女人只有母性、女性，而没有“妻性”。所谓“妻性”完全是后天的、社会制度造成的。（大意如此）

萧红就是个没有“妻性”的人，我也从来没向她要求过这一“妻性”。

她是反对她的家庭为她所订的“亲事”，因而逃向了北京。可是她的未婚夫——是她所卑视的、憎恶的人——竟也赶到了北京。她终于在他无耻的、狡猾的纠缠下，而使自己降伏了，而且有了身孕，竟被作为“人质”，……几乎被陷进可怕的、可耻的、黑色的……无底深渊中！

可以这样说，在客观上她的一生是被她所卑视、所憎恶……的社会制度，所卑视、所憎恶的“人”……而毁灭了！

也可以这样说：在文学事业上，她是个胜利者！

在个人生活意志上，她是个软弱者、失败者、悲剧者！

尽管在她临终之前，她曾说过这样的话：“假如萧军得知我在这里，他会把我拯救出去的……”（大意如此，见骆宾基著《萧红小传》）但是，即使我得知了，我又有什么办法呢？那时她在香港，我却在延安……

以上这就是我和萧红六年来由相识、相结到诀别简要的过程。

一九七八年九月二十八日于海北楼

萧军纪萧红诗

遥奠萧红墓 并序

此诗原为二律，文化大革命前于《人民日报》转载香港某人（名已忘）吊萧红墓诗二律，曾依韵和之。大革命中抄家后原稿已失落。近得陈隄兄信中，录此见示，系我当时曾抄给彼者。大革命中他所藏此诗也被红卫兵抄去，他凭记忆，录存此一首，附抄于此。

萧军 一九七八年九月二十八日

又是春归桃李秾，萧萧苦竹几篁筇？
天涯骨寄荒丘冷，故国魂招紫塞空！
芳草绵芊新雨绿，烟波浩淼乱云封。
乡心一片鹃啼血，十里山花寂寞红。

注：此际萧红墓尚瘗于香港浅水湾也。

抄录萧红故信后有感

偶是相逢患难中，怜才济困一肩承：
松花江畔饥寒日；上海滩头共命行。
欣沐师恩双立雪；栖迟虎穴并弯弓。
钗分镜破终天恨，薄幸辜情两自清。

一九七八年七月十八日晨一时四十分于椒园

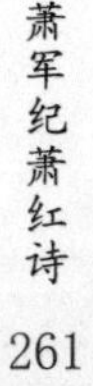

《萧红书简辑存注释录》书后纪诗

一

四十年前旧楮书，抄来字字认模糊！
松花江畔前尘影，故梦依稀忆有无。

二

生离死别已吞声，缘结缘分两自明！
早有《白头吟》(注)约在，陇头流水各西东。

注：传为卓文君所作，情不相类，事非相属，故借用之耳。

三

文章憎命鬼欺人，一别何期剧委尘！
地北天南(注)哀两地，已无只手再援君。

注：她于香港殁命之时，我正居于延安也。

四

珍重当年患难情，于无人处自叮咛！
落花逝逐春江水，冰结寒泉咽有声。

五

薄幸多情已莫论，纲常道义总堪珍；
漫言犬马能忠主，况是衣冠队里“人”(注)？

注：据《萧红小传》中云，于萧红病入垂危之际，斯时日寇正进军香港，彼号称萧红“知己”D·M者，竟怀资鼠窜而逃，弃萧红于不顾！呜呼！“人”之无良竟至于如斯乎？一叹！

六

一代才人竟若何？饥寒贫病足风波！
世间尽有西江水，濡沫应难到涸辙（注）。

注：庄周有谓：涸辙之鲋待西江之水，早索于枯鱼之市矣。

七

飘零陈迹忆程程，喋血狼山几死生！
北辙南辕分异路，海天紫塞两冥冥（注）。

注：此时她在海天香港，我处紫塞延安，绝通音讯者久矣。

八

万语千言了是空，有声何若不声声？
鲛人泪尽珠凝血（注），秋冷沧江泣月明。

注：故事传说中，南海有鲛人落泪为珠，珠尽则泣血。古诗句中有："沧海月明珠有泪，蓝田日暖玉生烟。"盖借此故事。从萧红此批书简中，她在日本时，虽身体常日病，而写作时时在系念中也。一旦有所成绩，则欣然以喜，置病痛于不顾矣！我虽多次喻其归来，而终决然拒之，此正鲛人泣泪，或泪尽时也！……

九

负义辜恩贱莫论（一），高山流水几知音？
钟期（二）死去哀千古，地老天荒一寸心！

注：

（一）此句与萧红无关，用谴某人者。

（二）钟期传为楚国人，俞伯牙为鲁（晋）大夫，善弹琴。二人偶遇于山水间，因琴结为友。钟期不幸短命死，伯牙碎其琴于坟前，以示终身不复操琴矣。

附

之一

在西安

——聂绀弩回忆萧红

何人绘得萧红影
望断青天一缕霞

——西青散记

“飞吧，萧红！你要像一只大鹏金翅鸟，飞得高，飞得远，在天空翱翔，自在，谁也捉不住你。你不是人间笼子里的食客，而且，你已经飞过了。当你在黄昏的雪的市街上，缩瑟地走着的时候，你的弟弟跟在后面喊：

‘姊姊，回去吧，这外面多冷呵！’

‘哦，你别送我了！’你说。

‘是回去的时候了，家里人都在盼望你的音讯咧！’

‘弟弟，你的学校要关门了！’

不管弟弟，不管家人，你飞过了！今天你还要飞，要飞得更高，更远……”

“你知道么？我是个女性。女性的天空是低的，羽翼是稀薄的，而身边的累赘又是笨重的！而且多么讨厌呵，女性有着过多的自我牺牲精神。这不是勇敢，倒是怯懦，是在长期的无助的牺牲状态中养成的自甘牺牲的惰性。我知道，可是我还是免不了想：我算什么呢？屈辱算什么呢？灾难算什么呢？甚至死算什么呢？我不明白，我究竟是一个人还是两个，是这样想的我呢，还是那样想的是。不错，我要飞，但同时觉得……我会掉下来。”

朦胧的月色布满着西安的正北路，萧红穿着酱色的旧棉袄，外披黑色小外套，毡帽歪在一边，夜风吹动帽外的长发。她一面走，一面用手里的小竹棍儿敲那路边的电线杆子和街树。她心里不宁静，说话似乎心不在焉的样子，走路也一跳一跳地。脸白得跟月色一样。她对我讲了许多话，她说：

“我爱萧军，今天还爱，他是个优秀的小说家，在思想上是同志，又一同在患难中挣扎过来的！可是做他的妻子却太痛苦了！我不知你们男子为什么那样大的脾气，为什么要拿自己的妻子做出气包，为什么要对妻子不忠实！忍受屈辱，已经太久了……”

接着又谈一些和萧军共同生活的一些实况，谈萧军在上海和别人恋爱的经

过……，我虽一鳞片爪地早有所闻，却没有问过他们，今天她谈起，在我，还大半是新闻。

在临汾分手的时候，我不知道他们之间谈过一些什么话，表面上，都当作一种暂别，我们本来都说是到运城去玩玩的，萧军的兴趣不高，就让他留下了。一个夜晚，萧军送我、萧红、丁玲、塞克、D·M到车站，快开车的时候，萧军和我单独在月台上踱了好一会。

“时局紧张得很，”他说，“临汾是守不住的，你们这回一去，大概不会回来了。爽兴就跟丁玲一道过河去吧！这学校（民大）太乱七八糟了，值不得留恋。”

“那么你呢？”

“我不要紧。我的身体比你们好，苦也吃得，仗也打得。我要到五台去。但是不要告诉萧红。”

“那么萧红呢？”

“哦，萧红和你最好，你要照顾她，她在处世方面，简直什么也不懂，很容易吃亏上当的。”

“以后你们……”

“她单纯、淳厚、倔强、有才能，我爱她。但她不是妻子，尤其不是我的！”

“怎么，你们要……”

“别大惊小怪！我说过，我爱她；就是说我可以迁就。不过这是痛苦的，她也会痛苦，但是如果她不先说和我分手，我们永远是夫妇，我决不先抛弃她！”

我听了为之怃然了好久，我至少是希望他们的生活美满的。当时，还以为只有萧军蓄有离意，今天听见萧红诉述她的屈辱，才知道她也跟萧军一样，临汾之别，大概彼此都明白是永久的了。

我们在马路上来回地走，随意地谈。她说得多，我说得少。最后，她说：

“我有一件事要拜托你！”

随即举起手里的小竹棍儿给我看，“这，你以为好玩么？”那是一根二尺多长，二十几节的软棍儿，只有小指头那么粗。她说过，是在杭州买的，带着已经一两年了。“今天，D·M要我送给他，我答应明天再讲。明天，我打算放在箱子里，却对他说是送给你了，如果他问起，你就承认有这回事，行么？”

我不假思索地答应了她。我知道她是讨厌D·M的，她常说他是胆小鬼，势利鬼，马屁鬼，一天到晚在那里装腔作势的。可是马上想到，这几天，D·M似乎没有放松每一个接近她的机会，莫非他在向她进攻么？我想起萧军的嘱托。我说：

“飞吧，萧红！记得爱罗先诃童话里的几句话么：‘不要往下看，下面是奴隶的死所！’……”

她的答话，似乎没有完全懂得我的意思。当然，也许是我没有完全懂得她的意思。

在西安过的日子太久了，什么事都没有，完全是空白的日子！日寇占领了风陵渡，随时有过河的可能，又经常隔河用炮轰潼关，陇海路的交通断绝了，我们没有法子回武汉。这时候，丁玲约我同她到延安去打一转。反正闲着无聊，就到延安去看看吧。一连几天都和丁玲在一块接洽关于车子的事情。没有机会与萧红谈什么。

临行的前一天傍晚，在马路上碰见萧红。

“你吃过晚饭没有？”她问。

“没有。正想去吃。你呢？”

“我吃过了。但是我请你。”

“那又何必呢？”

“我要请你，今晚，我一定要请！”

进饭馆后，她替我要两样菜，都是我爱吃的。并且要了酒。她不吃，也不喝，隔着桌子望着我。

“萧红，一同到延安去吧！”

“我不想去。”

“为什么？说不定会在那里碰见萧军。”

“不会的。他的性格不会去，我猜他到别的什么地方打游击去了。”

吃饭的时候，我没有说话，她也不说话，只默默地望着，目不转睛地望着，好像窥伺她的久别了的兄弟姊妹是不是还和旧时一样健饭似的。在我的记忆里，这是她最后一次和我只有两人坐在馆子里，最后一次含情地望着我。我记得清清楚楚，好像她现在还那样望着我似的。我吃了满满的三碗饭。

“要是我有事情对不住你，你肯原谅我么？”出了馆子后，她说。

“你怎么会有事对不住我呢？”

“我是说你肯么？”

“没有你的事，我不肯原谅的。”

“那个小竹棍儿的事，D·M没有问你吧？”

“没有。”

“刚才，我已经送给他了。”

“怎么，送给他了！”我感到一个不好的预兆，“你没有说已先送给我了么？”

“说过，他坏，他晓得我说谎。”

沉默了一会儿，我说：

“那小棍儿只是一根小棍儿，它不象征着旁的什么吧？”

“你想到哪里去了？”她把头望着别处，“早告诉过你，我怎样讨厌谁？”

“你说过，你有自我牺牲精神！”

“怎么谈得上呢？那是在谈萧军的时候。”

“萧军说你没有处事经验。”

“在要紧的事上，我有！”

但是那声音在发颤。

“萧红，你是《生死场》的作者，是《商市街》的作者，你要想到自己的文学上的地位，你要向上飞，飞得越高越远越好……”

第二天启行，在人丛中，我向萧红做着飞的姿势，又用手指天空，她会心地笑着点头。

半月后，我和丁玲从延安转来，当中多了一个萧军。他在到五台去的中途折到延安，我们碰着了。一到××中（我们的住处）的院子里，就有丁玲的团员喊：“主任回来了！”萧红和D·M一同从丁玲的房里出来，一看见萧军，两人都愣住了一下。D·M就赶来和萧军拥抱，但神色一望而知，含着畏惧、惭愧，“啊，这一下可糟了！”等复杂的意义。我刚走进我的房，D·M连忙赶过来，拿起刷子跟我刷衣服上的尘土。他低着头说：“辛苦了！”我听见的却是，“如果闹什么事，你要帮帮忙！”我知道，比看见一切还要清楚地知道：那大鹏金翅鸟，被她的自我牺牲精神所累，从天空，一个觔斗，栽到“奴隶的死所”上了！

一九四六年一月二十日 渝

（注：此文收在聂绀弩著散文集《沉吟》中89—96页）

聂绀弩悼萧红词一首，诗四首

怀萧红

（墓在香港浅水湾）

浣溪沙

浅水湾头浪未平，秃柯树上鸟嘤鸣。
海涯时有缕云生。
欲织繁花为锦绣，已伤冻雨过清明。
琴台曲老不堪听。

萧红墓上 四首

（萧红墓原在香港，解放后迁广州银河公墓。）

一

匍匐灵山玉女峰，暮春微雨吊萧红：
遗容不似坟疑错；碑字大书墨尚浓。
《生死场》栗起时懦；英雄树挺有君风。
西京旧影翩翩在，侧帽单衫髫小蓬。

二

支离东北兵戈际，转徙西南炮火中。
天下文章几儿女；一生争战与初终。
狼牙咀敌诗心蛊；虎口修书剑气虹。
蒋败倭降均未见，恨君生死太匆匆！

三

奇才末世例奇穷，小病因循秋复冬：
光线无钱窥紫外；文章憎命到红中。
太平洋战轩窗震；香港人逃碗甑空。
天地古今此遥夜，一星黯落海隅东！

四

东风今已压西风，春在文园艺圃浓：
众鸟争鸣花笑里；百花齐放鸟喧中。
呼兰河畔花成浪；越秀山边鸟作钟。
万紫千红犹有恨，恨无叶紫(一)与萧红(二)。

注：

（一）叶紫（已故）：《丰收》作者——“奴隶丛书之一”。

（二）萧红：《生死场》作者——“奴隶丛书之三”。

萧红生平年表

一九一一年（辛亥） 一岁（虚岁）

六月一日（农历五月五日），出生于黑龙江省呼兰县。父亲张选三，当地著名的大地主，原为教员，后曾任勤学所所长、巴彦县教育局长。

她本名张乃莹，有一同母所生弟弟，名张秀珂。

一九二一年 十岁（周岁，下同）

生母去世后，她的父亲并不关心她，相反却很憎恶她，只有年老的祖父十分疼爱她。当她长到四、五岁时，祖父已快七十岁了。

这祖父也并非她父亲的生父，她父亲是“过继”给现在的祖父的。

开始在本城南关小学（现建设小学）读初小一年级。

一九二七年 十六岁

夏，她高小快毕业时，祖父去世，她在家里失去了唯一的支柱。巨大的精神压力使她几乎倾倒下去……

暑假后，她以南关小学第一名的成绩毕业了。

八月，为了她的升学问题，家庭经过了一番激烈的争斗。她终于考入了“东省特别区立第一女子中学校”（现哈尔滨第七中学校），被编为初中四班。

一九二九年 十八岁

十一月，蒋介石发动“四·一二”反革命政变。十一月六日、九日，哈尔滨爆发了两次轰轰烈烈的反日爱国的学生运动。萧红所在的“东特女一中”响应这一运动罢课了，她们与其他友校的学生汇成一支浩浩荡荡的游行大军，冲向道外

正阳十六道街……，反动政府对学生进行了血腥的镇压，三百多名学生倒在血泊中……

萧红一直冲在游行队伍的前列，她的勇敢奋斗精神给同学们留下了极为深刻的印象。

此时，萧红对文学与绘画发生了极浓厚的兴趣，偏爱着它们……，并初步显示了特殊的才能。她与同学沈玉贤、王淑颖等组织了“绘画小组”，坚持活动到一九三〇年暑假初中毕业。

一九三〇年　十九岁

七月，领取到了“东特女一中”发的，有校长孔焕书签署的初中三年修业期满成绩及格的第一号毕业证书，回到了呼兰。毕业典礼的同时，举行了“绘画展”，萧红的作品《劳动人民的恩物》参加了展出，受到家长及师生们的一致好评。

八月，她父亲听取了继母的话，为她寻订了一门亲事。这家姓汪，在哈尔滨，为大地主兼富商，儿子是个“浪荡公子”。萧红不满意。萧红是一个有上进心，有个性，有理想的女性，她不能也不愿听从封建专制的家庭这样无理地摆布她的命运，不肯让父亲把自己当作“商品”、“礼物”去交换富贵。她只有反抗！反抗这黑暗专制的“父母之命，媒妁之言”的封建礼教；她愤然逃出了呼兰，经哈尔滨转去北京，入了女师大附属中学读书。

一九三一年　二十岁

她的未婚夫汪某，竟也追到北京，对萧红进行无耻的纠缠和欺骗，答应供给萧红上学的一切经费，他也在北京入学……

二人回到哈尔滨，住在“东兴顺”旅馆。欠下了六百余元债务后，汪某托词回家取钱，把萧红作为“人质”留在旅馆。结果，汪某竟去而不返！但是，寂寞窘困已极的萧红，始终没有屈服。她在《初冬》中曾写：“那样的家我是不能回去的，我不愿意受和我站在两极端父亲的豢养……”

一九三二年　二十一岁

受到欺骗和凌辱的萧红，在这茫茫的人世，没有任何一个亲人可以求援，怀着身孕，负债累累，在生和死的分界线上挣扎！她向《国际协报》写了信，发出了呼吁……萧军受《国际协报》副刊编辑老斐之托赶来看她了。他了解了她的危险处境，发现了她的文学才能，决心设法营救她脱离困境。

时值哈尔滨松花江发洪水，“道外”几乎成了一片汪洋。萧红所住的二楼眼看就要被水浸入，旅馆中监守她的人也跑光了。她趁此机会从窗口爬出，呼请一只柴船，把她载开。待萧军游水和搭船来接她时，她已逃至“道里”萧军为她留下的地址——一位友人家中。

秋天，她在“哈尔滨市立第一医院”生一女孩，后因无钱付医药费，将小孩当抵押品留在医院里。出院后，即与萧军共居。先住于“欧罗巴旅馆”。冬，迁居于“道里”商市街二十五号。

萧军在这家做家庭教师，终日为了谋求“列巴圈”（一种面包）和白盐辛劳奔波。关于这一时期的生活，萧红后来在《商市街》一书中描述过：“多么无趣，多么寂寞的家呀！我好像落下井的鸭子一般寂寞并隔绝，肚痛、寒冷和饥饿伴着我，……什么家？简直是夜的广场，没有阳光，没有温暖。”

年终，报社征文，在大家的鼓励之下，她终于写出了第一个短篇小说《王阿嫂的死》(笔名悄吟)，载在一九三三年五月的新京(长春)出版的《大同报》上。这是她正式从事文学写作的开始。

随后，她又用悄吟、田娣的笔名分别在《国际协报·国际公园》、《大同报·大同俱乐部》、《大同报·夜哨》、《国际协报·文艺周刊》上陆续发表了文章。

一九三三年　二十二岁

萧军和萧红把一、二年间发表过的小说和散文，汇成了一个集子(包括萧军六篇、萧红五篇文章)，名为《跋涉》，在朋友资助下，于当年十月自费出版——只印了一千册。它立即震动了哈尔滨的文艺界，但遭到了日伪反动统治者的查禁。

同时，她与中共地下党员、进步青年——金剑啸、萧军、罗烽、白朗等人组织了“星星剧团”、“维那斯画会”……进行反满抗日的活动。

一九三四年　二十三岁

夏季，日伪统治日益残酷，如不出走就要被投入监狱……此时又收到了友人舒群由青岛发来的召唤他们去往青岛的紧急信，于是在哈尔滨朋友们的资助之下，六月十三日与萧军由哈尔滨出走，在端午节的头一天（六月十五日）到达了

青岛。在青岛，萧军担任了《青岛晨报》副刊主编，以维持生活。

九月九日，萧红完成了中篇小说《生死场》的写作。萧军继续写他的长篇小说《八月的乡村》。此时他们住：观象一路一号。开始与鲁迅先生通讯。鲁迅先生写给他们的第一封信的日期是十月九日晚。

鲁迅先生的日记上，第一次出现了他们的名字："十月九日得萧军信，即复。"

不久，青岛地下党遭破坏。中秋节，舒群等人被捕，……在中共地下党组织的资助之下，十月下旬，萧军、萧红离开青岛，到了上海。

十一月三十一日，第一次应约，在上海"内山书店"见到了鲁迅先生，并一同到北四川路底一家俄国人开设的咖啡馆，先生与之进行了亲切的谈话，并交予了他们所急需的二十元钱生活费……

从此，在鲁迅先生的亲切关怀、精心培养下，"二萧"更加勤奋地从事文学创作活动和左翼文艺革命活动……

十二月十九日，他们又第一次应邀参加了鲁迅先生设的"宴会"（梁园豫菜馆），并由先生介绍结识了左翼作家聂绀弩、茅盾、叶紫……等人。

此时的地址是：拉都路"元生泰"小杂货店的二楼亭子间。

一九三五年　二十四岁

二月，搬至拉都路南段的"福显坊"二十一号（？）。

三月底，搬至拉都路中段的三百五十一号。

五月二日，鲁迅先生和许广平先生暨海婴来家做客，使这二位青年人感到了极大的兴奋和欢乐！先生并邀他们同去法租界一家餐馆用了午饭……

五月十五日，回忆性散文集《商市街》完稿。

六月，搬至法租界萨波赛路一百九十号（"唐豪律师事务所"二楼的后楼）居住。

十一月十四日夜，鲁迅先生为《生死场》作序毕。

十二月，《生死场》自费出版于上海，编为鲁迅先生所支持的"奴隶社"《奴隶丛书》之三。（同年，萧军的《八月的乡村》也自费出版，编为《奴隶丛书》之二。）

《生死场》的出版，奠定了萧红在中国文坛上的牢固地位，成为三十年代著名的女作家之一。这小说给上海文坛一个不小的新奇和惊动，因为它是那么雄厚和坚定，是血淋淋的现实缩影……

正如鲁迅先生的"序言"中所说的那样："……然而北方人民的对生的坚

强，对于死的挣扎，却往往已经力透纸背；女性作者的细致的观察和越轨的笔致，又增加了不少明丽和新鲜……”

经鲁迅先生的介绍，认识了美国进步女作家兼记者史沫特莱、日本进步作家鹿地亘及他的夫人池田幸子等。

一九三六年　二十五岁

春，搬到北四川路底永乐里居住，几乎每天都到鲁迅先生家里去坐坐、谈谈……

七月十七日，只身渡海去日本东京疗养。（七月十五日，鲁迅先生日记中载有：“晚广平治馔，为悄吟饯行。”）

八月，《商市街》作为巴金主编的“文学丛刊”第二集，由上海文化生活出版社出版。

十月二十四日，当她听到鲁迅先生逝世的消息，悲恸万分，写信给田军（萧军）请代为送花圈，并嘱咐他一定要很好地安慰许先生（广平）。

她在信中说：“……昨夜，我是不能不哭了，我看到一张中国报上清清楚楚登着他的照片，而且是那么痛苦的一刻。可惜我的哭声不能和你们的哭声混在一道……”

以后，此信加上一标题为《海外的悲悼》，登载在《中流》纪念鲁迅先生专号上，一九三七年收入《鲁迅先生纪念集》中。

十一月，《桥》——短篇散文集，作为巴金主编的“文学丛刊”第三集，由上海文化生活出版社出版。

一九三七年　二十六岁

春初，一月间，由日本东京回到上海，与萧军共住于法租界吕班路二百五十六弄。

四月二十三日，去北京，住一个多月，约于五月中旬又回到了上海。

五月，《牛车上》短篇散文集由上海文化生活出版社出版。

七月十八日下午二时，在上海静安路华安大厦八楼召开“鲁迅先生纪念委员会成立大会”，决定在鲁迅先生逝世周年前夕，出版一册《鲁迅纪念集》。萧红负责新闻报纸部分剪贴及校对职务。这集子后来发行了一千册。

八月，上海抗日战争爆发，形势告急！

十月，上海文化界人士开始撤退，与萧军去武汉，和胡风、聂绀弩、萧军

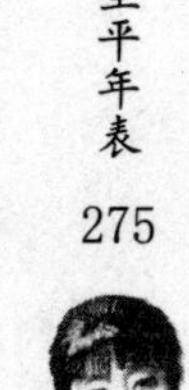

等共办《七月》文艺月刊。当时住于武昌水陆前街小金龙巷二十一号诗人蒋锡金家。

十二月十日，与萧军被国民党特务拘捕至当地公安分局。经当时八路军办事处董老（必武）营救，始得被释。武汉政治形势开始恶化，应山西民族革命大学李公朴先生之聘请，即和聂绀弩、萧军、艾青……等去山西临汾山西民族革命大学任教。

一九三八年 二十七岁

一月间，至山西临汾民族革命大学担任文艺指导。

二月间，日军准备进攻临汾，民族革命大学准备撤退到乡宁。

萧军和萧红开始在前进的道路上公开发生了分歧：萧军决心留下和学校一同撤退，必要时准备和学生们一道去打游击战；萧红主张仍然从事写作……结果，萧军留在了临汾；萧红随同当时丁玲所领导的“西北战地服务团”与聂绀弩、D·M等人乘火车去了西安。

初夏，萧军由延安到了西安，萧红当即向萧军提出正式离婚，萧军同意了。

四月，萧红与D·M回到武汉同居。

八月，武汉遭到大轰炸，战局越来越紧张。D·M突然去重庆，他不但没带萧红走，甚至连一点应急用的旅费也没有留给她！亏得蒋锡金从生活书店替她借得了一百元钱的“预支稿费”，答应以后补写文稿抵账，总算维持了生活。此时萧红已近临产，贫困难行，借宿于“文协”会址的楼廊……

九月，由冯乃超夫人李声韵将萧红从汉口带到宜昌，因声韵中途病重住院，萧红便独自前往重庆。

一九三九年 二十八岁

春，在重庆的江津与罗烽、白朗住在一道，曾生一男孩，数日夭殇。

夏，住于北碚嘉陵江边复旦大学《文摘》社的房子里，周围是个农场。

十月二十六日，写毕《回忆鲁迅先生》。当时，萧红身体很弱，自己只能口述，请正在复旦大学读书的学生姚奔记录，然后再由萧红自己整理成文。此文后来寄至上海许广平先生处，请她审阅。此时开始了《呼兰河传》第一部写作。

十一月，参加苏联大使馆举行的十月革命节纪念庆祝活动。

冬，搬至黄桷树镇上名秉庄的房子里，住在靳以的楼下。

一九四〇年 二十九岁

三月，《旷野的呼喊》短篇小说集由上海杂志公司出版。

春，周鲸文邀请萧红和D·M同去香港办《时代批评》刊物。在香港，于咳嗽、头疼、失眠、寂寞、痛苦……种种病象境况中，写毕中篇小说《马伯乐》的第一部。

七月，《回忆鲁迅先生》由重庆妇女生活社出版。

十月，写纪念鲁迅先生的哑剧《民族魂》。想离开香港。

十二月，二十日写毕长篇小说《呼兰河传》。

《萧红散文集》由重庆大时代书局出版。

一九四一年 三十岁

一月，《马伯乐》由重庆大时代书局出版。

春，遇见回国途中路经香港的史沫特莱，经她介绍接洽进入香港玛丽医院——肺病科。在枕上写完《小城三月》，并为《时代文学》作画。

十二月八日太平洋战争爆发，日寇进占香港。萧红病重卧床，无法转移，恳求好友骆宾基将她送往上海许广平先生处……

一九四二年 三十一岁

一月十三日，黄昏，移至跑马地养和医院。被李树培医生误断为喉瘤，喉管开刀，痛苦万分。

十八日，乘养和医院急救车，复转玛丽医院。

十九日，不能发声，在纸上写："我将与蓝天碧水永处，留得那半部'红楼'(注一)给别人写了。"

又写："半生尽遭白眼冷遇……身先死，不甘，不甘。"

二十二日上午十一时，萧红掷下了求解放的大旗，离开了人间……

临终时，只有好友骆宾基在她身边，料理着一切丧葬诸事。

二十四日，遗体在跑马地背后日本火葬场火葬。

二十五日，葬于香港浅水湾坟地，地近丽都花园(注二)海边。

注一：萧红曾谈到过，将在胜利之后，会同萧军、聂绀弩、丁玲诸先生遍访红军过去之根据地及雪山、草地、大渡河……，这"红楼"即指以此为题材而拟写的一部作品。

注二：据萧红好友L君说，萧红的骨灰装于二尺高的一具珐琅瓶内，原置于萧红居室中。一

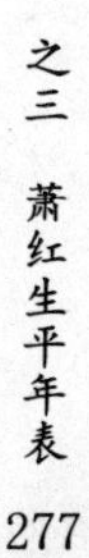

天，被D·M抱跑，呼喊不归，不知置于何处，下落不明。

萧红死前曾希望把她的骨灰带给上海许广平先生，而能附葬于鲁迅墓边，“于愿足矣”。

一九五七年八月三日，在香港文艺界朋友们的热忱协助下，由中国作家协会广州分会诸同志奔劳，已将萧红的墓迁至今广州东郊银河公墓。

（丁言昭　萧耘 辑录）

萧红已出版著作目次年表

第一部分

《跋涉》（小说、散文集）

署名：悄吟 三郎 合著

悄吟——萧红，三郎——萧军

这是悄吟自一九三二年末正式从事文学事业开始后与三郎合著的第一本小说散文集。其中包括有悄吟的五篇文章，三郎的六篇文章，悄吟诗一首。一九三三年十月自费由哈尔滨五日画报印刷社出版，共印行1000册。

初版本为：32开本，正文208页，后记2页。

目次：（悄吟所著五篇）

《生死场》（中篇小说）

署名：萧红　一九三四年九月九日作

这是我国最早反映东北人民在日本帝国主义统治下生活与斗争的作品之一，也是萧红的成名作。鲁迅先生曾亲自给这小说写了序言。

一九三五年十二月上海容光书局初版，被编为奴隶社《奴隶丛书》之三。

（香港有翻本）

一九三六年三月再版，上海容光书局发行，出版者奴隶社。

一九三六年十一月六版，容光书局发行，出版者奴隶社。

一九四五年十一月容光书局十版（是否“盗版”？待查）。

一九四六年四月大连市文化界民主建设协进会重版，为东北文艺丛书之二。

一九四六年五月大连市文化界民主建设协会再版。

一九四七年二月上海生活书店二版。

一九四七年四月哈尔滨鲁迅文化出版社新版，扉页有作者像和签名手迹，前有作者简历一页。

一九四七年八月东北书店重版。

一九五三年三月上海新文艺出版社重版。

一九五四年四月上海新文艺出版社第一次重印。

一九五八年香港中流出版社重版。

初版本为：32开本，正文210页，前言3页，后记6页，小启1页。

封面装帧：萧红

目次：

《生死场》（连环画）

署名：张鸿飞 绘制

本书为大众战斗图画丛书之一。一九三九年四月浙江丽水潮锋出版社初版。

初版本为：32开本，正文56页，前言2页，人物介绍3页。

目次：

《商市街》（散文集）

署名：悄吟　一九三五年五月十五日作于上海

本书为巴金主编的《文学丛刊》第二集第十二册，一九三六年八月上海文化生活出版社初版。（香港有重版本）一九三六年九月上海文化生活出版社再版。

初版本为：32开本，正文186页，后记1页。

目次：

《桥》（散文集）

署名：悄吟

本书为巴金主编的《文学丛刊》第三集第十二册。

一九三六年十一月上海文化生活出版社初版。（香港有翻印本）

一九三七年三月上海文化生活出版社再版。

一九四〇年四月上海文化生活出版社三版。

一九四八年十月上海文化生活出版社四版。

初版本为：32开本，正文133页。

目次：

《牛车上》（短篇小说集）

署名：萧红

本书为巴金主编《文学丛刊》第五集第五册。

一九三七年五月上海文化生活出版社初版。

一九四〇年四月上海文化生活出版社再版。

一九四〇年十一月
一九四五年十一月 } 昆明新流书店出版。

一九四八年八月上海文化生活出版社三版。

初版本为：32开本，正文106页。

目次：

《旷野的呼喊》（短篇小说集）

署名：萧红

本书为郑伯奇主编的《每月文库》一辑之十。

一九四〇年三月上海杂志公司初版。

一九四六年五月上海杂志公司再版时删去《黄河》一篇。（香港有翻印本）

初版本为：32开本，正文187页，前言3页。

目次：

《回忆鲁迅先生》（散文集）

署名：萧红

一九四〇年七月重庆妇女生活社初版。（香港有翻印本）

一九四五年十月上海生活书店再版。

一九四六年一月生活书店北平第一版。

一九四八年八月生活书店第三版。

一九四九年十月三联书店出版。

收入一九七八年一月上海文艺出版社出版的《鲁迅回忆录》第一集中。

初版本为：32开本，正文55页，附录一28页，附录二26页，后记1页。

目次：

附录二 鲁迅和青年们（景宋）……………………………84
后记…………………………………………………………110
（一九三九年十月二十六日记于重庆）

《萧红散文》

署名：萧红

本书为《文艺丛书》。

一九四〇年重庆大时代书局初版。（香港有翻印本）

一九四二年四月大时代书局三版。

一九四三年九月大时代书局四版。

初版本为：32开本，正文112页。

目次：

一天…………………………………………………………1
（一九三三年十二月八日作于哈尔滨）
皮球…………………………………………………………8
（一九三四年三月十六日作于哈尔滨）
三个无聊的人………………………………………………17
（一九三五年六月十二日作，载一九三五年八月五日《太白》第二卷第十期）
搬家…………………………………………………………22
（一九三五年一月二十六日作）
黑夜…………………………………………………………28
（一九三五年二月五日作）
初冬…………………………………………………………36
（一九三五年初冬作于上海）
索非亚的愁苦………………………………………………41
访问…………………………………………………………52
夏夜…………………………………………………………61
鲁迅先生记（一）…………………………………………66
（一九三八年作）
一条铁路的完成……………………………………………76
（一九三七年十一月二十七日作于汉口，载一九三七年十二月一日《七月》第四期）
牙粉医病法…………………………………………………85
（一九三九年一月九日作于重庆）
滑竿…………………………………………………………90

《马伯乐》（中篇小说）

署名：萧红

一九四〇年作，曾载于《时代批评》三卷七十二期。

本书为《文艺丛书》。

一九四一年一月大时代书局初版。此为《马伯乐》一书的第一部（上篇）。

一九四一年六月大时代书局再版。

一九四三年三月大时代书局三版。

一九四四年由时代书局出版。

一九七五年一月香港创作社出版。

注：一九四一年二月至十一月，《马伯乐》续稿曾发表于《时代批评》，此为该书的第二部或中篇。因为作者在续稿的最后一章文末注有“第九章完，全文未完。”等字样。国内所见版本为该书第一部，只包括文章开始部分和第一、第二章。

初版本为：32开本，正文234页。

封面书名为萧红手迹。

《呼兰河传》（长篇小说）

署名：萧红　一九四〇年十二月二十日作于香港

本书为范泉主编的《环星文学丛书》第一集，一九四二年桂林初版。

一九四三年六月桂林河山出版社出版。

一九四七年六月上海环星书店出版。

一九五四年五月、一九五五年由新文艺出版社出版。

一九五八年香港新文艺出版社出版。

一九六二年九月日本立间祥介教授译成日文在平凡社出版。

一九七五年十月新文学研究社香港一版。

又曾由美国旧金山州立大学葛浩文先生译成英文，年代不详。

环星书店初版本为：32开本，正文271页，小传5页，前言12页，扉页有作者

遗像。

目次：

《小城三月》（短篇小说集）

署名：萧红　一九四一年作

一九四一年七月一日初次发表于香港出版的《时代文学》第二号上。

一九四八年十一月香港海洋书屋再版，属于《万人丛书》之一。

一九六一年香港上海书屋出版。

一九七五年十一月上海书屋有限公司再版。

海洋书屋再版本为：小32开本，正文46页。

目次：

《萧红选集》

一九五八年十二月北京人民文学出版社出版。

版本为：大32开本，正文332页，外插页4页，附录一2页，附录二9页，后记2页。

目次：

注一：《生死场》初版为一九三五年十二月，封面设计应为一九三五年。

注二：《马伯乐》初版本为一九四一年一月，封面设计应为一九四一年。

第二部分

一九三二年

一九三二年夏，萧红在小旅馆中写过散文《去年今日》和诗歌《春曲》。《春曲》曾发表在《跋涉》上。

《幻觉》，署名悄吟，作于一九三二年三月三十日，载于一九三四年五月《国际协报·国际公园》。

一九三三年

一九三三年，新京（长春）《大同报》有副刊《大同俱乐部》、《夜哨》（为八月新出版的副刊，与《大同俱乐部》交替出版至年底，共印行二十一期停刊）。萧红曾用笔名悄吟在两个副刊上发表的未收入各种单行本的散失诗歌及短篇文章（有的写作日期不详）计有：

《弃儿》，载五月六日、七日、九日、十一日、十二日、十三日、十四日、十六日、十七日《大同报·大同俱乐部》。

《腿上的绷带》，载七月十八日、十九日、二十日、二十一日《大同报·大同俱乐部》。

《太太与西瓜》，载八月四日《大同报·大同俱乐部》。

《两个青蛙》，载八月六日《大同报·大同俱乐部》。

《八月天》（诗），载八月十三日《大同报·夜哨》。

《哑老人》，载八月二十七日、九月三日《大同报·夜哨》。

《叶子》，作于一九三三年九月二十日，载十月十五日《大同报·夜哨》。

《清晨的马路上》，载十一月五日、十二日《大同报·夜哨》。

《渺茫中》，作于一九三三年十一月十五日，载十一月二十六日《大同报·夜哨》。

一九三四年

一九三四年哈尔滨《国际协报》副刊《文艺周刊》于一月十八日创刊，印行四十八期后于一九三四年底停刊。

萧红曾用笔名田娣、悄吟在《文艺周刊》上发表过短篇文章：

《患难中》，署名田娣，载《文艺周刊》第5—13期。

《镀金的学说》，署名田娣，载《文艺周刊》第19—21期。

《破落之街》，署名悄吟，作于一九三三年十二月二十七日。

《出嫁》，署名悄吟，载于一九三四年三月十日《国际协报·国际公园》。

《进城》，署名悄吟，载于一九三四年夏《青岛晨报》。

一九三六年

《马房之夜》（小说），署名萧红，作于一九三六年五月六日，载一九三六年五月十五日《作家》第一卷第二号。

《海外的悲悼》（书信），署名萧红，一九三六年十月二十四日作于日本东京，载一九三六年十一月五日《中流》第一卷第五期，收入一九三七年十月十九日出版的《鲁迅先生纪念集》。

一九三七年

《永久的憧憬和追求》（散文），署名萧红，载一九三七年一月十日《报告》第一卷第一期，收入一九三七年二月十五日《月报》第一卷第二期。

《沙粒》（诗），署名悄吟，一九三七年一月三日作于日本东京，载一九三七年三月二十日《文丛》第一卷第一号。

《感情的碎片》，署名萧红，载于一九三七年《好文章》第七期。

《拜墓》（诗），署名萧红，一九三七年三月八日作，载一九三七年四月二十三日《大公报》的《文艺》副刊及一九三七年六月十日《好文章》第九期。

《两个朋友》（短篇小说），署名悄吟，载一九三七年五月十日《新少年》第三卷第九期。

《来信》，署名萧红，一九三七年七月十九日作于北平，载一九三七年八月五日《中流》第二卷第十期。

《一粒土泥》，署名萧红，作于一九三七年六月二十日，载一九三七年八月初版的《兴安岭的风雪》（纪念金剑啸烈士专号），上海生活书店发行。

《天空的点缀》（散文），署名萧红，作于一九三七年八月十四日，载一九三七年十月十六日《七月》二集第一期。

《火线外》（二章），署名萧红。

一、窗边

作于一九三七年八月十七日。

二、小生命和战士

作于一九三七年十月二十二日，载一九三七年十一月一日《七月》二集第二期。

《失眠之夜》（散文），署名萧红，作于一九三七年八月二十二日，载一九三七年十月十六日《七月》二集第一期。

《在东京》，署名萧红，载一九三七年十月十六日《七月》二集第一期。

《一九二九年底愚昧》，署名萧红，作于一九三七年十二月十三日，载一九三七年十二月十六日《七月》二集第五期。

一九三八年

《〈大地的女儿〉与〈动乱时代〉》（读后记），署名萧红，一九三八年一月三日作于武昌，载一九三八年一月十六日《七月》二集第七期。

《抗战以来的文艺活动动态和展望》（座谈纪要），署名萧红，载一九三八年一月十六日《七月》二集第七期。

《突击》（剧本），署名萧红、塞克、端木蕻良、聂绀弩等，作于一九三八年，载一九三八年四月一日《七月》二集第十二期。

《无题》，署名萧红，载一九三八年四月《七月》三集二期。

《记鹿地夫妇》（散文），署名萧红，一九三八年二月二十日作于临汾，载一九三八年五月一日《文艺阵地》第一卷第二期。

《现时文艺活动与〈七月〉》（座谈纪要），署名萧红，载一九三八年六月《七月》三集三期。

《汾河的圆月》（短篇），署名萧红，载一九三八年九月六日《大公报》。

一九三九年

《杂乱中的作家书简》，署名萧红，作于一九三九年三月十四日，载一九三九年四月五日《鲁迅风》第十二期。

《轰炸前后》，署名萧红，一九三九年六月九日作于北碚，载一九三九年八月二十日《鲁迅风》第十八期。

《记我们的导师》，署名萧红，载一九三九年十月《中学生》（战时半月刊）第十期。

《鲁迅先生生活散记》，署名萧红，载一九三九年十一月一日《文艺阵地》四卷一期。

《鲁迅先生生活忆略》，署名萧红，载一九三八年十二月《文学集林》二辑。

一九四〇年

《民族魂》（哑剧），署名萧红，作于一九四〇年十月，载一九四〇年《大公报·文艺周刊》。

《后花园》（续），署名萧红，载一九四〇年十月《中学生》（战时半月刊）三十二期。

《五行山血曲》，署名萧红，一九四〇年文艺突击丛书社出版。

一九四一年

《给流亡异地的东北同胞书》，署名萧红，载《时代文学》第一卷第四期（一九四一年九月一日出版）。

一九七九年

萧军作的《萧红书简辑存注释录》中萧红于一九三六、七年写的四十三封信，刊于《新文学史料》2—5期。

（丁言昭 萧耘 辑录）

第一章 从迁墓说起

陈宝珍

走六小时寂寞的长途，
到你头边放一束红山茶，
我等待着，长夜漫漫，
你却卧听着海涛闲话。

这是诗人戴望舒在一九四二年十一月作的一首口占诗。诗中的你，就是中国近代著名女作家萧红。

萧红在一九四二年一月廿二日，病逝香港红十字会临时设立的圣提士及临时病院。廿四日遗体在跑马地背后日本火葬场火葬。廿五日黄昏时分葬于浅水湾丽都花园附近。那年的十一月，作家叶灵凤和诗人戴望舒，在一位日本记者带领之下，曾到萧红的葬身处吊祭。根据叶氏当时摄得的照片，我们可以知道，墓上只有黄土一坯，围一圈石头，中间插上一块写着“萧红之墓”的木牌，景况是草率而凄凉的。

一九四六年，日本投降后不久，有一位文化界人士看过萧红墓，并且这样描述：“那时候，已没有了从照片中所见的石块，不知何年何月，已有人在墓的四周，用士敏土围了一个圆圈。圈内杂草芊芊。草丛中长着一株树，约高一丈不到。很特别，它与它的近邻并不相似，其他的树都干强叶茂，只有它是枝单叶弱的。若是在晚风斜照中，它便显得倍为孤寂，看着它，很容易就会联想到瘦弱多病的萧红。但它亦予人以清傲的感觉。我总以为这与萧红给人的感觉很贴合。”

可惜懂得修葺墓地和在墓地上植树的有心人并不多。几年之后，墓上的树没有了，士敏土圈也给人填平，并且在上面搭了布棚，沦为卖汽水杂物的地点。浅水湾的游人在那儿购买汽水，抛弃垃圾的时候，自然想不到：脚下葬着一位当代著名的女作家。

这种情形引起了香港文化界的关注，有人为此而发出“生死场成安乐地，岂应无隙住萧红”的叹息。一九五七年五月，香港中英学会举行学术演讲会，请叶灵凤讲萧红生平。他也曾呼吁爱好文学的人士，设法修葺萧红的墓地或将它迁

移。迁墓之事酝酿期间，萧红墓又面临新的危机。那年七月，香港大酒店有限公司在萧红所葬地点上动土。中英学会立即请求该公司停止挖掘工作，并设法与萧红在大陆的丈夫端木蕻良联络。端木致函香港政府，并通过中国作家协会广州分会，安排萧红迁葬事宜。

同年，七月底的一天，市政局进行骨灰的挖掘工作。当时叶灵凤和陈君葆也在场。挖掘结果，发现萧红的骨灰放置在一个直径大约七八寸的圆形黑釉瓦罐内。取出部分骨灰来清理，发现有一小块像是未烧化的牙床骨，还有一小片像是布灰。

为了萧红的迁葬，香港文化界组成了“迁送萧红骨灰返穗委员会”，主理这事。委员会的主委是马鉴、叶灵凤、陈君葆。委员包括曹聚仁、胡春冰、黄蒙田、阮朗等廿多人。广州方面，也由文艺界知名人士欧阳山、黄谷柳、陈芦荻等，组成“萧红同志迁葬委员会”。

迁葬仪式于该年八月三日早晨，在九龙红磡永别亭举行。关于当时的情景，李阳在《送别萧红骨灰归来后》一文中有如下的陈述：

“亭子内墙壁的中央，悬挂着微笑的萧红遗像正象征她战斗、乐观的一生。遗像下面放着一个浅赭色的木盒，里面就是这位天才女作家的骨灰，周围并绕以鲜花，遗像两旁还挂着挽联，布置简单而庄穆。十时整，送别会开始了，六十多位文艺界人士以景仰的心情，向萧红的遗像及骨灰致礼。接着是文艺界同仁献花，宣读祭文。礼成后大家一直把萧红的骨灰护送到火车站，然后再由叶灵凤、曹聚仁、刘士伟、阮朗、洪膺、羊璧等六人护送往深圳。广州方面（中略）遣派代表小说家黄谷柳、诗人陈芦荻和作协工作人员黄绍芬到深圳迎接骨灰，双方举行了简单而隆重的交接仪式。”

萧红的骨灰在当天的下午葬在广州市郊沙河的银河公墓。从此萧红离开了那呜咽着海浪声的浅水湾畔，永久安息在那长着英雄树的中国南方大城中。

之六

萧红一生所走过的路

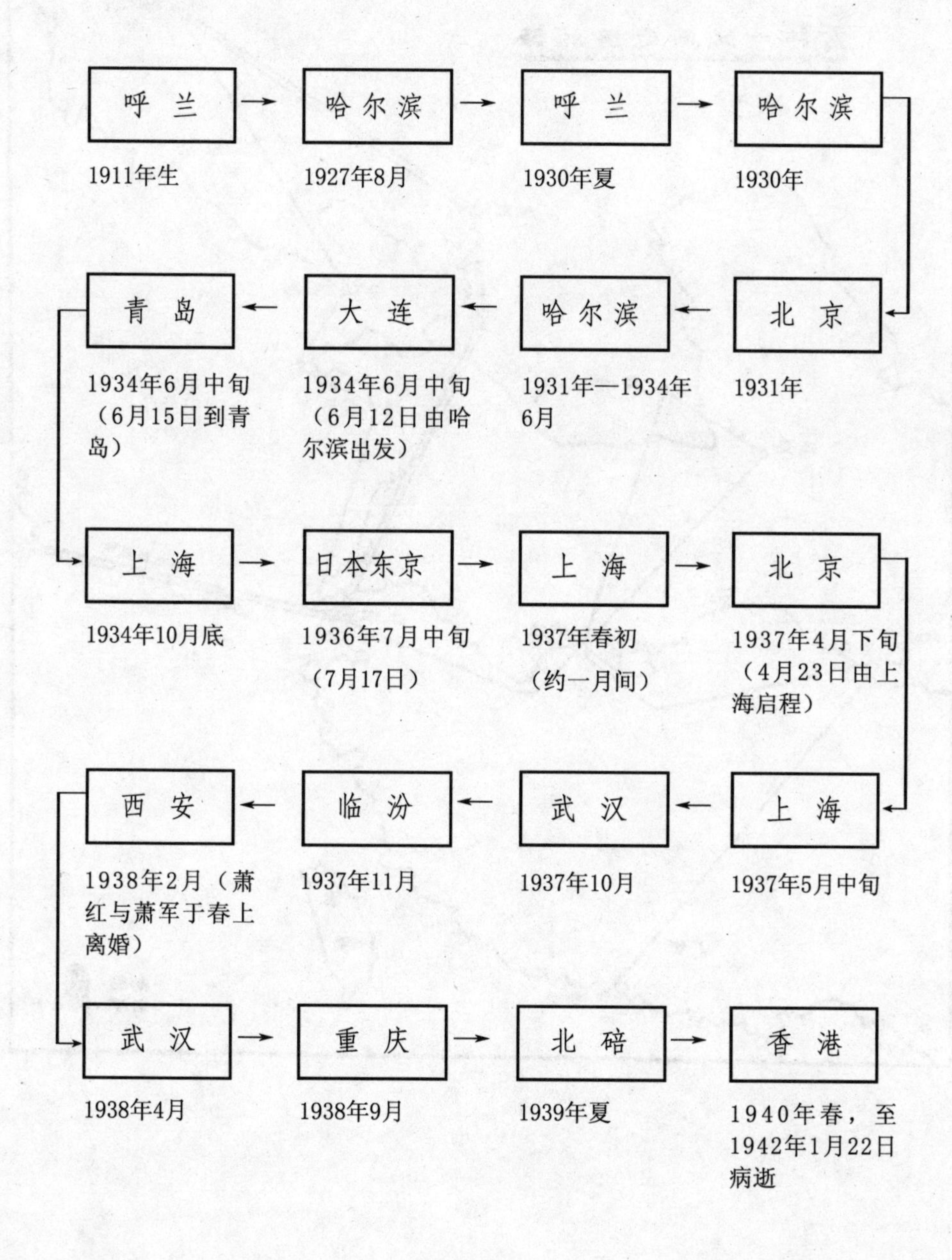

呼 兰
1911年生
哈尔滨
1927年8月
呼 兰
1930年夏
哈尔滨
1930年
北 京
1931年
哈尔滨
1931年—1934年6月
大 连
1934年6月中旬（6月12日由哈尔滨出发）
青 岛
1934年6月中旬（6月15日到青岛）
上 海
1934年10月底
日本东京
1936年7月中旬（7月17日）
上 海
1937年春初（约一月间）
北 京
1937年4月下旬（4月23日由上海启程）
上 海
1937年5月中旬
武 汉
1937年10月
临 汾
1937年11月
西 安
1938年2月（萧红与萧军于春上离婚）
武 汉
1938年4月
重 庆
1938年9月
北 碚
1939年夏
香 港
1940年春，至1942年1月22日病逝

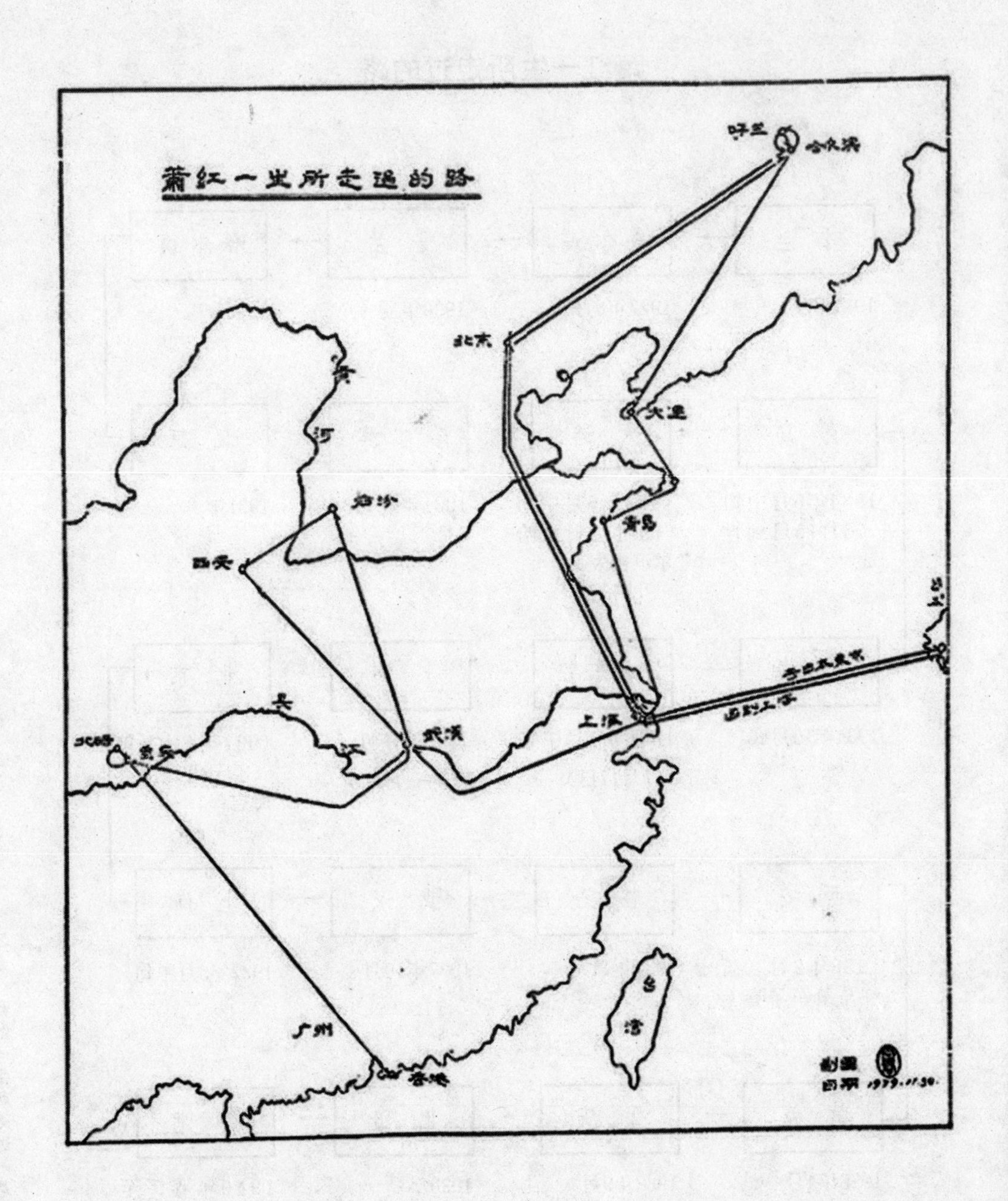
萧红一生所走过的路
呼兰
哈尔滨
北京
大连
黄
河
临汾
青岛
西安
长
江
武汉
上海
去日本东京
回到上海
北碚
重庆
广州
香港
台
湾
制图
1979.11.30.

本书所用参考资料

国内部分

一、萧军自传

《萧军自传》，作于一九三六年五月二十三日上海（未出版）。

《我的生涯》，连载于一九四七年哈尔滨鲁迅文化出版社出版的“文化报”。

《我的文学生涯简述》，作于一九七八年八月九日北京，载吉林大学学报一九七九年第五、第六期。

《我的生活简历年表》，作于一九七九年十月十二日北京（未出版）。

《萧军小传》，作于一九七九年六月七日北京（未出版）。

《萧军小传》，作于一九七九年七月五日北京（未出版）。

《萧军已发表著作年表》，一九七九年曹稚予、丁言昭、萧耘合编稿（未出版）。

二、悄吟、三郎合著

《跋涉》，一九三三年十月哈尔滨五日画报社出版。

三、萧军著

《鲁迅先生书信注释》，连载于一九四七年哈尔滨鲁迅文化生活出版社出版的“文化报”。

四、萧军著

《哈尔滨之歌》

之一——一九七九年六月二十六日作于北京（未出版）。

之二——一九七九年四月十一日作于北京，载一九七九年《哈尔滨文

艺》第八期。

之三——一九七九年四月二十九日作于北京（未出版）。

五、萧军著

《我们第一次应邀参加了鲁迅先生的宴会》，作于一九七九年三月三日北京，载一九七九年《人民文学》第五期。

六、萧军著

《在上海拉都路我们曾经住过的故址和三张画片》，作于一九七九年三月二十八日北京（未出版）。

七、《鲁迅书信集》（上、下卷）

一九七六年八月北京人民文学出版社第一版第一次印刷。

八、《鲁迅日记》（上、下卷）

一九五九年八月北京人民文学出版社第一版，一九七六年七月北京第四次印刷。

九、陈隄著

《走向生活第一课》，载一九七八年哈尔滨《北方文学》第十期。

《萧红的生平和创作》，载一九七九年八月呼兰师范学校《语文双月刊》创刊号。

《从青岛到上海》——萧红评传选载，载一九七九年九月十日哈尔滨黑龙江省文学研究所《文艺百家》创刊号。

十、蒋锡金著

《怀念萧红》（上、下册），一九七九年三月八日作（未出版）。

《读萧红遗简题书后》，载一九七九年《文艺百家》创刊号。

十一、邓立著

《萧军与萧红》，作于一九三八年六月十二日，载《新青年》。

《查报记录》，一九七九年夏（未出版）。

十二、骆宾基著

《萧红小传》，一九四七年九月上海建文书店版，萧耘一九七七年二月十九日手抄本。

十三、梅林著

《忆萧红》，载梅林《小说散文集》，上海文化生活出版社一九五四年十一月第一版第一次印刷。（此书承常君实同志借阅）

十四、王观泉著

《萧红研究倡议书——被人遗忘，不甘，不甘》，载“文艺动态”一九七九年四月二十九日第十四期。

十五、铁峰著

《从呼兰到哈尔滨》——萧红家世、早期生活和创作，载一九七九年《文艺百家》创刊号。

十六、方凌著

《萧红著作年表》，载吉林师大“函授教学”第四辑，一九七九年七月三十一日出版。

十七、丁言昭、萧耘著

《萧红生平年表》，一九七九年辑。

《萧红已出版著作目次年表》，一九七九年辑。

十八、萧耘著

《鲁迅题字的一张照片》——关于女作家萧红的一点史料，载一九七八年《哈尔滨文艺》第九期。

《鲁迅与奴隶社》，载一九七九年《文艺百家》创刊号。

海外部分

一、高畠穰（日本）

《萧红、萧军著作日文译本》，一九七九年十二月三日东京来信附录。

二、葛浩文（美国）

《萧红评传》，“文星丛刊”339，一九七九年九月香港文艺书屋初版。

《关外的乡土文学》，年代不详。

《谈萧红与鲁迅》，载一九七五年五月“抖擞月刊”第九期。

三、刘以鬯（香港）

《关于萧红》，年代不详。

四、陈宝珍（香港）

《萧红小说研究》，一九七九年（未出版）。

有关萧红研究的中外文著作资料

一、有关生平资料

1. 《烛心》，三郎（萧军）著，哈尔滨五日画报社，一九三三年十月出版的《跋涉》。

2. 《让他自己……》，田军（萧军）著，一九三六年十一月《作家》月刊二卷二期。

3. 《涓涓》，萧军著，一九三七年上海燎原书店初版。

4. 《未完成的构图》，萧军著，一九三六年十一月二十日“中流”第一卷第六期。

5. 《绿叶的故事》，萧军著，一九三六年十二月上海文化生活出版社初版。

6. 《邻居》，萧军著，一九三七年三月五日“中流”第一卷第十二期。

7. 《萧红一怒走东京，田军预备追踪前往》等三篇，杜君某著，一九三七年上海“千秋出版社”——《作家腻事》。

8. 《为了爱的缘故》，萧军著，一九三七年上海文化生活出版社——《十月十五日》。

9. 《萧军与萧红》，山丁（邓立）著，一九三八年载“新青年”——长春版。

10. 《陨落的星辰》——十二年来中国死难文化工作者，莫洛著，一九三九年上海人间书屋版，亦载香港一新书店翻版的《现代作家传略》。

11. 《侧面》，萧军著，一九四一年香港海燕书店版。

12. 《追忆萧红》，景宋（许广平）著，一九四六年七月一日《文艺复兴》一卷六期。

13. 《密林里的同伴》，孟钊著。

14. 《雪夜忆萧红》，高兰著。

15. 《悼萧红》（诗），左忆著。

16.《萧红的小说〈呼兰河传〉》，茅盾著。

以上四篇均载于一九四六年十二月六日“东北民报”纪念萧红专页。

17.《记萧红女士》，柳亚子著，一九四七年上海耕耘出版社出版的《怀旧集》。

18.《萧红小传》，骆宾基著，一九四七年上海建文书店，香港有翻印本。

19.《看见萧军忆萧红》，冷岩著，一九四七年十一月二十九日哈尔滨鲁迅文化出版社出版的《文化报》。

20.《鲁迅书简》，许广平编，一九四六年上海初版本，一九四八年六月十日再版本，一九六四年香港百新图书文具公司版。

21.《〈鲁迅先生书简〉选注》，萧军著，一九四八年哈尔滨鲁迅文化出版社出版的《文化报》。

22.《在西安》，聂绀弩著，一九四八年上海文化供应社版——《沉吟》，一九四八年十月创作书社初版本——《沉吟》。

23.《忆萧红》，梅林著，一九四八年上海版——《梅林文集》（香港 Lison Book Co.，一九五五年重版本），一九五四年十一月梅林《小说散文集》，上海文化生活出版社第一版。

24.《清明时节忆萧红》，冯瑜宁著，一九五五年香港文艺杂谈。

25.《萧红》，孙陵著，一九五五年高雄大业书店版——《文坛交游录》。

26.《忆萧红》，林莽（李辉英）著，一九五七年四月一日《热风》半月刊。

27.《萧红与端木》，智侣著，一九五七年八月二日香港《文汇报》。

28.《纪念萧红向党致敬》，端木蕻良著，一九五七年八月十五日《广州日报》。

29.《萧红》，季林（李辉英）著，一九五八年香港文学出版社——《中国作家剪影》。

30.《悼萧红与满红》，靳以著，一九五九年香港建文书局版——《靳以散文小说集》，又见一九七七年十二月香港中流出版社版——《靳以散文集》。

31.《鲁迅日记》，鲁迅著，一九五九年八月北京人民文学出版社版，一九七六年七月北京第四次印刷。

32.《萧红的错误婚姻》，孙陵著，一九六一年台北正中书局版——《浮世小品》。

33.《端木永做负心人》，孙陵著，一九六一年台北正中书局版——《浮世小品》。

34.《萧军的悲剧命运》，孙陵著，一九六一年台北正中书局版——《浮世小品》。

35.《关外来的萧红》，郭英著，一九七〇年五月二十二日香港《明报晚报》。

36.《饱受男性欺侮的萧红》，赵聪著，一九七〇年香港俊人书局版——《卅年代文坛点将录》。

37.《萧红逝世卅周年》，李辉英著，一九七二年一月十七日《星岛晚报》，一九七五年收入李辉英著《三言两语》。

38.《萧红与鲁迅》，舒年著，一九七三年六月二十七日《明报》。

39.《田军萧红往事》，某先生著，一九七三年六月二十七日《真报》。

40.《也谈萧红与鲁迅》，克亮著，一九七三年七月二日、三日《明报》。

41.《萧红谈鲁迅》，舒平著，一九七五年三月十日《大公报》。

42.《萧红的悲剧》，龙云灿著，一九七五年台北华欣文化事业中心——《三十年代左翼文坛现形录》。

43.《忆萧红》，丙公著，一九七五年三月十日《新晚报》。

44.《谈萧红与鲁迅》，葛浩文（美国 Howard Goldblatt）著，一九七五年五月《抖擞》九期。

45.《东北名作家萧军》，李立明著，一九七五年十月一日《中华月报》总第七二一期。

46.《女作家萧红》，李立明著，一九七五年十一月一日《中华月报》总第七二二期。

47.《忆萧红》，周鲸文著，一九七五年十二月《时代批评》总第四三三号，一九七六年二月二十六日《大任周刊》第二十三期。

48.《萧军与萧红》，玄默著，一九七六年台北长歌出版社版——《作家写作家》（胡品清编）。

49.《萧红小传》，萧军著，一九七六年一月十六日作于北京，未发表。

50.《端木蕻良小传》，李立明著，一九七六年二月二十六日香港《大任周刊》第二十三期。

51.《鲁迅书信集》（上、下册），鲁迅著，一九七六年八月北京人民文学出版社第一版第一次印刷。

52.《怀端木蕻良》，翁灵文著，一九七六年二月二十六日香港《大任周

刊》第二十三期。

53.《中国现代六百作家小传》，李立明著，一九七七年七月香港波文书局初版。

54.《萧红及萧红研究资料》——为纪念萧红女士逝世三十五周年而作，葛浩文原著，郑继宗译文，一九七七年七月《明报》月刊十二卷七期总一三九期。

55.《浅水湾畔埋芳骨——女作家萧红的一生》，薇薇著，一九七七年十二月《象牙塔外》二十一期。

56.《浣溪沙·浅水湾吊萧红墓》《红墓五首》，聂绀弩著，一九七八年人民文学出版社——《新文学史料》第一辑。

57.《现代中国文学运动》——《活的中国》附录一，尼姆·威尔士著，一九七八年人民文学出版社——《新文学史料》第一辑。

58.《悼萧红》二首，陈隄著，一九七八年《北方文学》第九期。

59.《走向生活第一课》——记萧红之一，一九七八年《北方文学》第十期。

60.《中国文学家辞典》——现代第一分册，北京语言学院一九七八年九月征求意见稿。

61.《生死场》重版前记，萧军著，一九七八年十二月二十六日于北京。

62.《漫谈萧红与美术》，刘树声著，一九七九年《哈尔滨文艺》。

63.《萧红书简辑存注释录》，萧军著，一九七九年《新文学史料》2—5期。

64.《鲁迅先生书简注释及其他》，萧军著，一九七九年开始陆续发表于各报刊。

65.《鲁迅与萧红》，丁言昭著，一九七九年二月爱辉县教师进修学校——《读点鲁迅》第三辑。

66.《访萧军》，王扶著，一九七九年《出版工作》第四期。

67.《萧军现在怎么样了？》，华蓉著，一九七九年三月《动向》月刊。

68.《鲁迅题字的一张照片》——关于女作家萧红的一点史料，萧耘著，一九七九年《哈尔滨文艺》第四期。

69.《黑龙江省文研所召开开展萧红研究工作座谈会》并附王观泉《萧红研究倡议书——被人遗忘，不甘，不甘》，一九七九年四月二十九日“文艺动态”第十四期。

70.《鲁迅纪念集》，鲁迅纪念委员会，一九三七年十月上海版，一九七九年香港波文书局版。

71.《我们第一次应邀参加了鲁迅先生的宴会》，萧军著，一九七九年《人民文学》第五期。

72.《在上海拉都路我们曾住过的故址和三张画片》，萧军著，一九七九年五月二十八日作于北京，未发表。

73.《萧红生平年表》《萧红已出版著作目次年表》，丁言昭、萧耘著，一九七九年辑，未发表。

74.《中国现代作家传略》第三辑，徐州师范学院，一九七九年六月徐州版。

75.《萧红著作年表》，方凌著，一九七九年七月三十一日吉林师大函授教学第四辑。

76.《哈尔滨之歌》之二，萧军著，一九七九年《哈尔滨文艺》第八期。

77.《寄病中悄悄》（诗），萧军著，一九七九年八月呼兰《语文双月刊》创刊号。

78.《梦祭红姨》，萧耘著，一九七九年八月呼兰《语文双月刊》创刊号。

79.《已出版的萧红单行本著作》，呼兰《语文双月刊》编辑部。

80.《重读〈呼兰河传〉回忆姐姐萧红》，张秀珂著，一九七九年《海燕》第五期旅大日报社版。

81.《鲁迅与萧红》，姜德明著，一九七九年人民文学出版社——《新文学史料》第四辑。

82.《读萧红遗简题书后》，蒋锡金著。

83.《从青岛到上海》——《萧红评传》选载，陈隄著。

84.《从呼兰到哈尔滨》——萧红家世及早期生活和创作，铁峰著。

85.《生死场》版本考，丁言昭著。

86.《鲁迅与奴隶社》，萧耘著。

以上五篇均载一九七九年九月十日《文艺百家》创刊号。

87.《关于萧红》，刘以鬯著（写作年代及所载刊物不详）。

以下数篇忆念萧红的文章，至今未查到出处：

罗荪《忆萧红》、苏菲《忆萧红》、绿川英子《忆萧红》、柳无垢《悼萧红》、文若《失题》、丁玲《风雨中忆萧红》

二、有关善后事资料

1.《延安文艺界追悼女作家萧红》，一九四二年五月三日《解放日报》。

2.《萧红墓近况》，陈凡著，一九五六年十二月六日《人民日报》。

3.《关于萧红女士的事情》，叶灵凤著，一九五七年三月九日《文汇报》。

4.《花开时节忆萧红》，阿甲著，一九五七年七月《乡土》半月刊。

5.《萧红墓发掘始末记》，叶灵凤著，一九五七年八月三日《文汇报》。

6.《送萧红骨灰内返》，陈凡著，一九五七年八月三日《文汇报》。

7.《寂寞滩头十五年》，叶灵凤著，一九五七年九月一日《文艺世纪》。

8.《送别萧红骨灰归来后》，李阳著，一九五七年九月一日《乡土》。

9.《萧红骨灰迁葬记》，辛文芷著，一九五七年九月一日《乡土》。

10.《从萧红墓将夷为平地说起》，李辉英著，一九六一年香港中南出版社版——《李辉英散文集》。

11.《银河公墓有萧红》，林泉著，一九六五年十二月十五日《大公报》。

12.《萧红墓究在何处？》，一九七二年七月十六日《南北极》。

13.《萧红迁葬十六年》，叶德星著，一九七三年六月十六日《明报》。

14.《端木诗，柳文，萧红》，丝韦著，一九七四年二月六日《新晚报》。

15.《关于萧红骨灰迁葬》，侣伦著，一九七九年二月十六日《大公报》。

三、有关著作评论资料

1.《论萧红》，石怀池著，一九四五年上海耕耘出版社——《石怀池文学论文集》。

2.《满洲新文学史料》，王秋莹著，一九四五年十二月二十日开明图书公司。

3.《东北作家群像》——沦陷时期，左忆著，一九四六年十一月二十八日、三十日、十二月四日《东北民报》。

4.《中国新文学史稿》，王瑶著，一九五三年七月上海新文艺出版社。

5.《谈抗战文艺的风格——兼论萧红的小说》，曹聚仁著，一九五七年八月三日《文汇报》。

6.《谈生死场小感》，双翼著，一九五七年八月三日《文汇报》。

7.《马伯乐往何处去？》，阮郎著，一九五七年八月三日《文汇报》。

8.《中国现代文学史》（下册），上海复旦大学中文系，一九六〇年上海中华书局。

9.《呼兰河传》序，茅盾著，一九五八年十二月北京人民文学出版社——《萧红选集》，一九六一年北京人民文学出版社版——《茅盾文集》卷。

10.《萧红三部》，舒年著，一九七〇年四月十日、十七日、二十四日《中报周刊》。

11.《论萧红及其作品》，许定铭著，一九七二年八月《文坛》329号。

12.《回忆鲁迅先生》，黄俊东著，一九七三年香港《书话集》。

13.《来自呼兰河畔的萧红》，余惠著，一九七六年二月《海洋文艺》三卷二期。

14.《一本失落的书》，葛浩文著，一九七六年四月二十九日《明报》。

15.《萧红的‘马伯乐’续稿》，刘以鬯著，一九七七年十二月《明报》月刊十二卷十二期。

16.《萧红短篇中的几个女性：谈‘小城三月’等的几个人物塑造》，也斯著，一九七七年十二月《象牙塔外》二十一期。

17.《周鲸文先生谈端木蕻良》，刘以鬯著，一九七七年香港世界出版社版——《端木蕻良论》。

18.《萧红论》，赵凤翔著，一九七九年第一期开封师院学报——社科版。

19.《萧红的早期文学创作》，陈隄著，一九七九年二月号《黑龙江大学学报》。

20.《崇高的敬意，深切的怀念》——读萧红《回忆鲁迅先生》札记，一九七九年四月《教学与研究》第二期。

21.《萧红，和她的‘呼兰河传’》，蒋锡金著，一九七九年《长春》第五期。

22.《萧红的生平和创作》，陈隄著，一九七九年九月十日《文艺百家》。

23.《关外的乡土文学》，葛浩文著，写作及发表年代不详。

24.《萧红评传》，葛浩文原著，郑继宗译文，一九七九年九月香港文艺书屋初版。

25.《萧红小说研究》，陈宝珍著，未发表。

26.《呼兰河传》后记，骆宾基著，一九七九年《北方文学》第十期。

四、有关外文译著资料

A. English articles and translations
（by date of publications）

1. Wales, Nym, "The modern Chinese Literary movement", in Snow Edgar living China (London, 1936) . pp. 335—359.

2. Jen,Richard L,tr."Hands"(手)Tien Hsia Monthly. No. 4,1937. pp. 498—514.

3. Chia Wu and Nym Walestr,"A Night in a Stable"(马房之夜),Asia Magazine. September.1941.pp.487—489.

4. Smedley,Agnes Battle Hymn of China(New YorK.1943).pp.524—525.

5. Yang Gladys,tr."Hands"(手)Chinese Literature.No.8,1959.pp.36—52.

6. Shapiro,Sidney,tr."Spring in a Small Town"(小城三月),Chinese Literature. No.8,1961.pp.59—82.

7.Yang,Gladys,tr."Harelip Feng"(冯歪嘴子),Chinese Literature.No.2,1963.pp.3—24.

8. Mao Tun(Shen Yen-ping)"Preface to Hulan River"(呼兰河传),Chinese Literature.No.2,1963.pp.26—32.

9. Chen Gharles H.H.A Biographical and Bibliographlical Dictionary of Chinese Authors(Hanover N.H.1971),p.25.

10. Howard Goldblatt.Hsiao Hung(Boston.1976).

11.Howard Goldblatt.tr."On the Oxcart"(牛车上).ASPAC Quarterly,Vol.7 No.4,1976.pp.56—64.

12. Howard Goldblatt and Ellen Yenng"The Field of life and Death"(生死场)and Howard Goldblatt"Tales of Hulan River"(呼兰河传)two books in one volume(Bloomington,1979).

13. Howard Goldblatt,"Hands"(手)and"Family Qutsider"(家族以外的人)will be included in An Anthology of Modern Chinese short stories and Norellas,edited by C.T.Hsia.Joseph Lau and Leo Lee to be published by Columbia University Press in 1980.

B. 日文

1. 鹿地亘："萧军と（与）萧红""中国现代文学选集月报"八期，东京一九六二年九月五日，一至三页。

2. 立间祥介："萧红について"（关于萧红）"中国の（的）革命こ（与）文学"第五册，东京，一九七二年，第三六七至三七五页。

注：在辑录过程中曾参考了葛浩文、陈宝珍等各家的有关资料。

（萧耘 辑录）

太平洋战争爆发之后

——“我的回忆”

骆宾基

太平洋战争爆发之后，萧红正处于惶惑不安的情绪中，稍晚于她的一个同代东北作家C君，在战争爆发的当天早上，也就是正当敌机开始轰炸不久，就从九龙太子道的路底森马实道寓所，搭×路巴士来到太子道另一端的乐道萧红寓所。原他想共作避难的计议。如果远离市区都到农村去，那么他们可以相依为邻。因为萧红卧床不起，在战争中是需要人照顾的。决定之后，C君再回自己的寓所收拾东西，必要时自然要带着那个广东“阿妹”共搭伙食。萧红与她的同居者T君，对于C君的来访，正是求之不得。因为T君正想去香港与有关友人作去留计议，而萧红旁边正需要有人照料。不管是去香港还是留在九龙的大青山农村，必得协助病者重新安顿下来，C君才能回森马实道，去搬取自己的东西。

等屋内只有两人的时候，萧红就要C君伸出手来，说是自己过于疲倦了——仿佛在C君来访之前，由于敌机轰炸、战争突然爆发而带来的不安过于猛烈了，又仿佛两位同居者之间发生过什么意见分歧，引起过激动的争论。总之，她显然是过于劳累了！要闭闭眼，要“眯”一会儿，打个盹，但必须要抓住身旁人的手，很怕身旁的人在自己睡着后就突然会悄悄溜掉似的，仿佛在战争中任什么朋友都不可信任，只有手握着手才牢靠似的。她说：“这样，我的心里就踏实一些！”这是闭着眼，自语般说的。C君就感到她的极度疲劳，是由于战争带来的惶惑感，或者她是有些神经过敏。因之为了宽慰她，说些“有我们在，你就放心好了！怎么样也不会丢下你不管呀！”之类的话。

C君是萧红的同母弟张秀珂的朋友，他们是一九三七年在上海法租界美华里相识，又是同乡，又是伴搭伴的年纪，都小于萧红五、六岁。因而热情有余，阅世不深。他在这时候哪里会知道轻出诺言是要付出意想不到的代价的，就是在四十年后的今天，由此还产生了不少真伪相混的若干报刊“史料”与鄙俗的传闻。

不久，国民党的左派元老之一的柳亚子敲门来访了！在《萧红小传》中作者已有记载，就不须再作复笔引述了。在这里须要补充的是柳亚子先生和病者谈话将结束，T君也归来了，但仍然嘱C不要走，在T君陪送访者走出以后，萧红曾作过这样的解释，她并不是怕死，而是怕朋友们各自逃生，呼人无应声，喝水无人取，自己站又不稳，坐又坐不住。这样的死，岂不可怕，也实在不值得！

C君认为不需要向自己解释，不需要为此而耗费精神，但病者是滔滔不绝的，简直不容对方开口，正如刚才的来客不容她再开口，尽自要陈述自己的战争观以壮听者的肝胆一样。

最后C君只得又说："你一定不要这样想，T也不会那么自私，自私到会在战争丢下你，尽自一人跑掉！而且还有我们呢？如果他真的掷下你，独自一人跑掉了，那我们也不让呀！"这里所说的我们，自然是泛指在港的以茅盾、夏衍两先生为首的文艺界的朋友们。

晚上T君才回来，首先要大家很好地休息，得等候夜深人静才偷渡海峡。这时不但港九之间的公共渡船停驶了，就是街上所有的公共汽车、电车也停驶了。港九都已实行灯火管制，窗外的街道都已沉浸在暮色苍茫之中。拉开遮光的窗帏，才能点燃蜡烛。虽然在地板上铺了毯子，C君几乎是坐守到夜半。

据说，偷渡海峡的渔船，是东北救亡协会香港分会的负责人于毅夫同志为这三位东北作家准备的，因为海峡在夜间戒严，要封锁海峡之间交通的。C君所以必须留下来，是由于病人不能动。下楼、上车，还有到了尖沙咀对面的码头换坐穿越封锁线的小划子，都需要人双臂托着上下。既然C君有言在先，不管自己的私务还急切地要等待赶回去料理，也不管心里是怎样焦灼不安，只得耐心地等待履行自己宽慰病人时所作的诺言。因为床下有席地而坐的两个人在侧，萧红自然是安心的在夜深之后睡着了。

下半夜两三点钟之后，也就是十二月九日黎明之前，三人按夜晚的协议，即病人由C君护理，T君体弱，就提着随身的包裹与暖水瓶之类，终于由两辆三轮车载到汽轮码头之侧那个约定的地点，遂登上了早已在那守候着的小划子。夜是静悄悄的，两岸暗无灯火，完全像死寂的荒山野岭一般。而且三个乘客与划船人之间，不交一语，仿佛船上什么生物也没有。木浆的划水声也很轻，仿佛这小渔船是缓慢地随着海浪飘动着，随着风飘动着，是只空船一样。因为是穿越封锁线，自然三人在沉寂中都感到一种战争的紧张气息。

终于在黑暗的尖沙咀码头附近，三人安然地悄悄登岸了。

究竟是由"时代书店"的职员伊君的热情协助，雇了两人抬的躺椅作担架，送萧红到半山间的前东北大学校长周鲸文的别墅式寓所，还是就由伊君找到的书店职工抬的自备躺椅式担架，当事人C君已经记忆不切了。原因是C君已经认为只身追随在担架之后去护送已经没有必要，以为可以脱身了。反正"时代书店"

有人作护送就可以信赖了。因而未对这些事务作什么考虑，相反却考虑着九龙方面自己寓所的情况，为自己做家务的广东女佣人“阿妹”是不是还在厨房里忙碌着，等待他归去……但萧红不同意C君在她还未确定她的安身之处就离开，只有到达周宅，作了稳妥的安顿之后，才能让他回九龙。一离开市区，在郊外的山坡柏油马路上，从海滩一角传来的枪声就十分响亮，而且有些震耳了！显然为山峦所遮挡住的海滩附近，有日敌的陆战队在进攻，机枪声仿佛是从峰岭之巅上往下射击的，因而是近在咫尺一般，路经茅盾先生寓居的山坡，C君立刻想到他们夫妇的安全。作为对自己多方资助过的前辈，就是有意外的风险，C君认为也是应该作次探望的。萧红在躺椅式的担架上，慨然同意，并嘱C代她向茅公夫妇致意、问候。

等C君从茅公夫妇寓所吃过午饭赶到前东北大学校长周鲸文的山间寓所的时候，岂知萧红仍然躺在客厅的长沙发上，急急告诉来者：“这里不能住，都要到市区去，你还不能走——不管有谁在我旁边，你不能走。你得把我安置妥当，再离开，好么？那你是答应了？那么你说说，茅公夫妇好么？他们也都捆好东西准备往市区搬呵！知道他们住的地方么？”

“他们还不知道，得搬过去以后才知道。”

“谁帮助他们搬家呢？”

“东西很简单，都捆扎好了！以群约定午后坐车去接他们，因为知道你在病中需要帮手，就要我回来帮你先安顿下来，以后到市区再联系！”

他们哪里会想到一迁再迁，哪里还会找到联系的地点，从此C君就和茅公失去了联络，无从闻问了！

在周宅豪华的客厅里，一切平日人们过往之间的文雅而悠悠自如的神色与仪态都不见了，来往的人们都是急匆匆的，现着紧张而严肃的眼光。没有事务相关，就是偶然在这里相遇，都连招呼也不打了，仿佛已经丧失了一般来往相互寒暄的心情，一切都由于战争的爆发而简便化了。漂亮的女主人甚至于连眉毛也未画、口红也未涂就惹人注目的出现在客人们面前。谈话都是匆匆忙忙，而且简单、急促，仿佛远在九龙海滩的日本登陆艇或从日本军舰上发出的炮火能顺着人们在客厅的谈话声跟踪追击似的，仿佛这座半山腰的别墅，已经在敌人的登陆部队的望远镜监视之下，军舰上有什么无线电的探测谈话的装置似的。自然主人夫妇都对病中的萧红表示了应有的关切。很久以后C君才知道，就在九日的当天，所有“时代书店”的职员已经都领到三百元港币的遣散费，以便在战争期中各自安排各自的生活出路，所有这些都是C君来到之前都已办理结束了，仿佛C君与萧红谈话时，餐间里的客人与主人已经商量定了关于萧红的安排。

这个决定是萧红可以住到市区一角的铜锣湾的某公寓里去，这公寓有一位东北寓公何某租的一个房间。他是张学良西安时代某驻军的参谋长，有着少将的军衔，现在把自己的房间，据说是慨然地转让给这位病中的东北著名女作家了。因之，C君必得待萧红在铜锣湾某公寓安顿下来之后，才能回九龙，但届时是不是还能赶上末班的轮渡，又是一个问题。如果是在夜间，自然又需雇私家渔划子偷渡宣布戒严的封锁线了。C君焦灼不安的心理，读者是可以想象到的。因之，究竟是怎样到达的铜锣湾，他现在已经全然不记得了，可见这个轻于然诺的青年作家的注意力，当时与周围是怎样完全脱节了！显然在去铜锣湾的路上，他所想的，完全是关于港九之间的公共轮渡，以及入夜之后再次偷越海峡的风险，自然想到的还有他的那个年轻的广东女佣人 “阿妹”，在森马实道寓所守候主人归来的情景……因之，他是恍恍惚惚地来到了香港市区一角的铜锣湾某公寓，甬道是木板构成的，点着蜡，闪闪发光。萧红住的房间早已腾空，似乎并未打扫，但却是洁净无尘，唯一未经消除的标志，是墙角有五、六件待洗的男衬衫仍然堆积在那里，而且都是只穿过一、两天那样洁白，说明那个迁走的少将衔东北军官的生活是多么阔绰。等待公寓的女侍役来室内灌满开水瓶而年老的女杂役把那五、六件待洗的男衬衫一起抱走，并向卧在床上的女客人致谢，轻轻关上门以后，C君仍然不能离开。

“你坐到这里来！”萧红宽慰般地说，“抽支烟哪！先歇歇，等T回来了，你再走，好么？”

“好！我是要等他回来！”

T君是购买应该储存的食物去了！大米、挂面、面包、黄油、腊肠、奶粉，总之，如果战争继续一周之后，谁也难料在市区会发生什么变化，而且市内的汇丰银行已经关门了。据说银行门前挤兑之风，已经转为市场方面的食用物资的抢购了！

“总算安顿下来了！”萧红神色舒畅地说，“这两天一夜，你也够累的了！坐下来，喝口水！”

“坐不住呀！”

天还未黑，T君终于背着一个装满吃食的旅行袋回来了！但C君仍然不能走，事情又发生了意外的变化……萧红不同意独自在这并无保证的公寓里留下来，C君是站在萧红这一方的。如果发生巷战或轰炸的危险，公寓里的所有寓客、侍役、经理、杂役之类人员必然要逃避一空，那时会有谁来照顾这个没有亲友在侧的病人，T君只好答应同迁市区中心的思豪大酒店。于是三人乘坐一辆黑色的“的士”在黄昏之前到达了思豪大酒店。这里的房间原是张学良将军之弟张学铭

先生预订的。据说，是在知道萧红拒绝独自留在铜锣湾某公寓之后，又转让给病者的。在这里表现了这位早已退休的东北将领对于自己家乡的流亡作家的尊重。

在铜锣湾三人协商当中，虽然并没有发生以后那样尖锐的争执和对立，但由于C君支持萧红，在三人的友情关系上发生了明显的有所偏重的变化。可以说，C君从此才开始对于T君真正的有所认识。

在思豪大酒店五楼订的房间是很大的，大到可以容纳一、二十人在房间里开会。因而C君和萧红两个人，最初感到大得不适用，大得空空荡荡。待到萧红被安置在有床帏架却无床帏的床上之后，被安置的人却并不安适。房间虽然有防空的黑布红里窗帏，虽然有电灯、有电话，但桌子上没有台布，沙发上没有罩布，木椅子上没有坐垫，台灯上撤去了灯罩，任什么东西都是赤裸裸地现出它们那早已陈旧不堪的外表，尤其是床周围的铜栏杆柱，因为失去了床帏的衬饰而更显得斑锈点点，简直是古董店的陈列品一般。是由于战争的关系么？既不见大酒店的经理人员，也不见白制服的侍役出观，仿佛酒店处于无人值班管理的状态。这就是战争呀！不但听到，还处处感觉到。

自然，T君归来之后，会作适当解释，以慰病者的惶惑不安的情绪。但T君究竟在楼底下办理什么手续呢？久久不见上来。C君是要等待他上来之后，起身告别的。到了这里，自然是没有交通将来被切断(如居铜锣湾公寓那样有与市中心的朋友们失去联系)之危。在C君来说，是为病者舒出一口气，也感到自己两天一夜的奔波总算有了着落。如果顺利，晚上在海边找到私渡海峡的小划子，当夜他就可以乘九龙码头上暗地活动的私人出租汽车回到森马实道与在悬念中守候寓所的“阿妹”见面了，就会把稿子带回来，衣物带出来。但T君久久未来。在苍茫的暮色中，在五楼的走廊口C君迎见的却是大公报记者杨刚女士。她是特意来专访萧红的。C君说：“她在房间里，请进！”就打开门带领访者走到萧红的身侧，她们是早就相识的老友，不需第三者作介绍，C君就留下她们两人谈话，自己重又回到走廊口外，守候T君的归来。

显然他是越来越焦急。听着辽远的海滩上传来的炮火声，望着从油麻地油库上空升腾起来的两股浓烟横越海峡上空，缓缓飘展着，他哪里知道护理病者的责任会占据了他整整两天一夜的时间，更想不到那个人已经是不告而别了！

等到杨刚走后，C到萧红床侧，问及是不是自己还必须要在这里等T归来，才能离去。她要对方坐下来。显然与来访者谈话，有过激动，现在她有些疲倦，而见脸色越加苍白、阴暗，与迁进铜锣湾那个公寓的欣慰神色全然不同。她说：“T君是不再来了！”又说，“我们从此分手，各走各的了！”

“这是为什么？”

“他要‘突围’……”

C君当时确乎吃惊得有些呆然了！这岂不是要在战争中脱身自逃，把护理病者的责任变相地强加在作为并非深交的朋友肩上么？C君当然是没有这种精神准备的，实在来君豪大酒店之前，T君背负着口袋安置在萧红住室的一角，悄悄唤出C君做密谈的时候，C君是没有想到会到这一步的！这样，对C君来说，却是完全出于意料之外的。

在友情方面来说，C君除了对病者在艺术创造上的富有才华的贡献怀着尊崇之情外，也由于自己的长篇小说的标题画，是出于病者之手，且在标题画中显出那样的非凡的笔力——从几棵接近成熟的高粱棵，就可以看出只有东北肥沃的土地上才能生长出这样的叶阔杆壮的庄稼。只三五棵就使你感到是高粱如林——而钦佩，因而C君在危难之始，为了保证她安然抵达香港，竟自暂时弃置了自己的家务于不顾，而首先协助他的同时代的同乡女战友在香港安顿下来。这种“牺牲”是有限度的。一天当中连移三处，这也是迫不得已的。但现在，他必须要抢时间，在日本侵略军的海军陆战队还未占领九龙市区之前，赶回森马实道自己的寓所里去。而且战争已经进行了两天一夜，他认为再也不能延迟时间了。不列颠帝国有限的几千人组成的部队，是绝对不能长期守住这个海峡两侧的英国租借地的！

因之C君坚持自己必须偷渡，必须回九龙去取稿子。回头，再来思豪大酒店探望她。在双力争执中，病人突然转过脸去，显然是在避开什么——不愿为对方见到自己的眼泪。

“难道一个处于病中的朋友，她的生命就不及你的那些衣物珍贵？”

“当然不是这样的！”C君低声辩解，“朋友的生命我是珍贵的，正像看待我自己生命一样的珍贵。但，我在桂林桐油灯底下写的那些稿子，我是比自己的生命还珍贵的！”

“那你尽管去好了！”

“当然我会连夜赶回来，我绝不会把您摆在这里，就此不管了！”

“那就很难说了！”

“怎么很难说呢？”C君断然地说，“绝对不会！”

“你听着！在这里坐下来——我现在是以一个对于中国现代文学有过贡献(且不管它是大是小吧)，这样一个作家的身份，向你，就不要说是我弟弟秀珂的朋友吧！是向另一个东北的流亡作家谈话。我们都是在艺术上追求真、善、美的，都讲究精神世界的崇高，灵魂如何如何，难道这仅是在文字上的东西么？难道在现实生活中，就是两码子事，战争一来……”

“不能这样说，当然在现实生活中，我们也应该像在艺术上的追求，但不能说，我回九龙去一趟，就是把您掷在这里，从此不管了……”

“你听我说，好么？你想，你真的能说回来就回来么？这是战争呀！你听炮声这么激烈，你知道，九龙现在是怎么样了？尤其是你住得离码头又那么远，坐巴士要走二、三十分钟，是太子道路底呀！那里是不是已经在巷战了？你怎么能冒这个险呢？”

总之，萧红从为自己的未来命运担心，转移到为C君的只身去九龙的命运而担心了！正如许广平先生在《追忆萧红》一文中所说，而笔者也曾引用过的：

“萧红先生是自身置之度外的为朋友奔走，超乎利害的正义感弥漫着她的心头。在这里我们看见她却并不软弱，而益见其坚毅不拔。”

实际这也是东北左翼知识分子的特点。

他们的谈话归结到底，还是病人身旁无人，C君是不能就此离开的。哪怕仅仅是一夜之间，他也必须找人代替自己，哪怕是留在思豪大酒店值一个下半夜的班也可以。但这个大酒店里此时见不到五楼有值夜班的白衣侍者。他又想，就是有侍者值夜班，也是不能信任的，因为这是战争时期，说不定哪时哪刻，市区就要受到大轰炸，说不定哪时哪刻全酒店的寓客包括白衣侍者和楼下的管事人都会一逃而空。但，如果九日当夜再不回返九龙，说不定次日一早，九龙整个市区就会发生巷战，港九防线迟早必然崩溃，谁都明白，这仅是时间问题。

“那么战争过去以后，你一个人打算怎办呢？”C问，“回内地，还是去延安呢？”

“到上海。只要把我安排到许先生旁边就可以不用你操心了！这只是一两个礼拜之内的事情！”

是的，反正战争不会坚持多久了！因为美国驻军根本没有后援和弹药的补充。C君终于慨然担负起在整个战争中要与病人同生死共命运的护理责任，这是以鲁迅为主帅的革命营垒中的战友之间的崇高义务，是任何一个流亡南方的真正的左翼东北作家处于这样一种状态下都是不会推卸的。是的，……在革命作家阵营里，却也并非都是全部如此的呀。自然，这个与病者患难相共的诺言，在萧红来说，是无限欣慰的。两只敏感的大眼睛立刻现出胜利者的喜悦光辉，并以大姐的姿态要他坐到床侧，说，她早已知道，他是不会把她丢开不管的。两人的友情由此顿然转入亲切无间的阶段，仿佛是姊弟般那么坦率，战友般亲切，少男、少女一般天真、纯洁。

于是C君开始说，为什么你和萧军离开呢？为什么又……呢？你和萧军是共同从哈尔滨流亡关内的患难夫妻呀！

萧红说："这是两回事，和萧军是另一回事，各不相干的。我们是早已经不能一起相处了！"

是在九日当晚，就谈到"八·一三"上海抗战之前夕，她就曾经私自从家庭里出走，背着萧军和周围的朋友，在吕班路附近犹太人开的一所私立画院里报了名，而且作了画院的寄宿生；还是以后谈的？C君在历经四十年的坎坷奇突的人生路程之后，是记不那么确切了。但从九日晚上开始，直到十天左右再迁皇后大道背后一条街上的二楼民房，直到香港沦陷，三迁时代书店职工宿舍，是一个月有零的谈吐自如的"对话"。这完全是置战争与尘事于思考及注意之外的童话般的生活，像处于万里沙漠中的一所绿洲一般，不但谈及她的少女时期的初恋；谈及她第一次随着自己的情人去北平，坐火车的心情与充满憧憬的幸福感，谈及在北平一个胡同的小院里突然发现站在那李姓青年面前的却是他的"真正的妻子"，而立即提起皮箱昂然地只身一人离开的忿然情绪；谈及当时心想，"真是笑话，我又不是到北平和你争男人来的！"也谈及在哈尔滨市立第一医院生过孩子，不能交费出院而受到院方的债主式冷视，甚至患了重感冒而主治医生也不加闻问。因为她欠着他们的住院费，分文未付！这样就激起了萧军的愤慨，去亲自找那主治医生，声称："如果我的病人出了问题，我不但要宰了你，也要杀掉你全家！"以致那个胆怯的主治医生不得不收起了傲然之态，乖乖地丢下手里的棋子，去给她打针；而且为了能在病人的丈夫面前很快显出效果，竟例外的用了珍贵的国外进口的针剂。萧红回述这种关于过去的往事，不仅仅是意欲说明作为丈夫的萧军，当时是怎样爱护自己，也反映了她对萧军的默默的遥远的怀念！（但她却避开了或疏忽了在与萧军一九三二年秋，第一次于道外那个二层楼的旅馆相遇时，已经是个待产的孕妇这一情节，以致很长一段时间为C君误为在哈尔滨第一医院所生的孩子是萧军之女，根本不知在萧军之前还有一个汪某，即萧红那个在呼兰有名的地主家庭为之包办婚姻所订的未婚夫。结果在《萧红小传》关于这次生产的年代就出现了一笔差误，误为与萧军婚后的一九三三年冬天的事了。）

自然也谈及萧军作为丈夫的自傲，仿佛妻子只能依属于丈夫，而丈夫总该是妻子的"庇护人"。因之，萧红时时要摆脱这种处于家庭从属者的地位，尤其是在两人之间又出现了第三者之后。

但她仅仅开始了两三天的私立画院寄宿生的独立而自主的生活，就由于一九三七年七月的抗日战争开始而结束了。大敌当前，任什么家庭之间的爱情呀！诗呀！艺术呀！都在民族危亡之秋失去了它们以往的光泽和价值。

因而当两萧在哈尔滨时期的患难相偕相助的友人S终于找到这家私立画院，而画院主人听说这个寄宿女生原有丈夫，而且未得丈夫同意、私自从家庭出走

的，自然就拒绝或不敢再留她在画院里寄宿了！而她也不再坚持离开那个处于从属地位的家庭独自出走了！她是带着一种为人所“俘”的情绪暂时回来了。

在西安与自己的丈夫萧军分手时，萧红在自述中，对C君谈得也比较细致。说，萧军在西北战地服务团驻在地的院子里，和出迎丁玲、聂绀弩的萧红见面之后，很快就同意两人从此分手了！并且再也不给他单独谈话的机会，因为她该要向他说的已经说过了，并且两人在单独对话时她还警告过对方：“你若是还尊重我，那么对T也该尊重。我只有这一句话，别的不要谈了！”

但萧军事后，还是有许多话要向她谈的，但后者有意避开两人再次单独谈话的机会，坚持：“谈什么都可以，就是不能我们单独两个人！”最后，当萧军讨取以前托她代为保存的一些友人信件的时候，前者终于获得了这个机会。

当她走进储存室之后，萧军却抢先一步坐到积存信件的那口属于萧红所有的木箱子盖上，阻止她先打箱盖取信，显然想在分手后再单独说几句话。

“我不听！若是你要谈话，我就走！”萧红说得坚定而且果真不听一句就匆匆走出来了！并且也注意到那些三三两两站在院子里用遥远注视的目光，注视两人一先一后神色冷峻地走出来，而现出的失望神情，多么美好天真的愿望呀！两萧永远分离的命运是从此已经这么定下来了！

而最后一次，当天色已晚，暮气苍茫，两萧与T三人散步路过莲湖公园时，萧红提议进公园去走走！萧军认为天已这般晚了，还进去玩什么？公园确实是寂无人迹了！但萧红全然不听，坚持要去。

“要去你一个人去！”

“T！你跟我来！”

“你不能去！”

萧红以为，他当是我一个人在这夜色茫茫而又旷寂无人的树木深处会害怕么？尽自一人走进去了，却不想未走多远就听见背后传来属于萧军所有的健壮有力的脚步声，她就立即离开林荫道在一棵大树背后隐藏起来。终于再次躲开了单独谈话的机会！

萧红当然在自述这段往事时，现着孩子般的天真，她仿佛从未想到在这种捉迷藏式的追逐中，反映着追踪者对于曾经与自己度过六年之久颠沛流离的患难生活的伴侣，所怀有的一种深情与特有的一种钟爱。而给C君印象最深的，却是她在回忆中时时流露的一种分手之后的独立自主的昂扬情绪，仿佛从此摆脱了从属于对方的地位就是个人的自由与解放，就是不屈的意志获得了胜利了。

因之在叙述萧军“要去你一个人去！”又对另一个人说“你不能去！”使听者感到这种仍然以庇护人的权威自居的声势，只能加强对方在力求摆脱那种家庭从属地位的妻子的离心力，加强那种力求独立自主的坚决性和抵拒。她哪里还会想到在追逐单独谈话机会的人，满腔所怀的是对于自己已经分手的妻子的未来命运的关切之情？

且不说，九日当晚两人肝胆相照的谈话。而当十日之晨，早餐以后，萧红就开始给老诗人柳亚子打电话，这是病者与外界的唯一一次联系，今天看来仿佛是与大公报记者杨刚约好，次日须通过柳亚子先生，以告慰关心她的左翼文艺界的友人似的。

柳亚子接到电话，知道她在思豪大酒店安顿下来，还有友人在旁照顾，自然是欣慰的。尤其使他高兴的，是他在电话中听出她的精神很好。这声音，使他不但欣慰，而且向她祝贺。她在通话后也愉快地向C说：这位长者，真叫人感动！在这样紧张的战争危急的关头，还在电话上注意到我的声音，从我的声音里听出我的心情而且感到欣慰，祝贺我会早日康复！这种友情真是珍贵！不须说，这次通话对于病者鼓舞之大、慰藉之深了！

从此，萧红的眼光不但再也见不到那种对于周围过敏性的观测神色，(仿佛总在惶惑不安)且在怡然而谈自己所走过的坎坷世路之外，也倾心谈及自己在构思中业已成熟，但却还未及下笔的短篇小说——“万花筒”的故事(即《红玻璃的故事》）。自然，直到这时，C君才对于这位才华出众的《牛车上》与《手》的作者，有了深入肺腑的理解，不再因遗留于九龙的长篇小说手稿为念而心神不安了。

三、四天之后，T君突然来访，病者默然不语，类似曾相识。C君问及“还没有突围呀！”答以：“小包都打好了，随时准备渡海！”而且很快就离开了。二次又来，C君就由于他的谈话侮及两个人而愤慨不已。以后思豪大酒店内再也不见其露面了！萧红也不与其交一语。其人究竟当时躲于哪一家大酒店，是与什么人住在一起，那时是避而不谈的，对任何人都在保密似的。自然C君也不过问。

约一周之后，思豪大酒店六楼遭受日军炮击。轰然一响，楼窗颤然发声。C君当即匆促走出探望，走廊上白衣侍役在低声招呼人，“快，快，都到地下室！”几乎是各个房间都有人匆促出入，这是晚间七、八点钟。C君很快得知，须要赶紧躲避，于是匆匆托起病者走出房间，经电梯到达了大酒店的地下室。人是拥挤的，因为地窖式的台阶不宽。仿佛过去那儿原是储存酒类的库房，由于战争才腾空应用似的。电灯光也阴暗，简直没有安置病者的空隙。不久，病者闪着观察周围的眼光，显然已经发现护理人两臂吃力而在寻找哪怕是在水门汀地上坐一坐的空间似的，因为人挤人，肩擦肩，于是她坚持要自己在地上站一站。

“试一试！我能站在地上！不怕！”病者反而对护理人宽慰了。

当C君终于不得不在那些衣着虽然失去项链之类盛饰的仕女、国人及外籍的绅士之间，扶持着病者站稳之后，她又说："你看！我这不是很好么？"这仿佛她病倒之后的第一次挺身站立，自然主要的是为了解脱C君两臂的担托之艰，足证萧红虽在久病，腿力极为衰弱的情况下，仍然是待人体贴入微的，而且一再宽慰对方："你看，我这不是还能迈步嘛！不要紧呀！"在周围的寓客注视中，她坚持要试试走几步，而且走出两步，就怡然自得地说："你看，这不是很好么？"实际上，她的两腿有些发颤的。直到"警报"解除，她仍然孩子般固执着，自己缓慢地走上地下室出入口的台阶，几乎是走尽了三分之一的台阶，这才作罢。

在这次炮击六楼的次日午后，自然所有思豪大酒店的寓客都疏散到南山之腰的一所空无一人一物的别墅里去了！C君与萧红两人出现时，早到的人已经各自占领了夜间栖身安睡的地方。或者是在花砖地面铺上羊毛毯，或是安置了简易的行军床。著名的京剧表演艺术家梅兰芳穿着中式长袍，留着黑胡也在这里露面了。可见在这里避难的不只思豪一家酒店的寓客了。在这座有瞭望台的别墅式建筑物里一时仿佛置身于三等统舱里一样全是席地栖息的旅客，他们以方言交谈，有广东话，也有英语，不过穿戴却又都似一二等邮船客舱里的远洋航客，只是手指上的钻石戒指、耳朵下垂的那些闪光宝石的耳坠之类，却都已收藏在各自的腰包、手提箱里了，有的少妇，却照样涂着很鲜艳的口红。一到黄昏，人们都各自躺倒下来，悄悄地谈话了，划火抽烟斗的，声音和光亮，特别显著，仿佛谁都在担心地等待着从九龙发来的炮声。果然在暮色降临之后，炮击又照例频繁地开始了，而且在距离这所别墅千米之遥的市区，在三五声炮响当中，最先有木筑楼房燃烧起来，那火势越来越旺……相反，炮击却突然停止了，仿佛那三五发炮弹专攻这座木料建筑楼房，专门要它起火以便夜间照明似的。有人悄悄起身瞭望，小声相互问讯，"是哪里呀？"也有低低的嗤声，在警告大声说话或划火吸烟的人，而且整个三等统舱式的酒店寓客当中，立即在低低嗤声中哑然无声。萧红在寂静中安然席地而睡了！但在夜半却为猛然突起的排炮声惊醒，果然日本陆战队的炮兵以千米之外的那座仍在焚燃着的木料建筑物为照明的标星，排炮是由远而近，一尺间距一尺间距似的推进，全别墅里避难的远洋旅客般的仕女与富豪、商贾，或坐或卧，都静悄悄地屏息以待死亡之神似的。

"怕么？"

"不怕！有你在旁边，怕什么？"

"真的！"

萧红与C君在低声交谈。C君从病者的谈吐中，感到无限的宽慰，仿佛自己真的高大而且坚硬得如她的护身的钢板一般，感到只要有她这样一语之酬，虽陪着她一起在炮击下牺牲了也是甘心情愿的。终于一声炮击，炮弹在这座别墅的半圆形瞭望台附近爆炸了，响声巨大，就在他们一旁搭起行军床独自蒙头而卧的人，就在炮弹爆响那瞬间不由自主的突然一滚而落在萧红与C君之间，仿佛找到护身板似的并声称："我们死在一起好了！"他们尽管都相识，但在炮击之前，却相逢如路人。而且这人也不是思豪大酒店的寓客。自然很快他就恢复了理智，讪讪起身溜回自己的行军床上去了！出乎人们意外的是，在这击中圆型阳台环墙附近的炮弹爆响之后，炮口又移动了，排炮是从左往右，又是一公尺距离、一公尺距离似的发射了，有时带着尖锐的与空气摩擦的哨声，几乎使人感到这种炮击是棋盘线的纵横着，险峰是过去了！所有躲避在这里的各大酒店的寓客，无人伤亡。但次日各自搬走，再也无人敢于留在这里栖息了！

于是萧红再次迁往皇后道背后的一所两层楼的民宅里，这是在时代书店一位广东青年朋友协助下找到的隐避点。与"时代书店职工宿舍"在同一条街上，仅仅隔着一条马路，中间也不过三、二十户商店的间距。约十天左右，三迁"时代书店职工宿舍"，这已是日本帝国主义的登陆部队占领港九市区三天之后了。

一九四二年一月十二日从时代书店职工宿舍转入跑马地养和医院的当天午后，在整个太平洋十八天战争时期不知躲在哪里的T君，却如在思豪大酒店楼下不告而去一样，又不告而来了！声称，愿陪C照料病者，且有内疚之色，C君当表欢迎，说自己夜间劳累，实在疲惫不堪，很愿回书店宿舍大睡一觉。萧红是敏感的，乌黑闪光的两只大眼睛立刻现出机警的神色，命令式吩咐："T！你出去！"

在与C君单独谈话中，萧红提出她的要求："明天一早你就要回来，不能离开太久了！只一夜。"说，"我知道，你这些日子确也辛苦了！你回去可以好好睡一夜，休息休息，但只一夜。"因为次日或许会诊，所以还不能回九龙去探望旧居，去取稿件之类的东西。并且重申，和T是"分道扬镳"了！自己仍然是去上海的，说："你可答应送我到许广平先生那里，再去浙江寻找那'半部红楼'的！不会忘记吧！"

"当然，怎么会忘呢？"

"你答应我，明早一定赶回来？"

"答应。"

"不去九龙？"

"当然啦！没有你的同意，我不会回去！"

于是问他，身上带着多少钱，并以百元港币一张相赠，告以带在身边以备

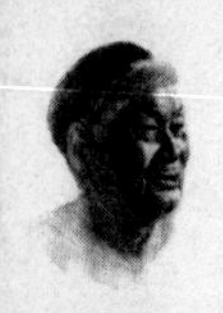

意外之用。关于这百元港币，笔者在“写于《萧红选集》出版之前”(1980年第七期《长春》载)已有交代，还有C、T两人在萧红病危的一月二十二日行经××道，在这个香港繁华市区公然遇到“乱仔”持枪拦劫，这也牵涉到T君。所有这些都是题外的属于C君未来的“回忆录”里的史料，因而“太平洋战争之后”到此为止，距离萧红逝世之日，也不过十天了！

1981年1月22日

注：C——骆宾基，T——端木蕻良，S——舒群

这份材料是萧红研究者袁权从国家图书馆查到的，它与后来“修订”的文字有很多不同……

故，我们决意选用“原始段”的此文。

2010年4月11日 萧耘记于茂林居

张小新曾热心为我复印来新版的此文，我已向她表明，我们将选用此文，或《北方文学》1981年的“旧文”，她同意。只是她一时翻不到骆老的“原始”版，只好作罢。求袁权帮忙了。

又记

编后赘语

严格意义上讲，这部手稿本《萧红书简辑存注释录》的整理、出版，是为了已逝的先贤们——鲁迅先生、许广平先生、萧红、萧军、胡风、聂绀弩、骆宾基……同时，也是为后来者研究、考证“三十年代著名左翼女作家——萧红”提供一份珍贵翔实的“第一手”史料。

需要说明的是：上世纪七十年代末，囿于十年“文革”之后那一段文献匮乏的困难时期，书中所列有关萧红作品和生平资料的局限性在所难免，错讹之处当请方家指正。此外，为了使读者真切了解萧红生命最后阶段的状况，专门增补了骆宾基先生的《太平洋战争爆发之后——“我的回忆”》一文，以飨读者。适值萧红百年诞辰之际，让我们共同纪念这位为人类文化做出贡献的不平凡的女作家。

感谢作者著述给我们这一部刻骨铭心的作品；感谢当年为作者提供宝贵资料的老友；感谢金城出版社的远见卓识和刘小晖、李涛等为出版此书而付出辛勤劳动的诸位同仁朋友。

萧耘　王建中

二〇一一年清明之前于茂林居

萧红 百年纪念

冯咏秋绘萧红漫画像（水墨画像）
1934年于哈尔滨

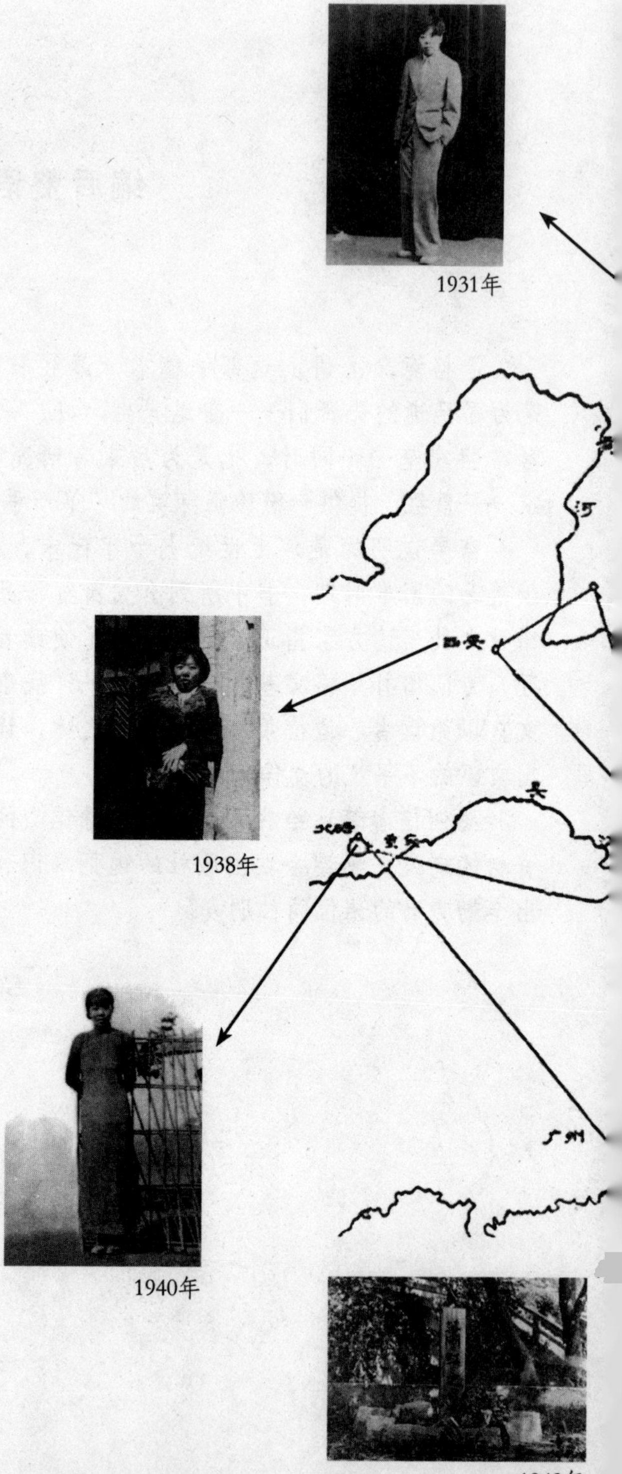

1931年

1938年

1940年

1942年

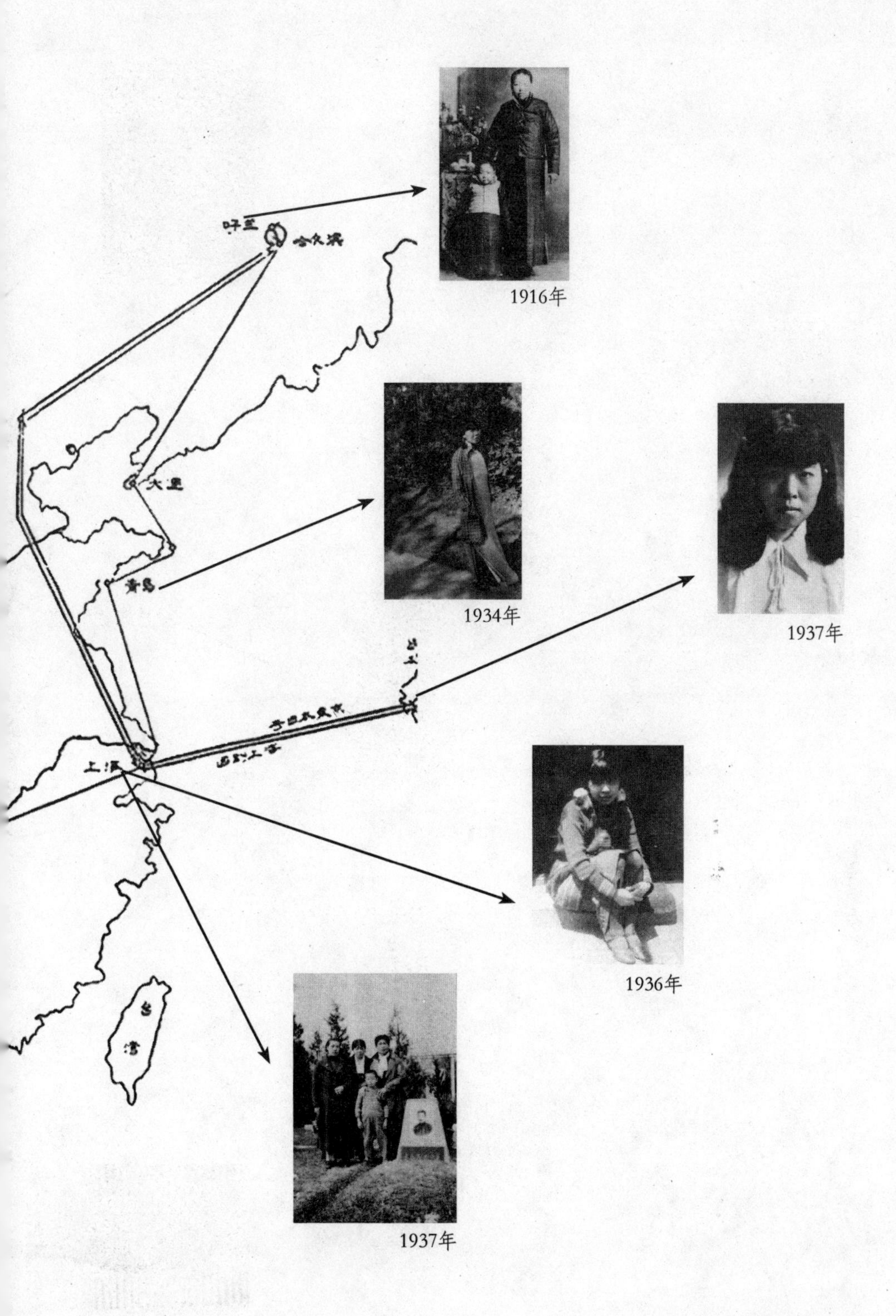

1916年

1934年

1937年

1936年

1937年